오후 3시,
오잔호텔로
오세요

오후 3시,
오잔호텔로
오세요

후루우치 가즈에 소설

남궁가윤 옮김

CONTENTS

제1화
나의 애프터눈 티

드디어 기다리고 기다리던 계절이 왔다.

　도야마 스즈네는 숨을 깊이 들이마셨다. 순간 콧속이 근질
거렸지만, 꽃가루 알레르기의 불쾌감을 넘어설 만큼 아름다운
광경이 눈앞에 펼쳐졌다.

　흐드러지게 꽃이 핀 왕벚나무가 높직한 언덕을 분홍빛으로
물들이고 있었다. 꽃잎이 흩날리는 언덕 아래에는 금줄을 두
른 커다란 녹나무 신목. 조그만 물레방아를 돌리는 맑은 시냇
물 소리……

　대학을 졸업하고 신입 사원으로 입사한 지 7년째가 되는데
도 이 정원을 보고 있으면 여기가 도심 한복판이라는 사실을
잊어버린다.

역시 오잔호텔에서 일한다는 건 행운이야!

물론 좋은 점만 있는 건 아니지만, 철 따라 아름답게 변하는 드넓은 정원은 입사한 이래 언제나 마음의 위안이 되었다. 특히 벚꽃이 만개하는 이 계절의 화려함은.

올해는 3월에 싸늘한 비가 계속 내려서 벚꽃이 예년보다 꽤 늦게 피었는데 4월에 들어서자 왕벚나무가 일제히 꽃을 피웠다.

원래 이 일대는 산벚나무와 털벚나무 같은 야생종 벚나무가 자생하던 곳으로 옛날에는 '벚꽃 산'°이라는 이름으로 불렸다고 한다. 멋진 경치에 반한 메이지 시대°°의 모 후작이 이 토지에 저택을 짓고, 120그루 이상의 벚나무 약 20종을 심은 것이 현재 이 정원의 기초가 되었다고 들었다.

일찍부터 꽃이 피는 가와즈벚나무, 대만벚나무부터 느지막이 피기 시작하는 겹벚나무까지, 2월 하순부터 골든 위크가 끝나는 5월 초까지 다양한 종류의 벚꽃을 즐길 수 있는 정원이기는 하지만, 역시 가장 많은 자리를 차지하는 왕벚나무가 일제히 꽃을 피우면 진짜 봄이 왔다는 기분이 든다.

"안녕하세요!"

스즈네는 정원 여기저기에서 나무를 손질하고 있는 정원사

°   호텔 이름 '오잔櫻山'의 뜻은 '벚꽃 산'이다.

°°   1868~1912년.

들에게 인사를 건네고 가볍게 돌계단을 올랐다. 스즈네가 근무하는 호텔동은 벚꽃 안개에 싸인 언덕 꼭대기에 있다.

호텔동까지는 거리도 상당하고 언덕길이지만, 계절마다 피는 꽃이며 시냇물에 물레방아, 옛날에는 짐꾼들이 목을 축였다고 전해지는 우물 옆 돌확°°°을 보며 걸으면 하나도 힘들지 않다. 가장 가까운 역에서 출발하는 사원용 셔틀버스가 있는데도, 스즈네는 날씨가 웬만큼 나쁘지 않은 한 아침마다 일찍 일어나 정원 안을 걸어서 지나갔다.

회의가 있는 주초에는 출근 시간이 특히 이르다. 6시에 일어나는 일이 조금 힘들지만 이 계절의 정원이 보여주는 아름다움에 비할 바는 아니다.

이렇게 넓은 땅이 옛날에는 개인 저택이었다니 놀랍다. 정원 안에는 신사까지 있으니 말이다. 스즈네는 붉은 기둥문 안쪽에 있는 신사에 살짝 고개 숙인 뒤 발길을 재촉했다.

더없는 영화를 누리던 후작의 저택은 제2차 세계대전 당시에 도쿄 대공습으로 잿더미가 되고 말았다. 전쟁이 끝난 뒤 후작과 같은 고향 출신인 재벌 여행사가 토지를 인수하여 저택 부지에 오잔호텔을 지은 것이다.

그런 유서 깊은 호텔이기는 하지만, 스즈네가 무슨 일이 있

°°° 절구 모양으로 우묵하게 판 돌로 물을 고이게 해놓고 쓸 때가 많다.

어도 이 호텔에 취직하고 싶다고 간절히 바란 데에는 또 한 가지 큰 이유가 있었다. 바로 오잔호텔 라운지가 도쿄에서 최초로 본격적인 애프터눈 티를 제공했다고 알려졌기 때문이다.

애프터눈 티. 은색으로 빛나는 3단 트레이에 담긴 귀여운 마카롱과 타르틀레트° 등의 프티 푸르,°° 갓 구운 스콘, 손가락 크기의 고급스러운 샌드위치……. 향기로운 홍차와 함께 대접받는 우아하고 화려한 궁극의 간식.

스즈네의 집은 결코 넉넉하지는 않았어도 스즈네가 어렸을 때부터 간식 시간만큼은 절대 빼먹지 않았다. 부엌에 큰 도기 과자함이 있고 그 안에는 언제나 과자를 듬뿍 준비해 놓았다. 물론 호텔 애프터눈 티처럼 공들여 만든 디저트는 아니다. 과자함에 들어 있는 것은 카스텔라 말이, 밤 만주, 콩 찹쌀떡, 단팥빵 등 흔하고 서민적인 간식뿐이었다.

스즈네가 지금 사는 곳은 할아버지 대부터 운영해 온 도심의 소규모 공장이다. 스즈네는 어릴 때부터 안채와 가까운 공장에서 선반이 돌아가는 소리를 들으며 자랐다. 3시가 되면 할머니와 어머니가 차를 끓이고, 공장에서 일하던 할아버지와 아버지가 간식을 먹으러 뒷문을 통해 부엌으로 들어왔다. 어

린 스즈네는 할아버지와 아버지 옆에 붙어 앉아서 과자함에 든 간식을 함께 먹는 것이 좋았다.

아버지는 그 정도까지는 아니었지만, 할아버지 시게루는 단 것을 무척이나 좋아했다. 할머니나 어머니가 가끔 깜빡해서 과자함에 짭짤한 센베이밖에 없으면 상점가의 과자가게까지 한걸음에 다녀올 정도였다.

작은 공장의 창업자이기도 한 스즈네의 할아버지는 전쟁고아 출신이다. 1945년 도쿄 대공습으로 집과 가족을 잃은 할아버지는 피난 갔다가 돌아온 우에노역에서 그런 사실을 꿈에도 모르고 부모님이 데리러 오기를 한없이 기다렸다고 한다. 소년 시절에는 전쟁이 끝나고 소년보호단체의 보살핌을 받을 때까지 우에노의 지하도에서 간신히 목숨을 부지했다고 한다.

할아버지는 그 당시 일을 그다지 자세히 이야기하지 않았지만 분명히 가혹한 소년 시절을 보냈을 것이다. 그래서인지 할아버지는 달콤한 과자에 남다른 애정을 보였다.

물론 어린 스즈네는 그런 사실을 알 리 없기에 그저 식구와 함께 달콤한 간식을 즐겨 먹었지만, 5년 전에 세상을 떠난 할머니는 할아버지를 위해 언제나 맛있는 과자가 떨어지지 않도록 챙겼다.

'스즈네, 과자는 제대로 음미하며 먹어야 한다. 누워서 텔레비전을 보며 먹거나 단정치 못하게 게걸스레 먹으면 안 되는

법이야.'

할아버지는 스즈네의 머리에 손을 얹고 타이르듯 살짝 웃음을 지었다.

'과자는 상이란다. 그러니까 아무렇게나 막 먹으면 아깝지.'

상은 받는 사람도 자랑스럽게 여겨야 한다는 것이 할아버지의 말씀이었다.

두 살 위인 오빠 나오키는 커가면서 과자함에 흥미를 잃고 누워서 만화 잡지를 보며 포테이토칩 먹는 것을 좋아하게 되었지만, 스즈네는 할아버지의 말씀을 잊지 않고 지금도 달콤한 과자를 맛보는 시간을 각별하게 여겼다.

'과자는 상.'

스즈네는 여성 패션지를 보다가 3단 트레이에 나오는 애프터눈 티의 존재를 처음 알게 되었을 때 이만큼 할아버지의 말씀을 체현한 간식은 없으리라고 감격했다.

곧 환갑을 맞는 어머니 세대에는 좋든 싫든 여자는 결혼하면 퇴직하는 것이 당연했다고 하나, 90년대생인 스즈네는 그럴 수 없다. 결혼을 하고 아이를 낳더라도 계속 일해야 한다. 연금에도 딱히 기대기 어렵고 사회복지도 어떻게 될지 모른다. 그렇게 생각하면 들떴던 마음이 조금씩 움츠러든다. 하지만 그것이 오랜 경제불황 시대에 자라난 자신들의 현실이다. 그렇기에 더더욱, 살아가기 힘든 세상과 맞서기 위해서라도 가끔은 보상이 필요하다.

어떤 책에서 헤이세이 시대°를 IT 혁명 시대인 동시에 디저트 혁명 시대이기도 했다는 내용을 읽은 적이 있다. 이전까지 서양과자라고 하면 쇼트케이크나 슈크림, 몽블랑이 대표적인 메뉴였다. 그러나 헤이세이 시대에 들어서자마자 판나코타, 티라미수, 크렘 브륄레, 카늘레 같은 새로운 유럽 과자가 일시에 등장했다. 파티시에 붐이 일어난 것도 이 시기였다. 그 변화는 분명 남녀고용기회균등법이 시행되어 젊은 여성이 사회에 진출한 일과 무관하지 않을 것이다.

세련되고 멋진 디저트. 그것은 '마돈나 선풍'°°이라는 허울만 좋은 말에 선동되어 남성과 마찬가지로, 아니 그 이상의 노동을 강요받은 여성들의 소소한 사치. 술집의 술과 안주만으로는 만족하지 못하는 여성들이 원한 상이야말로 달콤한 과자와 향기로운 홍차의 조합이 아니었을까.

그 경향이 가장 두드러지는 것이 바로 동경하는 호텔 애프터눈 티다. 솔직히 평소에 선뜻 낼 만한 가격은 아닌 사치스러운 간식이지만 그러기에 열심히 애쓴 자신에게 주는 최고의

° 　1989~2019년의 일본 연호.

°° 　1980년대 후반에 사회당의 도이 다카코를 선두로 정계에 진출한 여성 정치인들이 약진한 현상.

15

상이기도 하다.

구직활동 초기에 스즈네는, 여기저기 지원하다 보면 한 군
데는 되겠지 하는 심정으로 온갖 기업의 입사지원서를 내려
받았는데, 오잔호텔의 대졸 신규 채용 모집 공고 페이지에 들
어간 순간, 벼락을 맞는 느낌을 받았다.

직종 소개 중에 유달리 반짝이는 페이지가 있었다.

'마케팅부 서비스과 애프터눈티팀.'

일에 능숙해 보이는 여성이 올림머리를 하고 온화한 웃음
을 띤 채 인터뷰에 답하고 있었다. 주 업무는 라운지 접객이지
만 계절마다 주제가 바뀌는 애프터눈 티 개발에도 참여하고
있다고 한다.

애프터눈 티 개발. 그 한마디에 스즈네는 완전히 녹아웃되
었다. 게다가 오잔호텔은 애프터눈 티 붐의 선구라고 할 만한
존재다. 스즈네가 잡지에서 처음 본 화려한 애프터눈 티도 실
은 오잔호텔 라운지에서 제공한 것이었다.

스즈네는 그때부터 취업 재수도 마다하지 않겠다는 각오
로 오잔호텔 입사만을 목표로 삼아서 노력에 노력을 거듭했
다. 토익 점수도 대폭 올렸고, 호텔 업계에서는 필수인 중국어
도 간단한 일상 회화를 할 수 있는 수준까지 익혔다. 여러 번
이어지는 면접을 차례로 통과하여 마침내 입사가 결정되었을
때는 기쁜 나머지 정신을 잃을 뻔했다.

그러나 신입 사원 연수를 거쳐 처음 배속된 곳은 호텔동이 아니라 연회동이었다. 낙심하지 않았다면 거짓말일 것이다. 술 취한 손님에게 성희롱이나 다름없는 취급을 받고 화장실로 달려가서 운 적도 있었다. 하지만 그때마다 사시사철 아름다운 이 넓은 정원에 위로받았다.

스즈네는 돌계단을 오르며 다시 주위를 둘러보았다. 정원사들의 꾸준한 노력 덕분에 봄에는 호텔의 대명사인 벚꽃이 흐드러지게 피고 초여름에는 맑은 개울 위로 반딧불이 날아다닌다. 가을에는 단풍나무와 참단풍나무가 붉게 물들고 겨울에는 또 다른 명물인 동백 100여 종이 차례로 꽃을 피운다.

게다가 스즈네에게는 마음의 또 다른 버팀목이 되어준 선배가 있었다. 소노다 가오리. 연수 때 도움을 받은 그 사람이 바로 스즈네의 인생을 바꾸는 계기가 된, 호텔의 직종 소개 페이지에서 인터뷰에 답한 애프터눈티팀의 선배였다. 언젠가 반드시 희망 부서로 이동할 수 있다는 가오리의 격려를 믿고 계속 버틴 끝에 마침내 사내 접객 콘테스트에서 우승까지 했다.

스즈네는 자신이 정한 목표를 이루기 위해 노력하는 건 조금도 힘들지 않았다. '그 정도로 죽어라 했으니 당연하지.' '왜 그러는지는 몰라도 이상하게 욕심을 내더라…….' 그런 자신을 거북해하는 사람들이 있다는 것도 알고 있다. 사람들이 뒤에서 수군거리던 험담이 떠올라 가슴이 지끈거렸다.

예전부터 그랬다. 스즈네가 학교 축제나 동아리 활동에서 의욕이 넘치면 넘칠수록 외톨이가 되곤 했다. 그러나 제대로 인정해 주는 사람도 있었다.

스즈네는 그토록 바라던 소원을 이루어 올해부터 애프터눈 티팀으로 이동하게 되었다. 신입 사원 연수 시절부터 스즈네가 해온 노력을 높이 평가해 온 가오리가 출산휴가에 들어가며 후임으로 지명해 준 것이다. 고생 속에서 버틴 7년. 서른을 앞두고 이제야 꿈꾸던 부서에 도달했다.

"와……."

스즈네는 마지막 돌계단을 오른 순간, 나지막이 탄성을 질렀다. 바람이 불 때마다 만개한 벚꽃이 꽃잎을 온통 흩날려서 숨이 멎을 만큼 아름다웠다.

'오늘 하루도 힘내보자.'

가슴속 깊은 곳에서 기운이 솟는다.

다방면으로 지도해 주던 가오리가 지난달 말부터 출산휴가에 들어갔기 때문에 앞으로는 스즈네가 중심이 되어 베테랑 선배가 빠진 자리를 메워야 한다. 솔직히 가오리의 빈자리를 잘 채울 수 있을지 불안했지만 일하는 보람 또한 크다. 스즈네는 이날 회의를 대비해 심혈을 기울여 기획서를 준비했다.

가오리가 빠진 뒤 처음 열리는 프레젠테이션이다. 스즈네는 한 가지라도 채택될 만한 기획안을 제안하겠다는 의욕에 넘처 호텔동 로비로 발길을 옮겼다.

스즈네는 아무도 없는 탈의실에서 유니폼으로 갈아입고 재빨리 머리를 매만졌다.

오잔호텔 라운지 직원의 유니폼은 고전적인 검정 원피스다. 단순한 디자인이지만 눈에 잘 띄지 않는 옆선 부분에 깊숙한 숨김 주머니가 두 개 달려 있다. 메모를 넣거나 명함을 넣는 데 이 주머니가 무척 유용하다.

스즈네는 호텔의 상징색인 벚꽃색 스카프를 목에 두르고 숨을 한 번 골랐다.

우선은 프레젠테이션. 비장의 기획안을 조리과의 애프터눈티 담당자에게 발표한다. 스즈네가 사람 수만큼의 기획서를 파일에 넣고 있는데 탈의실 문이 벌컥 열렸다.

"안녕하세요."

큼직한 마스크로 얼굴을 가린 하야시 루리가 긴 머리카락을 흐트러뜨리고 들어온다.

"아, 루리 씨, 어서 와."

입사 3년 차인 루리는 나이나 근무 햇수로 치면 스즈네의 후배지만 애프터눈티팀에서 일한 경력은 더 길다. 가오리에게 처음 루리를 소개받았을 때, 스즈네는 루리의 용모에 살짝 충격받았다. 갈색 머리카락, 새하얀 피부에 또렷한 눈매, 커다란 눈동자. 프랑스 인형 같은 깜찍한 모습이었다. 입사 첫해부터 호텔의 얼굴인 라운지에 배정되려면 이 정도 외모는 되어야 하나 싶어서 조금 주눅 들기도 했다. 그러나 탈의실에서 보는 루리는 완전히 다른 사람이다.

"오늘 꽃가루 지독하네요. 스즈네 씨, 또 정원을 걸어서 왔어요? 말도 안 돼."

로커를 열고 마스크를 벗는 루리의 얼굴에는 눈썹이 거의 없다. 속쌍꺼풀 진 눈도 상당히 부석부석하다. 특히 회의 때문에 한 시간 일찍 출근해야 하는 주초에는 막 잠에서 깬 듯한 민낯이라 누군지 거의 알아보기 힘들다.

"지금 벚꽃이 예뻐. 활짝 폈더라."

"꽃구경이라면 주말 내내 했어요. 뭐, 솔직히 말하면 꽃보다 술이지만요."

호텔에서 일하다 보니 토요일이나 일요일 근무를 피할 수는 없지만, 파티를 좋아해 스스로 '파티족'이라고 인정하는 루리는 일이 끝나면 아무리 늦더라도 반드시 번화가로 달려간다고 한다.

"그래서 완전 수면 부족이에요. 왜 회의는 맨날 주초에 하나 몰라. 1분이라도 더 자고 싶은데."

루리는 투덜거리면서도 재빨리 옷을 갈아입었다. 부스스한 머리를 심상치 않은 속도로 정리하고 "이얍" 하고 기합을 넣은 다음 기운차게 화장을 시작했다. 눈썹 없는 민낯 상태에서 매일 아침 불과 5분이면 프랑스 인형으로 변신하니 정말 대단하다.

본인 말로는 대학 시절에 오래된 백화점의 화장품 매장에서 아르바이트한 적이 있다고 한다. 그곳에서 화장을 빨리하는 기술을 철저히 익힌 듯하다.

'취직이 안 되면 초고속 화장 유튜버로 살려고 했죠.'

가오리가 열어준 스즈네의 환영회에서 루리는 얼굴의 한쪽만 화장을 하고는 '비포 앤드 애프터'가 극적으로 대비된 기막힌 기술을 보여주더니 아무렇지 않다는 듯 말했다.

지금도 루리는 로커 문에 달린 거울을 들여다보며 엄청난 기세로 화장을 완성해 간다.

"먼저 회의실에 가 있을게."

스즈네는 아이라인을 힘주어 그리는 루리의 뒷모습에 대고 그렇게 말한 뒤에 한발 먼저 탈의실을 나왔다. 뒤에서 "넵!" 하는 목소리가 들린다.

일단 라운지에 나가면 가벼운 말투도 완벽한 존대로 바뀌니 한마디로 요령이 참 좋다. 스즈네도 처음에는 놀랐지만 이제는 루리의 빠른 변신을 인정해 주었다.

가오리가 없는 지금, 애프터눈티팀의 라운지 담당 사원은 스즈네와 루리 두 사람뿐이다. 실제 현장은 오잔호텔에서 서포터사원이라고 부르는 시간제 계약사원들이 지키고 있다. 서포터사원 중에는 정사원인 스즈네가 두 손 들 만큼 우수한 사람도 있다.

경력 20년인 가오리가 입사할 당시에는 서포터사원보다 정사원이 더 많았다고 하니 호텔 업계도 긴 불황 속에서 변한 것이다.

대체로 불경기였던 시대 중에서도 금융위기나 지진 등으로 특히 취업난이 극에 달한 시기가 여러 번 있었다. 단지 몇 년 차이로 정규직이 될지 비정규직이 될지 갈리는 시대는 불확실한 동시에 불공평하다는 생각도 든다.

오잔호텔에 취업하려고 애쓰던 스즈네 역시 오빠 나오키에게 그렇게 입맛대로 고를 수 있다니 복이 터졌다며 싫은 소리를 들었다. 오빠는 동일본대지진 직후의 어려운 시기에 구직 활동을 했던 세대다.

하기야 육아 때문에 일과 가정을 병행하려고 일부러 장시간 근무가 없는 서포터사원을 선택하는 사람도 있다고 한다. 앞으로 다가올 시대에는 지금까지와 달리 다양한 근무 형태가 생겨날지도 모른다.

많은 서포터사원의 교대 근무 일정을 짜는 것도 가오리에게 인계받은 중요한 업무 중 하나였다.

스즈네가 살짝 노크하고 회의실 문을 열자 이미 두 사람이 자리에 와 있었다.

조리반의 아스카이 다쓰야와 스도 히데오다.

"안녕하십니까."

스즈네는 조금 긴장감을 느끼며 인사했다.

"어서 와요."

곧바로 대답해 준 사람은 초로의 베테랑 셰프 히데오다.

히데오는 이미 정년퇴직을 맞았지만, 그 후 시니어 직원으로서 '세이버리'라고 부르는 애프터눈 티 전용 식사류 조리를 담당하고 있다. 히데오는 황혼 이혼을 해서 현재는 혼자 사는 것 같다고 루리가 귀띔해 준 적이 있다. 스즈네는 회사 사람들의 사생활에 별로 관심이 없지만, 그 말을 듣고 온화하고 다정해 보이는 사람인데 의외라고 생각했다.

히데오와 달리 30대의 젊은 치프 다쓰야는 턱만 살짝 까딱했다.

다쓰야는 5년 전에 외국계 호텔에서 옮겨 왔고 그 후 곧 디저트 담당 치프인 셰프 파티시에가 된 인재다. 가는 콧날에 서늘해 보이는 눈매. 단정한 용모가 평이 좋은지 오잔호텔의 애프터눈 티를 소개하는 매체에도 가끔 등장한다.

잡지에 다쓰야가 소개된 페이지를 봤을 때는 솔직히 스즈네도 아주 조금 가슴이 두근거렸다. 그러나 애프터눈티팀으로 오기를 간절히 원한 이유가 다쓰야 때문이라고 사람들에게

오해받는 것은 절대로 싫다. 무엇보다…….

"죄송합니다, 늦었습니다."

프랑스 인형으로 완벽하게 변신한 루리가 고개를 갸웃거리며 그 자리에 들어왔다. 매번 그렇지만 멋들어지게 변한 모습에 스즈네는 내심 감탄했다.

모두 모이자 스즈네는 곧바로 기획서를 돌렸다.

오잔호텔 라운지에서는 약 두 달에 한 번씩 주제를 바꿔서 새로 기획한 애프터눈 티를 내놓는다. 주제를 정하는 시기는 7개월에서 8개월 전부터다.

봄꽃이 흐드러지게 핀 지금, 처음으로 스즈네가 중심이 되어 발표하는 기획은 크리스마스 애프터눈 티인 것이다.

우선 조리반 대표인 두 사람에게 프레젠테이션하고, 그 기획이 통과되면 시식용 샘플을 만들어서 마케팅부 부장과 서비스과의 과장 이하 직원들, 서포터사원 대표까지 시식해본 뒤 높은 평가를 받으면 비로소 상품으로 나온다.

스즈네도 올해 들어 약 석 달 동안, 가오리가 출산휴가에 들어가기 직전까지 바로 옆에서 업무 절차를 익혔다. 이제 곧 출산예정일을 맞는 가오리를 안심시키기 위해서라도 지금까지 없던 참신한 크리스마스 애프터눈 티를 제안하고 싶다.

"잠깐."

되도록 꼼꼼하고 알기 쉽게 주의를 기울여 설명하는 도중에 다쓰야의 목소리가 날아들었다.

"꽤 두꺼운 기획서를 만들어 왔는데 이거 전부 설명할 생각인가?"

스즈네는 다쓰야의 시선이 벽시계에 가 있는 것을 보고 조금 초조해졌다. 매번 주초에 회의를 잡는 이유는 월요일에 비교적 손님이 적기 때문이지만, 다쓰야는 오픈 준비 시간이 신경 쓰일 것이다.

"아…… 네. 그러면 상세한 내용은 나중에 읽어보셔도 괜찮습니다만……."

"그럼 가장 추천하는 플랜만 간략하게 설명해 봐."

내 이럴 줄 알았어!

이러니까 절대로 내가 이 사람을 노리고 이동해 왔다느니, 하고 남들이 생각하게 두고 싶지 않은 거다.

전부터 다쓰야가 붙임성 있는 성격은 아니라고 느끼긴 했지만 가오리가 빠진 뒤로 한층 더 가까이하기 어려운 존재가 되었다.

어쩌면 장인이란 원래 이런 건지도 모르겠다.

"가장 추천하는 메뉴는 역시 크리스마스 푸딩입니다."

스즈네는 다시 마음을 가다듬고 기획서를 한 장 넘겼다.

"이건 애프터눈 티의 발상지인 영국의 정통 크리스마스 디저트로 리큐어를 듬뿍 끼얹은 푸딩에 불을 붙여서 타오르게 하는……."

"잠깐만."

또다시 다쓰야가 제동을 걸었다.

"그걸 모든 테이블에서 하려고?"

"크리스마스 푸딩만 나중에 내가면……."

"그렇게 손이 많이 가는 메뉴를 정신없이 바쁜 크리스마스에 하겠다고?"

냉소적인 말투에 울컥 화가 치밀었다. 스즈네가 애프터눈티 팀에서는 신참일지 몰라도 고객 응대 경력은 나름대로 쌓아 왔다.

"하지만 지금까지 이런 방법으로 출시한 애프터눈 티는 없었습니다. 손님에게 특별한 시간을 선사하기 위해서도……."

"그야 그렇겠지. 애프터눈 티는 기본적으로 낮에 내잖아. 크리스마스 푸딩에 불을 붙여봐야 별로 예쁘지도 않다고."

"그러니까 평소보다 조도를 조금 낮추고……."

"스즈네 씨, 이 크리스마스 푸딩 제대로 먹어본 적 있어?"

스즈네는 정곡을 찔려서 말문이 막혔다.

영국 과자를 다룬 책을 읽다가 크리스마스에 불을 붙여서 먹는 푸딩이 있다는 사실을 알고 그 점 하나에 사로잡혔기 때문이다. 게다가 책에 실린 푸른 불꽃에 감싸인 푸딩은 무척 아름답고 낭만적이었다.

"그거 보기만큼 맛있지 않아."

다쓰야가 냉정하기 짝이 없는 어조로 딱 잘라 말했다.

회의실 안에는 어색한 분위기가 감돌았다.

"그, 그럼…… 영국 전통의 민스파이……."

스즈네는 어떻게든 반박하려고 다시 기획서를 들췄다.

이번 것은 영국 아동문학에 등장하는 크리스마스 대표 메뉴다.

"아, 다진 고기에 말린 과일을 섞어 넣은 민스파이는 일본 사람 입맛에는 잘 안 맞을지도 모르겠는데. 과일과 고기의 조합이니 말이야. 탕수육에 파인애플을 넣는 건 절대 용납 못 한다는 사람도 꽤 있거든."

히데오가 미안한지 희끗희끗한 눈썹을 찡그렸다.

어. 혹시 나, 또 혼자만 겉돌고 있나?

'왜 그러는지는 몰라도 이상하게 욕심을 내더라……'

등 뒤에서 수군거리는 소리가 들리는 것 같아서 스즈네의 이마에 식은땀이 번졌다.

"저, 저기, 그럼 세계의 크리스마스 과자 모음은 어떨까요. 스웨덴의 사프란 넣은 빵 루세카트에 헝가리의 양귀비씨를 사용한 롤케이크 베이글리에……."

"새롭다고 무조건 좋은 게 아니지."

다쓰야의 어이없다는 듯한 목소리가 울렸다.

"조사는 아주 잘했어."

히데오가 일단 도움의 손길을 내밀어주기는 했지만 말끝에 쓴웃음이 섞였다.

"그래도 좀 더 무난한 게 낫지 않을까."

"죄, 죄송합니다……."

스즈네는 얼굴을 붉히고 고개를 숙였다. 슬쩍 옆을 보니, 루리는 팔짱을 끼고 곰곰이 생각에 잠겨, 아니, 완전히 잠들어 있었다.

"그럼 오픈 준비를 해야 하니 오늘은 이쯤 하지."

다쓰야가 벌떡 일어섰다.

"처음이라서 의욕에 차 있는 건 알겠지만 굳이 특별한 흔적을 남기려고 애쓰지 않아도 돼. 소노다 씨가 작년에 만든 기획을 그대로 써도 되니까. 나랑 스도 씨가 어느 정도 아이디어를 낼 수도 있고. 그리고……."

다쓰야는 냉랭한 눈초리로 스즈네를 바라보았다.

"이런 두툼한 기획서, 읽어봤자 전혀 머리에 들어오지 않아."

매정하게 자기 할 말만 하더니 기획서를 탁자에 둔 채 회의실에서 나가버렸다. 히데오가 어깨를 살짝 들썩하고는 그 뒤를 따라 나갔다.

스즈네는 남겨진 기획서를 멍하니 바라보았다.

"어? 회의 끝났어요?"

눈을 번쩍 뜬 루리가 하품을 억지로 참으며 크게 기지개를
켰다.

그날 밤 스즈네는 가족들과 저녁 식사를 한 뒤 정리를 마치
고 부엌 식탁에서 혼자 메모를 만들었다. 식탁 위에는 유럽 과
자와 애프터눈 티 관련 자료가 널려 있다. 거실에서는 부모님
이 보고 있는 텔레비전 소리가 들렸다.

집에서 지내는 평소와 같은 밤이다.

아침 회의 때 일을 다시 생각하자 저도 모르게 깊은 한숨이
나왔다.

하다못해 기획서를 끝까지 읽어보기라도 하든가.

오늘은 주초치고는 손님이 많아서 라운지에 나간 뒤로는
정신없이 손님을 맞느라 생각할 틈이 없었지만 뒤늦게 기분
이 가라앉는다.

전부터 어렴풋이 느끼기는 했는데, 조리반의 두 사람은 자
신을 새로운 전력이라기보다 가오리의 '빈자리를 메우는 사
람'으로밖에 생각하지 않는 것 같다.

'굳이 특별한 흔적을 남기려고 애쓰지 않아도 돼.'

스즈네는 다쓰야의 쌀쌀한 눈초리가 뇌리에 떠올라 점점
더 마음이 무거워졌다.

그 사람, 혹시 날 싫어하나.

지나치게 욕심을 부린 건 인정하지만 그런 식으로 말할 것까지는 없잖아.

자신은 그저 할 수 있는 한 최고의 애프터눈 티를 제안하고 싶었을 뿐이다.

최고의 애프터눈 티란 대체 뭘까?

스즈네는 스콘과 타르틀레트와 은색 커트러리가 줄지어 있는 아름다운 표지의 책을 바라보았다.

'차나 과자 같은 걸로 뭘 고민까지 하냐.'

서른 살이 되자마자 집에서 독립한 오빠 나오키가 지금 내 모습을 본다면 틀림없이 그렇게 말했겠지.

오빠는 지난달 할머니 제사를 지내러 집에 왔을 때도 스즈네가 애프터눈 티 자료를 펼쳐놓은 모습을 보고 거참 한가한 일이라며 반쯤은 어이없어했다.

나오키는 취직자리를 구하느라 엄청나게 애를 먹은 끝에 교육 관련 잡지를 편집하는 조그만 출판사의 영업직으로 자리를 잡았다. 최근에는 주로 ADHD° 등 학습장애가 있는 아동용 교재를 담당하고 있는 것 같다. 예전이라면 '차분하지 못한 아이'라고 뭉뚱그려서 봤을 텐데 지금은 일찍부터 이런

°　주의력 결핍 과잉 행동 장애.

저런 진단명이 붙는 것이 좋은 일인지 나쁜 일인지 잘 모르겠다고 나오키는 말했다.

자녀 교육 관련 고민이 있는 가정에 방문판매를 하러 갈 때도 있다는 오빠의 일에 비하면 확실히 자신이 하는 일은 우아한 부류라는 생각이 든다.

그렇다고 힘든 점이 없는 건 아니다. 라운지의 접객은 서서 하는 일이고 처음부터 끝까지 손님의 상황에 주의를 기울여야 한다. 하루가 끝나면 녹초가 된다.

스즈네는 점점 막막해졌다.

출산예정일이 다가온 가오리에게 의논할 수도 없고, 루리는 애초부터 새로운 기획에 관심이 없어 보이고…….

이대로 시간만 보내다가는 정말로 가오리의 작년 기획안을 재탕하게 될지도 모른다. 그것만큼은 무슨 수를 써서라도 피하고 싶다.

반드시 성과를 내야 하는 건 아니지만, 이제야 겨우 꿈에 그리던 부서에 왔으니 지금 이 시점에서 할 수 있는 최선을 다하고 싶다.

혹시 사람들은 내 이런 성격이 마뜩잖은 걸까.

스즈네가 고민하고 있을 때, 부엌문이 드르륵 열렸다.

"할아버지."

할아버지 시게루가 잠옷 차림으로 서 있었다.

"주무시는 거 아니었어요?"

"조금 출출해서."

시게루가 숱이 얼마 안 남은 흰머리를 긁으며 부엌으로 들어왔다.

"아, 그럼 좋은 게 있어요."

스즈네는 살짝 웃으며 일어섰다. 냉장고에서 피스타치오 체리 타르트를 꺼내고 물을 끓였다. 남은 디저트를 가끔 가지고 갈 수 있는 것이 애프터눈티팀의 은밀한 특권이다. 할아버지는 홍차보다 녹차를 좋아하니 전차°를 준비했다.

"예쁜 과자로구나."

시게루는 쿠키 안에 진홍색 체리와 연두색 피스타치오 필링을 채운 타르트를 웃으며 바라보았다.

여든이 넘은 뒤 공장 경영을 스즈네의 아버지에게 맡기고 유유자적하게 은퇴 생활을 하고 있지만, 현역 시절과 다름없이 지금도 달콤한 과자라면 사족을 못 쓴다.

"우리 라운지에서 내놓는 벚꽃 애프터눈 티의 디저트 중 하나예요."

벚꽃 애프터눈 티는 오잔호텔의 명물이라 할 수 있는 인기 상품이다. 대표 메뉴인 벚꽃잎 토핑 스콘에, 올해는 체리와 딸

°   일본에서 가장 대중적인 녹차.

기 등 분홍빛 디저트를 더해서 풍성하게 담아내었다.

"스즈네, 일은 잘돼가니?"

시게루는 차가 우러나기를 기다리며 무심한 듯 물었다.

"음, 그게요……"

스즈네는 다관을 손에 들고 작게 한숨을 쉰다.

"이상과 현실은 역시 다른가 봐요."

할아버지의 찻잔에 차를 따르고 나서 푸념을 늘어놓기 시작했다. 다쓰야에 대해서는 좀 과하다 싶을 만큼 싫은 사람이라고 말해두었다.

"전 최고의 애프터눈 티를 만들고 싶은데."

"최고의 애프터눈 티라……"

시게루는 차를 홀짝이며 서양과자 책을 집어 든다.

"이런 책을 읽는 것도 중요한 공부겠지만, 손님을 잘 지켜보면 더 많은 것을 알 수 있지 않겠니."

할아버지의 말에 스즈네는 고개를 끄덕였다.

"확실히 그렇긴 해요."

실제로 라운지에서 손님을 응대하면서 지금까지 알지 못했던 것도 깨달았다.

"그러고 보니 최근에는 혼자 애프터눈 티를 먹으러 오는 손님도 많아요. 특히 대단한 사람이 있는데요."

새로운 애프터눈 티가 나올 때마다 꼭 혼자서 라운지를 찾는 손님이 회사원 스타일의 중년 남성이라는 이야기를 하자, 시게루도 "허" 하고 재미있다는 표정을 지었다.

"겉모습은 평범한 아저씨인데 매너도 깔끔하고 동작이 아주 세련되더라고요."

스즈네는 몇 차례 응대했을 뿐이지만, 그 손님은 여성이 대다수인 라운지에서도 전혀 주눅 든 느낌이 없었다.

계절 디저트에 맞춘 홍차 선택도, 디저트를 먹는 순서도 매번 완벽해서, 까다로운 다쓰야도 그 사람을 인정했다는 이야기를 루리에게 들은 적이 있다. 게다가 라운지가 북적거리지 않는 평일을 골라서 오는 것을 보면 일부러 휴가를 내는지도 모른다.

라운지에서는 분명히 색다른 존재지만 본인이 전혀 주위를 신경 쓰는 기색이 없어서, 여러 번 보는 사이에 점점 그 사람이 라운지에 있는 것이 당연하게 여겨지니 신기하다.

어떤 의미에서 유명한 그 인물은 라운지 직원들 사이에서 '솔로 애프터눈 티의 달인'이라고 은밀히 불리는 모양이다.

최근 들어 스즈네의 눈길을 끄는 사람은 한 달에 한 번씩 혼자서 꼭 오는 또 다른 손님이다.

"그 사람은 평범한 회사원 같은데요, 정말 맛있게 먹어요."

그 여성은 솔로 애프터눈 티의 달인과 달리 매너가 완벽하지는 않다. 가장 아랫단 접시부터, 반드시 자기 앞접시에 일단 옮긴 뒤에, 라는 애프터눈 티를 즐기는 데 필요한 기본 규칙을 완전히 무시하고 맨 윗단 접시에 있는 디저트를 직접 손으로 집어 먹기도 한다.

그러나 한 입 먹을 때마다 진심으로 행복한 표정을 짓는다. 그 황홀한 표정을 볼 때마다 스즈네까지 기뻐진다.

"그거 좋구나."

시게루가 타르트를 씹으면서 활짝 웃었다.

"그 아가씨에게는 네가 서비스하는 애프터눈 티가 최고의 상이겠지."

시게루는 접시에 떨어진 피스타치오 크럼블까지 꼼꼼하게 주우며 입맛을 다신다.

"이 과자 정말 맛있구나."

할아버지가 감탄할 만도 하다.

서걱서걱한 시트에 새콤달콤한 체리 필링, 보슬보슬 부서지는 고소한 피스타치오 크럼블……. 다쓰야가 만드는 디저트는 모양만 예쁜 것이 아니라 식감도 즐겁고 맛도 훌륭하다.

솔직히 말해서 마음에 들지 않는 인간이지만 파티시에로서 다쓰야의 재능은 대단하다.

게다가 의외로, 함께 일하는 파티시에들 사이에서 다쓰야의 평판은 나쁘지 않다. 예전에 근무하던 셰프 파티시에는 무턱대고 긴 보고서를 쓰게 하는 사람이라서 그것만으로도 힘들었는데, 다쓰야는 실무를 더 중요하게 여기는 사람이라 다행이라고 젊은 파티시에들이 하는 이야기를 들은 적이 있다.

'이런 두툼한 기획서, 읽어봤자 전혀 머리에 들어오지 않아.'

매정하기 짝이 없는 말이었지만, 아마 다쓰야는 합리적으로 생각했을 뿐이리라.

"너희 할머니도 이런 과자를 맛볼 수 있었다면 얼마나 좋았을까."

시게루가 조용히 중얼거렸다. 그 말에 정신이 든 스즈네도 조금 쓸쓸해졌다.

"저기, 할아버지……."

스즈네는 할아버지와 단둘이 있는 이 기회에 이전부터 궁금했던 이야기를 꺼냈다.

"오빠도 저도 공장을 잇지 않았는데 그래도 되는 거였을까요?"

소규모 공장이기는 하지만, 할아버지에게는 할머니와 둘이서 고생 끝에 세운 성이었을 것이다.

"무슨 바보 같은 소리냐."

그러나 시게루는 아무렇지 않게 웃었다.

"이런 영세 공장은 더 이상 힘들지. 그 공장은 너희 아버지 대에서 끝이다. 나오키랑 넌 자신이 선택한 길을 가면 돼."

"정말로요?"

"그렇고말고."

전혀 걱정하지 않는 할아버지의 미소에 스즈네의 마음도 어느덧 가벼워졌다.

자신이 선택한 길.

스즈네는 할아버지의 말에 자기 마음을 새삼스레 들여다보았다.

그래. 그토록 꿈꾸며 스스로 정한 일이잖아. 이 정도 고민은 아무것도 아니야.

한밤중에 할아버지와 마주 앉아서 먹은 새콤달콤한 타르트는 신기하리만치 스즈네의 마음을 편안하게 해주었다.

이튿날도 스즈네와 동료들은 애프터눈 티 서비스를 시작하는 정오부터 손님을 맞느라 전력을 다하고 있었다. 오잔호텔 애프터눈 티는 다쓰야의 디저트는 물론이고 베테랑 셰프 히데오의 세이버리도 인기여서 점심 대신 먹는 손님도 많았다.

"량잉."

한바탕 바쁜 시간이 정신없이 지나가고 스즈네가 사무실에서 두 시간 뒤의 고객 예약 리스트를 확인하고 있는데 뒤에서 누가 불렀다. 서포터사원 우스이린이 한 손에 파일을 들고 서 있다.

똑같은 원피스를 입었는데도 치마 아래로 뻗은 다리가 곧고 길다. 뛰어난 몸매를 자랑하는 베이징 출신 스이린은 스즈네와 비슷한 또래지만 벌써 한 아이의 엄마다.

"진티엔 요우메이요우 중궈 구커?"
오늘 중국에서 오는 손님이 있나요

스즈네는 중국어로 질문을 받고 마음이 살짝 조급해졌다.

"아, 저기, 요우, 요우."
있어요, 있어요

"지디엔 라이?"
몇 시에 오시죠

"산디엔반."
3시 반에요

간신히 대답하자 스이린이 "합격"이라며 웃었다. 스즈네는 애프터눈티팀에 배속된 이래, 스이린에게 짬짬이 중국어를 배우고 있다. '량잉'은 스즈네涼音를 중국어식으로 읽은 이름이다.

"주간 회의는 어땠어?"

스이린이 유창한 일본어로 바꿔서 말했다.

"음, 부타이하오."
잘 안됐어

스즈네도 계속 중국어로 하기는 어려워서 일본어로 대략의 상황을 설명했다.

"불을 붙여서 먹는 크리스마스 푸딩이란 말이지……."

스이린은 깊은 생각에 잠긴 얼굴로 말했다.

"좋은 아이디어라고 생각했는데."

둘이서 라운지로 걸어가며, 스즈네는 아쉬워서 눈살을 찌푸렸다.

"글쎄, 어떨지."

"어……."

스이린이 예상과 달리 설레설레 고개를 저어서, 스즈네는 말을 삼켰다.

"량잉, 이 라운지의 고객층을 좀 더 제대로 살피는 게 좋아. 여긴 외국계 호텔의 고층 라운지가 아니야."

스즈네는 스이린의 냉정한 말에 다시금 라운지를 둘러봤다.

오잔호텔 라운지는 저층에 있지만 호텔 자체가 조금 높은 언덕 위에 있어서 커다란 창문을 통해 정원의 벚나무와 신록을 느긋하게 바라볼 수 있도록 지어져 있다. 대도시를 내려다보는 거대한 경관이 없는 대신에 계절마다 자연의 따스한 느낌이 넘친다.

그 때문인지 고객층도 스마트폰과 노트북을 들여다보며 인텔리임을 과시하려는 듯한 사업가보다 점잖은 중년층이 많다.

스이린의 말을 듣고 생각했다.

푸르스름한 불꽃에 감싸인 조금 자극적인 푸딩보다는 슈거 파우더를 뿌린 정석 메뉴 슈톨렌이 더 호평을 받을지도 모르겠다.

"그런 걸 지상탁빙이라고 해."

"아, 너무 어렵다."

"탁상공론."

스이린은 그 말을 남긴 뒤 온화한 웃음을 띠고 차를 더 권하러 테이블 사이를 걸어갔다.

스즈네는 그 꼿꼿한 뒷모습을 바라보며 어젯밤에도 할아버지에게 '책보다 손님을 보라'는 말을 들었던 기억을 떠올렸다.

'역시 난 아직 멀었어.'

내리깐 시선을 들자 문득 한 여성이 눈에 들어왔다.

'아, 저 사람.'

스즈네는 무심결에 예약 리스트를 확인했다. 스즈네가 관심을 갖게 된, 회사원으로 보이는 그 여성의 이름은 니시무라 교코였다. 화장기 없는 얼굴에 도수 높은 안경을 쓴 조금 수수한 여성은 오늘도 행복한 듯이 애프터눈 티를 먹고 있다.

큼직한 딸기를 얹은 벚꽃 풍미 무스. 프랑스산 그리오트°

° 신맛이 강한 체리 품종.

콩포트를 듬뿍 넣은 타르트. 달걀노른자 소스를 곁들인 싱싱한 그런 아스파라거스. 연어와 누에콩과 햇감자 키슈…….

교코는 한 입 먹을 때마다 황홀한 표정으로 눈을 감았다.

보는 사람까지 군침이 돌 것 같다.

스즈네는 그때까지 애프터눈 티라고 하면 '티 파티'로 통하는 사교의 장을 떠올렸지만 솔로 애프터눈 티의 달인이나 교코의 모습을 보면서, 저렇게 혼자 몰입해서 먹는 것 또한 좋다는 생각이 들었다.

게다가 그것이 애프터눈 티를 먹는 법으로 꼭 잘못된 것은 아니라는 사실을 최근에 알았다. 왜냐하면…….

"스즈네 씨!"

누가 별안간 스즈네의 팔을 붙잡았다.

점심 휴식에 들어간 줄 알았던 루리가 얼굴이 새빨개져서 흥분해 있었다.

"왜 그래?"

"됐으니까 잠깐 와보세요."

스즈네는 스이린에게 라운지 지휘를 맡기고 루리에게 이끌려 직원 전용 사무실까지 다시 갔다.

"엄청난 일이 생겼다고요!"

루리가 뒷손으로 사무실 문을 닫자마자 흥분해서 외친다.

"좀 전에 홍보팀에서 연락이 왔는데, 세상에 클레어 보일이 지금 라운지에 온대요."

"클레어 보일?"

"스즈네 씨, 설마 몰라요? 그 엄청 예쁜 영국인 기수요! 어떻게 모를 수가 있죠!"

루리는 씩씩대며 스마트폰 화면을 들이밀었다. 화면에는 밤색 털 경주마에 올라탄 금발 미녀가 떠 있다.

"지금 단기면허로 난칸 경마°에 출전한 미녀 기수예요. 예쁘지, 뛰어나지, 강하지, 삼박자를 다 갖췄고요. 지방 경마대회에 찾아온 한 송이 붉은 장미. 지난주에 개최된 경기에서는 오이의 제왕°°을 누르고 3연승. 클레어 덕분에 제 마권도 전성기를 맞았다고요!"

반 이상은 대체 무슨 말인지 못 알아듣겠다. 이 프랑스 인형 속에는 파티족이 아니라 실은 아저씨가 들어 있는 건 아닐까 하는 의심이 일었다.

그러나 지금은 연회동 다실에서 잡지 취재에 응하던 유명한 미인 기수가 호텔동 라운지에 벚꽃 애프터눈 티가 있다는 말을 듣고 꼭 맛보고 싶어 한다는 사실이 제일 중요했다. 이럴

° 일본의 유명한 지방 경마대회.

°° 도쿄의 지방 경마장인 오이 경마장 소속 기수 마토바 후미오의 별명. 마토바는 지방 경마의 최연장 승리 기록을 경신 중이다.

42

때를 위해 오잔호텔 라운지에는 별도로 개인실이 마련되어 있다.

"개인실 예약, 아직 없지?"

"네, 문제없어요!"

"그럼 난 취재 협력으로 애프터눈 티 소개도 넣어줄 수 있는지 홍보팀에 확인해 볼게."

스즈네 또한 마케팅부 사원이다. 그런 면으로는 빈틈없다.

"그럼 저기요, 있잖아요, 라운지 공식 SNS용 촬영도 할 수 있는지 물어봐 주세요!"

스즈네는 완전히 흥분 상태인 루리에게 개인실 준비를 맡기고 자신은 홍보팀과 연락을 취하며 주방으로 달려갔다.

다쓰야와 히데오를 불러서 사정을 설명하니, 두 사람 다 이런 사태에는 익숙한지 침착한 태도로 준비를 맡아주었다.

"허, 클레어 기수가 온단 말이지."

히데오는 클레어 보일을 아는지 계속 고개를 끄덕였다.

"저, 아스카이 셰프에게는 라운지를 대표해서 클레어 씨 접대를 부탁드려도 될까요? 언론에서 애프터눈 티도 소개해 주기로 해서요."

갑작스러운 일이라서 틀림없이 싫은 소리를 하리라고 각오했는데, 다쓰야는 의외로 말없이 고개를 끄덕였다.

"죄송합니다."

"아니, 오늘은 비교적 여유가 있으니까."

다쓰야는 그렇게 짤막하게 대답하고 주방으로 돌아갔다. 히데오도 "클레어 기수라" 하고 중얼거리며 살짝 들뜬 모습으로 뒤따라갔다. 스즈네는 두 사람의 뒷모습을 지켜보면서 별달리 자신을 싫어하지는 않는 것 같다고 남몰래 가슴을 쓸어내렸다.

자, 이러고 있을 때가 아니다.

스즈네는 개인실로 가서 루리와 함께 테이블 세팅에 심혈을 기울였다. 하얀 식탁보 위에 벚꽃 꽃꽂이 장식을 마쳤을 때, 호리호리한 금발 미녀 한 사람이 홍보 담당 남성과 카메라맨을 동반하고 들어왔다.

클레어 보일은 사진보다 더 화려하고 쾌활하게 잘 웃었으며 인상이 무척 좋은 여성이었다. 프랑스 인형으로 변신한 루리는 눈물을 글썽거리며 클레어에게 다가가서 "유 아 소 스위트(귀여우시네요)" 같은 말을 듣고 있다. 그러더니 신바람이 나서 공식 SNS용 사진 이외에도 개인적으로 사진을 몇 장이나 찍고 들떠 있다.

스즈네는 경마에 대해 자세히는 모르지만 이렇게 아름다운 여성이 남성 기수들 사이에 섞여서 말을 달린다니 어쩐지 믿어지지 않았다.

이윽고 벚꽃 애프터눈 티를 담은 3단 트레이와 함께 새하

안 파티시에복을 입은 다쓰야가 들어왔다. 벚꽃과 쑥을 사용한 오잔호텔의 독자적인 스콘에 대해 유창한 영어로 설명하는 다쓰야에게 클레어는 흥미롭다는 듯이 고개를 끄덕였다.

필요하다면 통역을 자청할 생각이었지만 그런 걱정은 전혀 쓸모없었다. 다쓰야는 스즈네 이상으로 영어가 능숙했다.

그도 그렇겠지.

생각해 보면 다쓰야는 원래 외국계 호텔에서 파티시에로 일했다. 파리의 제과 콩쿠르에서 상위 입상했다는 이야기도 들었다. 틀림없이 유학이나 해외 연수 경험도 있을 것이다.

얼굴을 가까이 대고 이야기를 나누는 클레어와 다쓰야는 마치 그림 같았다. 카메라맨이 아름다운 두 사람의 모습을 몇 장이나 사진에 담았다.

"인조이 유어 타임!"
좋은 시간 보내십시오

다쓰야는 대략적인 설명을 마치자 공손하게 고개를 숙이고 물러갔다. 스즈네도 개인실에 루리를 남겨두고 다쓰야의 뒤를 쫓아갔다.

"아스카이 셰프, 감사합니다."

"이것도 일이니까."

다쓰야가 이쪽을 흘끗 돌아본다.

"그런데 영어를 굉장히 잘하시네요. 역시 유학이나 해외 연수를 다녀오셨나요?"

별생각 없이 물어봤을 뿐인데, 그 순간 다쓰야의 눈빛이 찌를 듯이 차가워졌다.

"아니."

"네?"

"유학도 해외 연수도 안 갔다고."

다쓰야가 그 자리에 서서 스즈네를 정면에서 응시했다.

"그게 왜!"

말투가 너무 거칠어서 스즈네는 대답할 말을 잃었다.

다쓰야가 발길을 돌리더니 성큼성큼 걸어가 버렸다.

뭐지, 저건…….

자신을 싫어하는 건 아니라고 생각이 막 바뀐 참인데.

대체 저 태도는 뭐야……!

분한 스즈네는 멀어져 가는 다쓰야의 뒷모습을 노려보았다.

홍차용 물을 끓일 때는 주전자에 뚜껑을 덮지 않는 것이 기본이다. 스즈네는 커다란 업소용 주전자에 물을 가득 채우고, 물 표면에 500엔 동전 크기의 거품이 보글보글 올라오는 것을 확인한 뒤 타이머를 맞췄다. 공기를 잘 머금은 물이 완전히 끓고 나서 30초 뒤에 불을 껐다.

라운지에서 내놓는 애프터눈 티의 홍차는 스즈네를 비롯한 라운지 직원이 준비한다. 손님이 오는 시간에 맞춰서 물을 대량으로 끓이는 데서부터 라운지 업무가 본격적으로 시작된다.

오늘은 주말이라서 손님도 많다. 스즈네는 예약 리스트에서 예약 인원수를 확인하고 선반에서 티 포트를 꺼냈다. 오잔호텔 라운지에서는 '티 컬렉션'으로 언제든 찻잎을 20종류 이상 준비해 둔다.

화려한 향이 특징인 다즐링, 인도가 산지인 닐기리, 스리랑카의 고지에서 재배한 누와라엘리야, 난꽃 향이 나는 중국의 키먼 등 클래식 티. 베르가모트가 향기로운 얼 그레이, 향이 풍부한 위스키와 카카오 열매를 블렌딩한 아이리시 위스키 크림 등 플레이버 티. 허브와 과일을 조합한 애플 캐모마일이나 오렌지 루이보스 등 무카페인 티. 그리고 계절 한정 메뉴인 시즈널 티…….

애프터눈 티를 주문한 손님은 좋아하는 찻잎을 골라서 몇 번이고 홍차를 마실 수 있다. 두꺼운 티 북을 펴서 찻잎을 고르기만 해도 분명 두근거리는 기분을 맛볼 터다.

오잔호텔에서는 서포터사원을 포함하여 라운지에 서는 전 직원이 티 인스트럭터에게 엄격하게 연수를 받는다. 메뉴에 맞춰서 찻잎을 고르는 사람은 셰프 파티시에인 다쓰야지만, 그 찻잎을 살리는 것도 죽이는 것도 라운지 직원의 실력에 달려 있다. 베테랑 직원인 가오리는 티 인스트럭터와 홍차 어드바이저 자격까지 갖추고 있다.

역시 그 정도가 아니면 조리반 셰프들은 상대해 주지 않는 것일까. 스즈네는 티 포트를 나란히 놓으며 작게 한숨을 내쉬었다.

벌써 4월 중반이 지나고 있는데 아직도 크리스마스 애프터눈 티 기획에 다쓰야와 히데오의 동의를 얻지 못했다. 멍하니 있다가는 성수기인 골든 위크가 닥쳐서 회의하기 어려운 상황에 놓일 것이 뻔하다. 이대로 가면 정말로 가오리가 작년에 만든 기획을 그대로 쓰게 생겼다. 하지만 그래서는 모처럼 염원하던 애프터눈티팀으로 옮겨 온 보람이 없다.

'그게 왜!'

스즈네는 지난번 본 다쓰야의 냉랭한 눈빛이 생각나서 점점 더 한숨이 깊어졌다.

단순히 해외 연수를 갔다 왔는지 물어봤을 뿐인데 무엇이 그렇게 다쓰야의 기분을 상하게 했을까. 딱히 유학이나 해외 연수를 다녀오지 않았어도 우수한 파티시에는 얼마든지 있다. 실제로 다쓰야는 30대라는 젊은 나이에 현장의 치프인 셰프 파티시에를 맡고 있지 않은가.

그런데 그렇게 화를 내다니. 결국 다쓰야가 속 좁은 인간일 뿐이다. 그렇게 다시 생각하다 보니 점점 화가 치밀었다.

다쓰야는 오늘 오픈 준비가 끝나자 홍보팀의 호출을 받고 연회동에 나가 있다. 지난번에 예약 없이 벚꽃 애프터눈 티를 먹으러 왔던 '엄청 예쁜 영국인 기수' 클레어 보일이 오잔 호텔 오리지널인 벚꽃 스콘과 쑥 스콘을 몹시 마음에 들어 해서, 이번에 버라이어티 프로그램의 특별 편성으로 셰프 파티시에 다쓰야와 대담을 하게 되었다. 애프터눈 티의 본고장 영국에서 온 클레어와 미남 파티시에 다쓰야가 동서양 디저트에 관한 이야기를 나누는 기획이라고 한다. 텔레비전에 노출되면 라운지에 이득이라고는 하지만, 오늘은 손님이 많은 주말인데…….

스즈네는 얼굴을 가까이 맞대고 이야기하던 다쓰야와 클레어의 모습이 떠올라서 저도 모르게 콧방귀를 뀔 뻔했다.

'안 되지, 안 돼.'

스즈네는 당황해서 자세를 바로 했다. 이런 흐트러진 마음으로는 홍차의 맛을 낼 수 없다.

영국의 애프터눈 티는 호스트인 여주인도 손님과 함께 어울려 차를 즐기는 것이 관례다. 라운지 직원들도 손님을 맞는 주인이라는 생각으로 정성을 다해 차를 우려야 한다고 티 인스트럭터에게 배웠다.

호텔 라운지에 따라서는 차를 미리 잔에 따른 상태로 손님에게 내놓는 경우도 많다. 그 방법이 여러 종류의 차를 시음

하고 싶은 손님에게는 호평을 받기도 하지만, 오잔호텔에서는 전통적인 영국 관습에 따라 티 포트째 테이블로 운반하여 손님이 보는 앞에서 첫 잔을 따른다. 첫 번째 잔에서는 물빛이라고 부르는 맑은 색과 짙게 감도는 향을, 두 번째 잔에서는 홍차 본래의 맛과 떫은맛을 맛보게 하기 위해서다. 떫은맛을 싫어하는 손님은 두 번째 잔부터는 우유를 넣어서 즐겨도 좋다.

"스즈네 씨, 벚꽃 티 세 잔에 얼 그레이 하나요."

루리가 라운지에서 주문을 받아 와서 주문서를 밀어준다.

"오케이."

스즈네는 뜨거운 물을 부은 티 포트를 천천히 돌려서 포트 전체를 꼼꼼하게 데웠다. 오늘도 또 바쁜 하루가 시작됐다.

"역시 시즈널 티가 인기네요."

루리가 홍차가 담긴 틴 케이스의 뚜껑을 열자, 주위에 상큼한 찻잎 향기가 감돌았다. 이 시기에 가장 인기 있는 벚꽃 티는 봄에 찻잎을 딴 다즐링에 '향기 나는 벚나무'라고도 불리는 오시마벚나무의 꽃과 잎을 블렌딩한, 오잔호텔 고유의 신선하고도 화려한 느낌의 차다.

애프터눈 티의 홍차는 디저트에 사용하는 재료와 같은 향으로 맞추면 더욱 풍미가 깊어진다. 스즈네를 비롯한 라운지 직원이 권할 필요도 없이 손님들도 그 의미를 아는 듯했다.

게다가 오잔호텔의 명물인 벚꽃 애프터눈 티는 이달 말로 끝나고 다음 달인 5월부터는 신록을 주제로 한 그린 애프터 눈 티가 시작된다. 계절 한정 벚꽃 티는 이 시기를 놓치면 내년 봄까지 맛보지 못한다.

"스즈네 씨, 포트 준비해 주세요."

"알았어."

스즈네가 따뜻하게 데운 티 포트에 루리가 계량스푼으로 찻잎을 차례로 넣는다. 찻잎 분량은 잎 크기에 따라 각각 다르다. 찻잎이 크면 수북하게 한 번, 자잘하면 깎아서 한 번이 대략적인 기준이다.

"준비 완료요."

"루리 씨, 그럼 시작할게."

"네."

스즈네가 큰 주전자를 들어 올려 되도록 높은 위치에서 기세 좋게 뜨거운 물을 부으면, 루리는 향 성분이 달아나지 않도록 곧바로 티 포트 뚜껑을 닫는다. 이제 손발이 척척 맞는다.

이때 티 포트 속에서는 찻잎이 위아래로 마구 움직이는 '점핑' 현상이 일어난다. 연수받을 때 유리 티 포트를 사용하여 훈련했는데, 찻잎이 춤추듯 세차게 떠오르며 뜨거운 물을 갈색으로 물들이는 모습은 몇 번을 봐도 흥미롭다.

티 포트에 티 코지°를 씌우고 모래시계를 뒤집는다. 뜸 들이는 시간은 약 3분. 모래시계의 모래가 다 떨어지기 직전에 손님의 테이블에 내놓는다.

쟁반을 준비하고 있는데, 서포터사원 우스이린이 새 주문서를 들고 왔다.

스이린을 비롯한 서포터사원들은 손님 접대를 맡고, 스즈네와 루리는 팬트리°°에서 한바탕 정신없이 차를 준비했다.

역시 계절 한정 메뉴인 벚꽃 티가 압도적으로 인기를 끌었다. 왕벚나무는 이미 꽃이 다 졌지만 지금 오잔호텔 정원에서는 늦게 피는 겹벚나무가 만개했다.

벚꽃 티를 맛보며 마지막으로 벚꽃을 보는 주말은 분명 누구에게나 우아한 시간일 것이다. 손님들이 그 짧은 시간을 한층 더 잊지 못할 순간으로 기억할 수 있도록 돕고 싶은 마음 때문인지 무거운 주전자를 들어 올리는 스즈네의 손에 힘이 들어갔다.

가능한 한 높은 위치로 주전자를 들어 올리는 이유는 뜨거운 물에 공기가 들어가게 하여 찻잎의 점핑을 활성화하기 위해서다.

스즈네는 그로부터 약 한 시간 동안 계속 차를 우렸고 주문이 좀 뜸해질 무렵에는 어깻죽지가 뻐근해졌다.

° 차를 우리는 동안 식지 않게 티 포트에 씌우는 덮개.

°° 음료, 음식, 식재료 등을 보관하는 장소.

"그럼 전 라운지로 돌아갈게요."

스즈네는 라운지로 향하는 루리의 모습을 지켜보고 다음 예약을 확인하려고 사무실로 발길을 옮겼다.

오늘은 오후부터 생일 축하 모임이 몇 건 예약되어 있다. 데커레이션 크림에 꽂을 초를 일찌감치 준비해 두자.

초의 개수를 계산하며 사무실 문을 연 스즈네는 그곳에 서 있는 뜻밖의 인물을 보고 눈이 휘둥그레졌다. 텔레비전 출연 때문에 연회동에 가 있어야 할 다쓰야가 노트북 앞에 앉아 있었다.

"아스카이 셰프? 왜 아직 여기 계……."

스즈네는 말을 걸다가 입을 다물었다.

이쪽을 돌아본 다쓰야의 얼굴이 놀라우리만치 파리했다. 관자놀이에는 땀까지 번졌다.

갑자기 몸 상태라도 나빠진 걸까.

"대체 무슨 일이세요. 곧 녹화 시작되지 않아요?"

"아무것도 아냐."

걱정되어서 말을 건넸는데, 다쓰야는 시끄럽다는 듯이 고개를 저었다.

"미안하지만 나가줘."

스즈네는 뒤이어 나온 무뚝뚝한 말에 귀를 의심했다.

"그게 무슨 말씀이세요?"

"좀 급해."

"검색하는 거라면 저도 도울게요."

"아니, 시간이 없어서."

"그러니까 뭘 하고 계시냐고요."

스즈네가 모니터를 들여다보려 하자 다쓰야는 황급히 노트북을 닫았다.

그 순간 다쓰야의 파티시에복 주머니에서 스마트폰 벨 소리가 울렸다. 다쓰야가 크게 혀를 찼다.

무슨 일인지 잘 모르겠지만 상당히 어수선한 모습이었다.

"방해되는 것 같으니 이만 나가보겠습니다. 그럼 천천히 일보세요."

어깨를 으쓱하고 사무실을 나가려는데 이번에는 다쓰야가 갑자기 스즈네의 팔을 붙잡았다.

"잠깐만!"

"네?"

스즈네는 도무지 영문 모를 다쓰야의 행동에 있는 대로 인상을 썼다. 그러나 언제나 냉정한 다쓰야가 굉장히 심각한 표정을 짓고 있는 것을 보고 뭔가 큰일이 있어났음을 직감했다.

"아스카이 셰프, 무슨 일이세요?"

스즈네는 침착한 태도로 다쓰야 쪽으로 돌아섰다.

이럴 때는 나까지 당황하면 안 된다. 되도록 상대를 안심시키듯 조용한 말투로 용건을 묻는 것이 중요하다.

"괜찮아요. 말씀해 보세요."

스즈네는 다쓰야의 눈을 보며 말했다.

우습게 보면 곤란하다. 애프터눈티팀에서는 신참일지 모르지만 이래 봬도 취객이 많은 연회 담당 파트에서 단련했고 접객 콘테스트에서는 우승까지 차지한 몸이다. 상대가 패닉을 일으키려 하는 사태에 대처하는 법도 나름대로 알고 있다.

그래도 다쓰야는 한동안 주저했지만 이윽고 마음을 먹은 듯 주머니에서 뭔가 꺼냈다.

"이거 읽어줄 수 있을까?"

"네?"

스즈네는 다쓰야가 내민 것이 손으로 쓴 메시지 카드라는 사실을 알고 다시 눈살을 찌푸렸다. 클레어에게서 온 카드 같았다.

"무슨 말씀을 하시는 거예요. 제가 어떻게 읽어요. 그거 사적인 내용이죠?"

설마 연애편지를 읽어 달란 말인가.

"아니야. 그건 그런데, 그게 아냐."

"무슨 말씀인지 못 알아듣겠는데요."

"아니, 클레어에게서 온 거지만 그런 내용이 아니야. 지난번 감상을 써준 것 같아."

스즈네는 할 수 없이 메시지 카드를 받아 들었다. 읽기 쉬운 깔끔한 글씨로 일본의 독특한 풍미를 담은 벚꽃 스콘과 쑥 스콘에 대한 코멘트가 적혀 있었다.

확실히 의미심장한 내용은 아닌 듯했다.

"홍보팀 자식, 이런 걸 직전에 가지고 와서……."

스즈네는 중얼거리는 다쓰야에게 클레어의 감상을 간단하게 해석해 주었다.

"영국에서는 스콘에 잼을 먼저 바르는 '잼 퍼스트'인지, 크림을 먼저 바르는 '크림 퍼스트'인지에 대해 인스타그램에서도 맹렬한 논쟁을 벌이고 있습니다. 방송에서는 그런 이야기도 꼭 합시다……, 라는데요."

훈훈한 내용에 장미꽃이 활짝 핀 듯한 클레어의 웃는 얼굴이 겹쳐졌다.

"미안, 덕분에 살았군……."

스즈네는 다쓰야의 깊은 한숨에 문득 요전의 광경이 생각났다.

그 순간 의아한 생각이 들었다.

어? 이 사람, 영어 술술 하지 않았던가?

지난번에는 클레어와 유창한 영어로 담소를 나눴다. 그래서 스즈네는 다쓰야에게 해외 연수 경험이 있을 거라고 추측했던 것이다.

다쓰야의 스마트폰이 또 울렸다.

"지금 가겠습니다."

다쓰야가 무뚝뚝하게 대꾸하고 사무실 문을 열었다.

"아 참, 스즈네 씨."

일단 사무실에서 나갔던 다쓰야가 뭔가 생각난 듯이 돌아온다. 클레어의 카드를 잊었나 해서 내밀자, 다쓰야는 "아" 하고 카드를 주머니에 넣은 뒤에 "아니, 그게 아니라" 하고 무서운 눈초리로 쳐다봤다.

"이 일은 아무한테도 말하지 말아줘."

"네."

"부탁할게."

스즈네는 기세에 눌려서 고개를 조금 끄덕였다.

"고마워."

다쓰야는 그 말을 하자마자 파티시에복 옷자락을 날리며 사무실에서 나갔다.

대체 무슨 일이지……?

스즈네는 빠른 걸음으로 멀어져 가는 뒷모습을 그저 멍하니 지켜볼 수밖에 없었다.

"아, 오늘은 진짜 피곤하네……."

사복으로 갈아입은 스즈네는 호텔동에서 정원으로 나오자

마자 크게 기지개를 켰다.

　손님이 많은 주말의 라운지 업무가 겨우 끝났다.

　어깨를 휘돌리면서 돌계단을 한 단 한 단 내려갔다.

　개울에 놓인 붉은 다리와 지금 한창인 겹벚나무가 어둠 속에서 경관조명을 받고 숲속의 석등에도 희미하게 불이 켜져 있어서, 오잔호텔 정원은 밤에도 환상적이다.

　이날은 정말 힘들었다. 오후부터 라스트 오더인 저녁까지 두 시간 간격으로 예약이 꽉 차서, 팬트리에서도 라운지에서도 숨 돌릴 틈이 없었다. 바 타임을 맡은 직원과 교대하고 탈의실에 들어갔을 때는 팔이 올라가지 않을 정도였다.

　그래도 이렇게 정원에 나와서 나무나 흙 내음을 맡으면 온몸의 세포가 되살아나는 듯한 느낌이다. 도심의 초고층 호텔도 자극적이고 멋지지만, 드넓은 일본 정원이 주는 치유 효과는 역시 비할 데 없이 크다.

　'파티족' 루리는 이번 주말에도 기운이 넘쳐서 도시의 밤을 즐기러 나갔지만, 스즈네는 평소처럼 정원 안을 천천히 걸어서 집에 가기로 했다.

　맑게 흐르는 물에서 물레방아가 달그락달그락 소리를 내며 돌아가는 모습을 보니 마음이 편안해진다. 이 개울은 생태 서식 공간으로 조성되어서 앞으로 두 달만 지나면 여기저기에 반딧불이 날아다닌다.

그건 그렇고…….

스즈네는 사무실에서 본 다쓰야의 모습이 문득 생각나서 고개를 갸웃거렸다.

오늘 다쓰야는 정말 이상했다.

텔레비전 녹화를 끝낸 다쓰야는 아무 일도 없었던 것처럼 주방으로 돌아가서 평소대로 척척 지시를 내리고 일을 해치웠다. 스즈네도 몹시 바빠서 결국 그 후에는 사무실에서 얼굴을 마주칠 일도 없었지만, 다쓰야는 지금도 주방에서 바 타임의 샴페인이나 칵테일에 맞는 디저트 만들기를 진두지휘하고 있을 터다.

텔레비전 녹화 프로모션에, 주방 지휘에, 여러 방면에서 능수능란하게 활약하는 다쓰야를 생각하면 자신에게 심한 태도를 보였던 것도 잊고 솔직히 고개가 숙여진다.

하지만 스즈네는 그 화면, 노트북에 남아 있던 단어들이 뇌리에 떠올라서 고개를 갸우뚱했다. 그때 다쓰야는 대체 뭘 하려고 했던 걸까. 곰곰이 생각에 빠져 걷고 있는데 우물 옆 벤치에 누가 앉아 있는 것이 보였다.

"니시무라 씨……?"

스즈네는 활짝 핀 겹벚꽃을 올려다보며 삼각김밥을 먹고 있는 손님의 옆얼굴을 알아보고 엉겁결에 이름을 부르고 말았다.

그 순간 한 달에 한 번씩 꼭 혼자서 애프터눈 티를 먹으러 오는 수수한 회사원 느낌의 여성이 흠칫 놀라며 이쪽을 쳐다보았다.

"아, 죄송합니다."

스즈네는 허둥지둥 고개를 숙였다.

"저는 이 호텔 라운지에서 일하는 스즈네라고 합니다. 항상 애프터눈 티를 주문하시는 니시무라 교코 님이시죠?"

놀라게 한 것을 사과하려 하자, 교코가 벤치에서 벌떡 일어섰다.

"죄, 죄…… 죄송해요……!"

오히려 교코가 더 깊이 머리를 숙여서, 스즈네는 당황했다.

"여, 여기, 이런 데서, 이, 이런 걸 먹어서, 저, 정말 죄송합니다. 시, 실은 오늘이 월급 전날이라서요, 라운지에 갈 수가 없어서……."

"아니에요, 괜찮습니다."

스즈네는 지나치게 미안해하는 교코를 웃으며 말렸다.

오잔호텔 정원은 기본적으로 일반인에게 개방되어 있다. 출입문마다 경비원은 있지만 여간해서는 출입을 막지 않는다.

하물며 교코는 라운지의 단골손님이다.

"좋으실 대로 즐기셔도 전혀 문제없답니다. 저도 일이 끝나면 언제나 이렇게 산책하고 있어요."

그렇게 장담하자, 교코는 겨우 마음이 놓인다는 표정을 지었다.

"겹벚꽃도 아름답네요."

스즈네도 교코와 나란히 서서 겹벚나무를 올려다보았다. 벚꽃이라 하면 흐드러지게 피어서 무성한 왕벚나무가 가장 먼저 떠오르지만, 가지 끝에 커다란 꽃을 몇 송이씩 피우는 겹벚나무는 그 자체로 천연 부케 같다.

겹벚나무 주위에는 경관조명이 설치되어 있어서 한층 화려하고 아름답다.

정원 곳곳에 보안용 카메라가 설치되어 있으니 여성이 혼자 안심하고 밤 벚꽃을 즐기기에는 이곳이 안성맞춤인 장소일지도 모른다.

"……실은 오늘 회사에서 꽃구경 행사가 있었어요."

교코가 혼잣말처럼 이야기하기 시작한다.

"저는 시간이 지나도 그런 소란스러운 모임에 익숙해지지 않아서……. 결국 도중에 아무것도 먹지 않고 자리를 떴어요."

교코는 고개를 숙인 채 말을 이어갔다.

"어차피 제가 없어져도 아무도 모를 테고요."

목소리에 자조적인 뉘앙스가 배어났다.

"하지만 혼자서 이대로 집에 가기는 어쩐지 아쉽고 배도 고프고……. 편의점에서 삼각김밥을 샀는데 먹을 장소를 찾지 못해서······. 그러다 문득 정신을 차려보니 여기에 와 있더라고요."

낯익은 경비원이 "어서 오세요" 하고 인사를 해주어서 무심코 정원에 들어오고 말았다며, 교코는 조금 멋쩍은 듯 털어놓았다.

"그건 영광이네요."

스즈네가 웃음 짓자, 교코는 갑자기 정신이 든 것처럼 얼굴이 새빨개졌다.

"죄, 죄송해요. 갑자기 이런 얘기를······!"

"아니에요."

스즈네는 고개를 가로저었다.

"어서 앉으세요."

귀까지 빨갛게 달아오른 교코에게 앉기를 권하고는 자신도 옆에 앉았다.

교코 옆에 놓인 토트백에서 교본 같은 책이 엿보였다. 그러고 보니 교코는 애프터눈 티를 다 먹고 나면 언제나 제한 시간이 다 될 때까지 홍차를 마시며 열심히 공부했다.

"자격증 공부 같은 걸 하시나요?"

스즈네가 말을 걸자, 교코는 흠칫 놀라며 토트백을 끌어당겼다.

"실은······."

교코가 조심스럽게 가방에서 교본을 꺼냈다.

"영어 번역검정시험을 볼까 해서요."

"번역이요? 대단하네요!"

"아뇨, 아니에요."

교코는 물어본 사람이 멋쩍어질 정도로 고개를 세차게 저었다.

"정말 별거 아녜요. 그저 독학하는 건데요, 뭐. 하지만 아직 번역이라면 저도 할 수 있을까 하고……. 대화하는 건, 일본어로도 잘 못하거든요."

"그렇지 않아요."

"아뇨, 저 진짜로 형편없어요."

교코는 문득 밤바람에 흔들리는 겹벚꽃을 응시했다.

"번역검정시험은 2급 이상이 아니면 이직이나 업무에 도움이 되지 않아요. 그러려면 독학이 아니라 제대로 학교에 다녀야 좋다는 건 알지만요. 그렇게까지 단호하게 결심하지 못하는 게 가장 큰 문제라……."

교코는 거기까지 말하고는 입을 다물었다.

"……죄송해요. 이런 얘기만 해서."

스즈네는 다시 고개를 깊이 떨구는 교코를 가만히 바라보았다. 자신감이 없는 사람은 자신만이 아니었다.

자신에게는 티 인스트럭터나 홍차 어드바이저 자격이 있는 것도 아니고, 가진 것이라고는 숨 막히게 뜨거운 의욕뿐이다. 다쓰야는 물론이고 실은 히데오나 루리도 자신을 거북하게 여기지 않을까 가끔 불안해진다.

마음 깊은 곳에 쌓인 불안이 입에서 불쑥 튀어나오고 마는 일은 누구에게나 있을 터. 특히 이렇게 고운 벚꽃이 밤바람에 수런대는 밤이라면 더욱.

"저도 사실은 자격증 공부를 해야 한다는 생각은 하고 있어요."

자연히 스즈네도 솔직한 마음을 터놓기 시작했다.

입사 이래 줄곧 동경하던 애프터눈티팀으로 올해 겨우 이동했다는 것. 그러나 자신을 후임으로 추천해 준 선배와 비교하면 자신은 아직 한참 실력이 부족하다는 것.

"그 선배는 티 인스트럭터 자격증도 갖고 있고 홍차 소믈리에도 할 수 있는 사람이에요."

어느새 교코는 고개를 들고 스즈네의 이야기를 열심히 들어주었다.

"하지만 일하면서 자격증 공부를 하기는 꽤 힘들잖아요."

자격 취득을 위한 학교에는 야간 코스나 주말 집중 코스도 있지만 제대로 다니려면 그에 맞는 각오와 자금이 필요하다. 호텔에서 근무하면 주말 출근은 필수이고 솔직히 고된 업무 후에 학교에 다닐 기력은 도저히 생길 것 같지 않다.

"그러니 독학이라 해도 첫걸음을 내디딘 니시무라 씨는 역시 대단해요."

"그런가요."

교코는 역시 자신 없는 표정으로 고개를 갸웃거렸다.

"제 경우에는 다닐 시간은 있어도 결단을 내릴 용기가 없을 뿐이에요. 새로운 환경에 발 들이기가 무섭다고 할지……."

그래도 그 표정은 충분히 차분하게 바뀌었다.

"니시무라 씨."

스즈네는 갑자기 생각이 나서 말을 꺼냈다.

"혹시 괜찮으시면 의견을 좀 여쭤봐도 될까요?"

자신이 서비스하는 애프터눈 티를 늘 진심으로 행복하게 먹는 교코의 의견이라면 분명 뭔가 실마리가 되지 않을까 하는 직감이 들었다.

"실은 크리스마스 애프터눈 티의 새 기획이 좀처럼 정리가 되지 않아서……."

조리반을 설득시킬 기획안이 도저히 떠오르지 않는다고 하자, 교코는 약간 진지한 표정을 지었다.

그리고 잠시 생각에 잠겼다가 조심스러운 모습으로 우물쭈물 이야기하기 시작했다.

"저기……, 이건 제 개인적인 의견이고 분명히 소수파겠지만요……."

"네."

"개인적으로는 오히려 크리스마스답지 않은 게 좋아요."

"아."

크리스마스 애프터눈 티인데 크리스마스답지 않은 것이 좋다고?

일순 스즈네의 머릿속이 새하얘졌다.

"아뇨, 그러니까, 이건 완전히 개인적인 의견이라 하나도 참고가 되지 않을 거예요. 애당초 저처럼 혼자서 애프터눈 티를 먹는 사람은 아주 드물 테니까."

교코가 스즈네의 눈치를 보며 다시 허둥거렸다.

"다만 크리스마스 시기는 어디든 다 번쩍거려서 혼자서는 더 들어가기 어렵달까요. 저처럼 수수한 사람은 메뉴를 보기만 해도 어쩐지 죄송합니다, 싶은 기분이 들어서…… 아, 이, 이상한 말을 해서 저, 정말, 죄, 죄, 죄송해요!"

스즈네는 진심으로 사과하는 교코를 가만히 지켜보며 어쩐지 자신도 조금 이해할 수 있을 것 같았다.

확실히 오잔호텔 라운지에서 애프터눈 티를 즐기는 손님은 도심의 고층 빌딩에 위치한 외국계 호텔보다 연령층이 높다. 커플 손님보다 어머니와 딸이나 나이 지긋한 부인들이 대다수다. 너무 번쩍거리고 크리스마스를 지나치게 강조한 이벤트 느낌의 메뉴만 준비하면 특히 중년 부부 등은 자리가 편치 않을지도 모른다.

"니시무라 씨."

스즈네는 아직도 거동이 수상한 사람처럼 쩔쩔매는 교코 쪽으로 다가앉았다.

"그럼 투 트랙으로 준비하면 어떨까요?"

"투 트랙……."

"네."

스즈네는 고개를 깊이 끄덕였다.

"크리스마스다운 메뉴와 애프터눈 티의 정석다운 메뉴로요. 미술관의 특설전과 상설전 같은 느낌으로……."

스즈네의 말이 채 끝나기도 전에 교코가 "그거 좋네요!" 하고 엄지손가락을 치켜들었다.

갑자기 자신감 넘치는 동작으로 대답하는 모습에 스즈네는 자기도 모르게 웃음을 터뜨렸다. 정신을 차려보니 둘이서 어깨가 흔들릴 정도로 폭소하고 있었다.

"처음에는 혼자서 애프터눈 티를 먹기가 힘들었어요."

교코가 안경을 벗고, 너무 웃어서 나온 눈물을 손끝으로 닦았다.

"니시무라 씨는 언제나 인터넷 사이트에서 예약하시죠."

스즈네가 확인하자 교코가 고개를 끄덕였다.

"자기 전에 호텔 사이트를 구경하는 걸 좋아해서요. 숙

박 예정도 없는데 예쁜 사진을 보고 그저 동경할 뿐이었지
만⋯⋯."

오잔호텔이 손님 한 명도 애프터눈 티 예약을 받는다는 것
을 알고 그만 클릭 버튼을 눌러버렸다고 한다.

"화면에 '예약이 완료됐습니다'라는 표시가 떴을 때는 솔직
히 말해서 초조하더라고요. 사실은 중간에 취소할 생각이었어
요. 스즈네 씨에게 이런 얘기를 하기도 죄송하지만."

교코가 멋쩍은 듯이 입을 오므렸다.

"다들 친한 친구나 애인이랑 오는데 저만 혼자라니 역시 주
눅 들잖아요."

결국 취소하지 못한 채 예약일이 되었다고 한다.

주뼛거리며 라운지를 찾은 교코는 눈에 들어온 의외의 광
경에 맥이 빠졌다.

"창가 쪽 자리에서 평범한 아저씨가 혼자 애프터눈 티를 먹
고 있는 거예요."

교코는 말을 고르느라 어물거리며 이야기를 이어갔다.

"딱히 멋쟁이도 아니고 정말 평범한 아저씨였어요. 실례되
는 말이지만 옷도 수수한 양복이고 머리카락도 그, 조금 염려
스러울 정도고⋯⋯."

스즈네는 그 말을 듣고 대번에 누군지 감이 왔다.

솔로 애프터눈 티의 달인이다.

"그렇지만."

교코가 고개를 들고 스즈네를 바라보았다.

"혼자서 홍차를 마시고 있는 그분이 어쩐지 무척 즐거워 보이더라고요. 혼자 애프터눈 티를 먹는 건 별로 이상한 일이 아니구나 하고 그때 생각했죠."

"물론이에요."

스즈네가 장담했다.

"과자는 상인걸요."

"과자는 상……."

스즈네는 그 말을 반복하는 교코에게 힘주어 고개를 끄덕였다.

"저희 할아버지는 언제나 그렇게 말씀하셨어요. 저는 애프터눈 티란 최고의 상이라고 생각해요."

말하고 나서 가슴이 덜컥했다.

교코의 뺨에 아주 살짝 어두운 그늘이 진 느낌이 들었다.

스즈네는 쓸데없는 말을 너무 많이 했나 싶어서 내심 초조해졌다. 비슷한 나이라는 친근감도 있어서 무심코 이야기에 열중했지만, 교코는 친구가 아니라 어디까지나 손님이다.

"멋진 말이네요."

그러나 다음 순간 교코는 평소의 부드러운 표정으로 돌아왔다.

"오늘 스즈네 씨랑 이야기 나눠서 좋았어요."

스즈네는 그늘 없는 교코의 눈빛에 가슴을 쓸어내린다.

"저야말로 감사합니다. 제 고민까지 들어주셔서."

스즈네는 진심으로 고개를 숙였다.

"꼭 다시 들러주세요. 다음 달부터는 신록을 이미지로 한 그린 애프터눈 티를 시작해요."

"네, 꼭."

교코가 완전히 허물없이 대해줘서 스즈네는 왠지 기뻤다.

게다가 작은 힌트까지 얻었다.

"그럼 느긋하게 있다 가세요."

스즈네는 얼른 돌아가서 생각을 정리하려고 교코에게 인사하고 벤치에서 일어섰다.

아름답게 경관조명을 받은 밤의 벚꽃 아래에서 교코는 줄곧 이쪽으로 손을 흔들고 있었다.

그날 밤 스즈네는 자기 방에서 늦게까지 컴퓨터 앞에 앉아 있었다.

투 트랙이라는 아이디어가 어쩌면 정답일지도 모른다. 12월이라고 하면 음식과 관련된 곳은 어디든 다 크리스마스 메뉴 일색이지만, 그 이외의 메뉴를 원하는 손님도 의외로 많을 수 있다.

한 해 동안 애쓴 자신에게 주는 상. 가족이나 허물없는 동료와 느긋하게 즐기는 송년회…….

스즈네는 자판을 두드렸다.

대상을 커플로만 한정하지 말고 계절적으로는 대표 메뉴인 슈톨렌을 더 넣는 정도로 하고 나머지는 1년 동안 인기 있던 디저트나 세이버리를 배치하자. 버킹엄궁전의 레시피를 응용한 트래디셔널 애프터눈 티라고 하는 것도 멋질 것 같다.

잘 생각해 보면 다쓰야가 만드는 디저트도 의외로 기본을 따른 것이 많다. 봄의 명물인 벚꽃 스콘과 쑥 스콘은 오잔호텔의 전통 메뉴고 그 이외에도 기발한 메뉴는 별로 없다. 그런데도 색이나 향, 맛에 반짝이는 개성이 있어서 식후의 만족감이 더욱 커진다. 분명히 기초 토대가 탄탄하니까 진기한 메뉴가 아니어도 세련된 인상을 주겠지.

혹시 이 기획안이라면 통과가 될까.

소소한 기대에 가슴이 부풀어 있는데 문득 오늘 다쓰야가 보인 이해하기 힘든 행동이 머릿속에 떠올랐다.

클레어의 손글씨는 특이한 버릇도 없었고 철자가 읽기 힘든 것도 아니었다.

아까 헤어진 교코가 대화하기는 어려워도 번역이라면 그럭저럭 할 수 있다고 했는데, 그 반대 경우를 생각해 봐도 지나치게 극단적인 느낌이 들었다.

어? 스즈네의 머릿속에 뭔가가 걸렸다. 그러고 보니 그런 내용을 분명히 어디서 읽었는데…….

스즈네는 갑자기 생각이 나서 책상 서랍을 열어보았다. 예전에 접객 콘테스트에 나가기 전에, 교육 관련 잡지를 내는 출판사에 다니는 오빠 나오키가 집에 두고 간 교재를 참고한 적이 있었다.

서랍 속을 들여다보며 부스럭부스럭 뒤졌다.

"아, 있다!"

꽤 예전에 읽은 교재가 서랍 안쪽에서 구깃구깃한 상태로 나왔다. 스즈네는 접어놓은 페이지를 들춰 보다가 놀라서 숨을 죽였다. 이 빠진 퍼즐 조각을 드디어 찾은 느낌이 들었다.

"투 트랙?"

스즈네의 설명을 듣던 다쓰야의 미간에 주름이 생겼다.

"네."

스즈네는 다쓰야의 험한 표정에 주눅이 들 것 같지만 똑똑히 고개를 끄덕였다.

주간 기획 회의. 스즈네는 지난번보다 훨씬 간략한 기획서를 들고 다시 프레젠테이션에 임했다.

"오잔호텔 라운지의 고객층을 보면 크리스마스 메뉴 외에 1년을 아우르는 메뉴가 있어도 좋지 않을까 합니다."

이번 기획서는 글자 수도 줄이고 읽기 쉬운 형태로 깔끔하게 정리했다. 고객층을 집계한 그래프와 메뉴 이미지도 첨부했다. 지난번보다 훨씬 읽기 쉬울 것이다.

무엇보다 라운지 단골손님인 니시무라 교코의 조언을 받아들인 기획안이니 서포터사원 우스이런이 말하는 이른바 '탁상공론'이 아니다.

"그거 진심으로 하는 말이야?"

다쓰야의 말투는 변함없이 차가웠다.

"오잔호텔 애프터눈 티의 역사는 다른 호텔보다도 깁니다. 계속 찾아주시는 손님 중에는 크리스마스라도 평소의 메뉴를 원하는 분도 계실 겁니다. 예를 들면 미술관의 기획전과 상설전 같은 느낌으로……."

"잠깐만."

스즈네가 기획서를 들추자 다쓰야가 발표를 중단시켰다.

"미술관에는 작품을 설치해 두면 되지만 조리 현장은 그렇지 않아. 크리스마스 같은 성수기에 투 트랙을 만들다니 이쪽은 전쟁터라고."

다쓰야는 동의를 구하듯 세이버리 담당 히데오를 쳐다봤다.

"그렇지……."

히데오가 희끗희끗한 눈썹을 찡그렸다.

"메뉴에 따라서는 어떻게든 될 것도 같지만."

오.

스즈네는 히데오의 태도가 부드러워지자 마음이 급해졌다.

"크리스마스 디저트는 비교적 오래가는 게 많죠. 슈톨렌이라든가⋯⋯."

"그만큼 손이 많이 가지."

끈질기게 다그쳐봤지만 냉정한 대꾸가 돌아왔다.

옆자리에 앉은 루리는 그럴싸하게 팔짱을 끼고 생각에 잠긴 척하지만 오늘도 분명히 잠에 빠져 있다.

애도, 진짜⋯⋯. 주말 근무 후에 번화가에 몰려나갈 기운이 있는 건 앞으로 몇 년뿐이거든.

스즈네는 루리의 매끄럽고 팽팽한 피부를 곁눈으로 노려보았다.

"아무튼 라운지는 미술관이 아니야."

다쓰야가 어깨를 으쓱했다.

"비용 문제도 있고."

아무래도 이번 안은 지나치게 손님만 생각하고 현장을 보지 않은 것 같다.

애프터눈 티 개발. 선배 가오리의 인터뷰 기사를 읽었을 때는 이보다 더 멋진 일은 없다고 생각했는데 실제로 해보니 너무 어렵다.

스즈네가 말없이 가만히 있자 다쓰야가 선뜻 일어섰다.

"그럼 이만."

아직 오픈 준비 시간까지는 여유가 있을 텐데 더 이상 스즈네의 이야기를 들을 생각은 없는 듯했다.

스즈네는 지체 없이 회의실에서 나가는 다쓰야의 뒤를 자기도 모르게 쫓아갔다.

"아스카이 셰프."

복도에서 불러 세우자, 다쓰야는 크게 한숨을 쉬었다.

"뭐지?"

스즈네는 불쾌해 보이는 다쓰야의 표정에 일순 가슴이 철렁했다. 용모가 단정한 만큼 눈살을 찌푸리면 차가운 느낌이 두드러진다.

그러나 오늘은 이대로 물러날 수 없다. 새로운 메뉴 외에 다쓰야에게 확인하고 싶은 것이 있었다.

"아직 시간 조금 있으시죠. 잠깐 얘기 좀 할 수 있을까요?"

사무실에는 다른 직원이 있어서 스즈네는 다쓰야를 팬트리 한쪽 구석으로 데려갔다.

인기척 없는 팬트리의 선반에는 커다란 홍차 틴 케이스가 여러 개 줄지어 있었다.

다즐링, 닐기리, 우바……. 그중에는 다쓰야가 디저트에 맞춰서 직접 블렌딩한 오리지널 찻잎도 있었다. 스즈네를 비롯한 라운지 담당 직원들이 항상 홍차를 우려내는 팬트리에는 찻잎 향기가 은은하게 감돌았다.

"무슨 얘긴데?"

새하얀 파티시에복을 입은 다쓰야가 스즈네 앞에서 팔짱을 끼었다.

"요전 일로 생색이라도 낼 셈인가?"

"아닙니다."

스즈네는 단호하게 고개를 저었다.

다쓰야가 말하는 방식에는 문제가 있다고 느끼지만, 말하는 내용은 조리반으로서 정직한 의견이다. 뒤에서 험담하는 것보다는 훨씬 낫다. 그러니 스즈네도 돌려 말하지 않고 솔직하게 자기 생각을 꺼내놓기로 했다. 오늘 확인하고 싶은 것은 메뉴 이야기가 아니다.

"아스카이 셰프, 난독증이시죠."

단도직입으로 묻자 다쓰야의 얼굴이 창백해졌다.

역시 그런가.

스즈네는 그의 반응을 보고 확신이 깊어졌다.

이전 셰프 파티시에는 무턱대고 긴 보고서를 쓰라고 했는데 다쓰야는 그런 요구를 하지 않았다. 조리학교를 갓 졸업한 젊은 파티시에들이 확실히 그렇게 말했다.

'이런 두툼한 기획서, 읽어봤자 전혀 머리에 들어오지 않아.'

다쓰야의 그 말은 아마 문자 그대로의 뜻이었을 것이다.

"그런 건 숨기지 않는 게 좋아요."

스즈네는 자기보다 키가 큰 다쓰야를 올려다본다.

"아니 숨길 필요가 전혀 없어요."

스즈네가 연회동의 연회 담당이던 시기에 오빠가 두고 간 학습장애 아동용 교재가 몇 번 도움이 되었다. 이런 교재에는 학습장애 아동을 둔 부모를 위한 전문가의 실천적 조언이 담긴 보조 교재가 꼭 딸려 있는데, 그 내용이 손님 접대에도 꽤 참고가 되었다.

ADHD로 보이는 아이가 울고불고하기에 반짝거리는 스티커를 줘서 울음을 그치게 한 순간, 그 아이의 어머니가 매달려서 울기 시작한 적도 있다. 분명 시끄럽다는 듯 쳐다보는 주위의 시선에 어지간히 내몰렸으리라.

오빠는 아이가 어릴 때부터 이런저런 진단명을 붙이는 것이 좋은 일인지 나쁜 일인지 잘 모르겠다고 했지만, 진단명을 붙여서 대처 방법을 찾을 수 있다면 본인이나 주위의 부담이 조금은 가벼워질 터다. 옆에서는 알아보기 어려운 난독증 등이 가장 두드러진 예가 아닐까.

스즈네는 어젯밤에 보호자용 보조 교재에서 난독증에 관한 장을 꼼꼼히 읽어봤다. 내용 중에 일본어를 읽고 쓰는 데는 별 어려움이 없어도 영어 스펠링을 전혀 인식하지 못하는 증례가 있었다. 듣기와 말하기는 되는데 로마자 철자를 단어로 인식하지 못하는 사례가 있는 것이다.

이런 아이들이 영어를 배울 때, 단어를 컴퓨터 화면상에 등록하고 음성변환 기능을 사용해 학습하는 사례가 소개되어 있었다.

그 페이지를 읽는 순간, 스즈네의 뇌리에는 다쓰야가 숨기려고 한 노트북 화면이 떠올랐다.

다쓰야는 허둥지둥 노트북을 닫았지만, 나중에 열어보니 "저장하시겠습니까?"라는 메시지가 뜬 화면이 그대로 남아 있었다. 그 화면에는 다쓰야가 음성 변환 기능에 의지해 입력한 것으로 보이는 단어가 줄지어 있었다.

사회적으로 영어 난독증의 실체를 인식하기 시작한 것은 영어를 초등학생 때부터 주요 교과목으로 삼기로 한 극히 최근의 일인 듯하다.

30대인 다쓰야는 중학교에서도 고등학교에서도 상당히 힘들었을 것이다.

해외 연수나 유학은 확실히 꿈도 꾸기 어려웠으리라.

"……그래서 어쨌다는 거지?"

팬트리에 감정을 억누른 목소리가 울렸다.

"당신까지 내가 '정상'이 아니라고 말하는 거야?"

"네……?"

다쓰야가 칼로 벨 듯한 눈빛을 하고 있어서, 스즈네는 주눅이 들었다.

"그, 그래도, 우리는, 같은 팀이고 제대로 이야기를 해주시면 좀 더 원활하게……."

"뭐가!"

갑자기 다쓰야가 큰 소리를 냈다.

"내가 난독증이라고 해서 팀에 뭔가 폐를 끼친 적이 있었나! 한 번이라도 만족스럽지 않은 줄레나 무스나 가토를 만든 적이 있냐고!"

"그, 그건 아니지만……."

스즈네는 너무나 험악한 다쓰야의 기세에 겁먹었다.

"그럼 쓸데없는 참견이잖아."

다쓰야가 중얼거리듯 말하더니 어깨를 축 늘어뜨렸다.

스즈네는 그제야 자신이 실수했다는 것을 깨달았다.

"죄, 죄송합니다."

황급히 사과했지만, 다쓰야는 이미 스즈네 쪽을 쳐다보지도 않았다.

아, 또 실수했어.

스즈네는 그 순간 자기혐오에 빠졌다. 자신이 열의에 넘친 나머지, 가끔 상대의 영역에 너무 깊숙이 들어가는 경향이 있다는 것은 알고 있었다.

어젯밤 교코하고는 마음을 터놓을 수 있었지만 이번에는 눈앞에서 셔터가 내려갔다. 그래도 우리는 같은 라운지에서 일하는 동료가 아닌가. 사무실에서 식은땀을 흘리던 다쓰야를 생각하면 역시 이대로는 안 된다는 생각이 들었다.

"하지만 아스카이 셰프."

"됐어."

어째서 그렇게 신경을 쓰는 걸까?

쓸데없는 참견이라지만 오히려 지나치게 신경 쓰는 것이 부자연스럽게 느껴졌다.

"무슨 일이에요?"

그 자리에 루리가 고개를 갸웃거리며 나타났다.

스즈네도 다쓰야도 서로 말을 삼켰다.

"뭘 그렇게 붙어서 노닥거리고 계세요."

"노닥거리다니!"

우연히 목소리가 딱 겹쳤다.

"아무튼."

다쓰야가 작은 소리로 속삭였다.

"난 장애인이 아니야. 업무에 지장은 없어."

얼음장 같은 눈초리로 한 번 쳐다본 다쓰야는 빠른 걸음으로 주방으로 향했다.

아…….

스즈네는 다쓰야의 뒷모습을 지켜볼 수밖에 없었다.

또다시 멀어져 간다. 내 최고의 애프터눈 티.

스즈네는 홍차 향이 피어오르는 팬트리에서 내내 맥없이
서 있었다.

제2화

그 남자의 애프터눈 티

케이크류인 앙트르메를 만드는 주방은 언제나 섭씨 15도 이하를 유지한다.

새하얀 파티시에복을 입은 아스카이 다쓰야는 열 명 정도 되는 직원이 서늘한 공기 속에서 묵묵히 자기 일에 몰두하고 있는 주방 안을 천천히 한 바퀴 돌며 각 공정이 늦어지거나 문제가 없는지 확인했다.

다쓰야가 오잔호텔에 입사한 지 벌써 5년이라는 시간이 흘렀다. 다시금 생각해 보면 상당한 세월이다.

입사 2년 만에 애프터눈티팀 디저트 담당 치프인 셰프 파티시에가 되는 길이 열렸다. 순조롭다면 순조롭다고도 할 수 있다.

다쓰야가 제과 전문학교를 졸업한 후 처음 취직한 곳은 동네에 있는 작은 제과점이었다. 그곳에서는 제자들이 오너 셰프에게 호통을 들어가며 모든 밑준비를 담당했지만, 중간 규모 이상의 가게나 호텔 주방에서는 대부분 분업을 한다.

물론 오잔호텔도 예외는 아니다. 스펀지나 파이 등의 반죽을 담당하는 투리에. 투리에가 만든 반죽을 굽는 오븐 담당자 푸르니에. 푸르니에가 구워낸 시트에 크림이나 과일 등으로 장식해 마무리하는 앙트르메티에. 캐러멜, 누가, 콩피튀르 등 설탕이 주재료인 과자를 담당하는 콩피쇠르. 아이스크림이나 소르베 등의 빙과를 담당하는 그라시에.

오잔호텔의 분업은 여기까지지만 개중에는 초콜릿 과자를 담당하는 쇼콜라티에, 데니시나 브리오슈 같은 빵을 만드는 비에누아즈리를 둔 가게나 호텔도 있다.

생소한 명칭은 모두 프랑스어다. 파티시에는 작업공정 대부분에 프랑스어를 쓴다. '잘게 자르다'는 '아셰', '체로 거르다'는 '파세', 시트에 시럽이나 양주를 배어들게 하는 것은 '앵비바주' 또는 '앵비베'.

이런 용어는 전문학교에서도 얼추 배우지만 주방에서 실제로 반복해 들으면서 눈 깜짝할 사이에 체득하게 된다. 이곳에서는 딱히 어학 능력이 필요하지 않다.

일본어에 때로는 영어까지 섞어서, 분리는 세퍼레이트에서 따서 '세퍼하다', 앵비바주는 '앵비베하다' 등 일본식 영어와 일본식 불어가 버젓이 통한다. 참고로 스펀지 시트는 제누아즈를 줄여서 '제누아'라고 부른다.

그런가 하면 일본어의 전통적 표현도 남아 있어서, 커스터드 크림이나 시럽은 '만든다'가 아니라 '짓는다', 케이크 시트에 액체를 배어들게 하는 '앵비베'도 또 다른 표현으로 '흘려 넣다'라고 하는 것이 일반적이다.

요컨대 주방에서 쓰는 말은 외국어가 아니라 예전부터 내려오는 제과 전문가의 전문용어라는 이야기다.

동네 제과점에서는 허드렛일하는 틈틈이 셰프나 선배의 기술을 훔쳐보며 케이크 만드는 법을 대략 익혔다. 예전에는 한 가게에서 하나의 공정만 담당해야 했기에, 모든 공정을 경험하려면 가게를 전전하며 기술을 익혀야 했다고 들었다.

현재 분업 체제를 채택한 직장에서는 대개 몇 년마다 한 번씩 돌아가면서 모든 직원이 전 공정을 경험할 수 있도록 한다.

그러나 다쓰야는 오잔호텔에 오고 나서 젊은 직원 중에는 그런 방식을 원치 않는 사람이 있다는 것을 처음 알았다.

애프터눈티팀의 라운지 직원이 대부분 서포터사원이라고 부르는 계약사원인 데 비해 조리반 인원의 대다수는 정사원이다. 재벌계 여행사가 모체인 오잔호텔은 급여 체제나 복리후생이 비교적 좋은 편이다. 동네 제과점에서 이른 아침부터 늦은 밤까지 혹사당했던 다쓰야로서는 믿기 어려운 이야기지만, 근무시간도 하루 여덟 시간으로 정해져 있고 그 시간을 초과하면 잔업수당도 붙는다. 개인이 경영하는 가게에서 일해본 적 없는 젊은 직원은 그것을 당연하게 여기는 것 같다.

하긴 내가 이전에 있던 가게가 너무 환경이 열악했는지도……

다쓰야는 살짝 쓴웃음을 지었다.

개인 오너가 운영하는 제과점 환경은 어디든 비슷했다. 딱히 부당하다고 느끼지도 않았다.

다쓰야가 전문학교를 갓 졸업했을 무렵에는 어쨌든 새로운 기술을 배우고 싶은 마음에 그렇지 않아도 바쁜데 자는 시간도 아껴가며 오너나 선배들이 시험 삼아 제품 만드는 것을 거들었다. 하루빨리 케이크 제작의 전 공정을 익혀서 셰프로 독립하고 싶어서였다.

그러나 20대 직원 중에는 일과 사생활의 균형을 중시해서, 익숙하지 않은 공정에서 잔업이나 고생을 강요당하느니 날마다 여덟 시간씩 반죽만 치대는 쪽을 선택하는 사람도 있는 듯했다. 제과 전문가라는 의식보다 호텔에 근무하는 회사원이라는 의식이 강한 것이리라.

다쓰야는 그것이 좋은지 나쁜지 모른다.

반죽을 치대는 단순 작업도 제과의 중요한 공정이자 중노동이라는 점은 변함없고, 젊은 직원들의 근무 태도는 성실해서 그 점에 관해서는 불평할 여지가 없다. 적어도 이전에 자신이 있던 외국계 호텔의 주방 분위기와 비교하면 여기는 훨씬 일하기 편하다.

다쓰야는 떠올리고 싶지 않은 기억이 되살아나는 듯해서 가슴속이 싸해졌다.

그만두자. 인제 와서 그런 걸.

다쓰야는 작게 고개를 가로저었다.

오잔호텔로 옮긴 것은 반은 우연이었지만, 어쨌든 현재 환경에 만족하고 있다. 호텔 근무밖에 모르는 젊은 직원들한테서는 이따금 예상 밖의 일이 벌어질 때도 있으나, 서브 치프인 수셰프는 믿음직한 사람이고 무엇보다 호텔 애프터눈 티의 노포이기도 한 오잔호텔에서는 스콘이나 구움과자의 전통적인 배합에 관해 배울 점이 많았다.

"셰프."

수셰프 야마사키 아사코가 샘플용으로 담은 디저트 접시를 가지고 왔다.

"확인 부탁드립니다."

접시를 내미는 아사코는 다쓰야가 이곳으로 옮겼을 당시부터 애프터눈 티를 담당하고 있는 30대 파티시에르다.

제과 일은 언뜻 보기에 여성에게 잘 맞는 직업 같지만 실제로는 종일 서서 반죽하거나 오븐에서 무거운 철판을 꺼내기도 하고 몇 킬로나 되는 밀가루와 설탕 포대를 짊어지는 등 상당한 체력이 필요한 중노동이다. 그래서 예전에는 제과 전문가들이 대부분 남성이었다.

그러나 최근에는 아사코 같은 파티시에르°의 활약이 눈부시다. 단순 작업을 좋다고 여기는 사람은 남성 직원뿐이고, 여성 직원은 모든 공정에 적극적이고 욕심이 많다. 다쓰야가 이끄는 애프터눈티팀 직원의 절반도 서른 전후의 여성들이었다.

여성 직원들의 말로는 제과 일은 무거운 것을 드는 중노동도 힘들지만, 더 괴로운 것은 늘 저온으로 유지되는 주방의 '냉기'라고 한다. 아사코도 하반신에 앞치마를 이중으로 두르고 있었다.

다쓰야는 아사코가 내민 접시를 받아 들었다.

골든 위크가 끝나는 오늘부터 오잔호텔의 명물인 벚꽃 애프터눈 티 대신 신록을 이미지로 삼은 그린 애프터눈 티를 내기 시작한다.

감귤 계통의 상큼한 향이 나는 허브 버베나와 레몬 줄레. 신선한 살구와 가루차 크림 가토. 라임과 스피룰리나를 넣은 그린 마카롱…… 초여름이 제철인 식자재를 듬뿍 사용하여 보

° 여성 파티시에.

기에도 산뜻한 프티 푸르를 예쁘게 담아놓았다.

이번에 다쓰야가 특히 공들인 스페셜리티는 신슈 지방에서 나는 루바브를 사용한 크렘 브륄레 타르틀레트다. 루바브는 머위처럼 잎을 식용으로 쓰는 채소인데 과일 같은 개운한 신맛이 있어서 유럽에서는 콩포트나 잼 등을 만들 때 많이 쓴다. 수입 냉동품이 1년 내내 출하되긴 해도 선명한 붉은빛을 띤 굵고 신맛 강한 신선한 루바브가 국내 시장에 나오는 것은 초여름 이 시기뿐이다.

다쓰야는 숟가락을 들고 연한 갈색으로 캐러멜화된 크렘 파티시에르 표면을 가볍게 찔렀다.

크렘 파티시에르, 즉 프랑스어로 파티시에의 크림. 커스터드 크림이다. 커스터드 크림은 그 이름이 가리키듯 파티시에에게 없어서는 안 될 존재다. 슈 아 라 크렘, 에클레어, 지브스트, 크렘 브륄레…… 커스터드 크림의 맛이 모든 것을 결정하는 과자가 많다.

바사삭 갈라지는 캐러멜 밑에서 바닐라 빈스 알갱이가 흩어져 있는 짙은 크림이 녹아내렸다. 그 속에서 루비 같은 루바브 콩포트가 얼굴을 내밀었다.

루바브가 예쁜 색을 유지하는 것이 이 타르틀레트의 가장 중요한 핵심이다. 달걀색 크림과 붉은색 루바브의 대비가 아름답다. 그 점에서 우선 합격이다.

한 숟가락 떠서 입에 넣으니 바삭한 캐러멜의 쓴맛이 천천히 풀리는 동시에 신맛이 살아 있는 상큼한 단맛이 입안 가득 퍼진다. 바닐라 향도 충분히 나고 깔끔한 뒷맛도 나무랄 데 없다.

"응, 문제없군."

다쓰야가 고개를 끄덕이자, 아사코가 안도했다는 표정을 지었다.

"이 상태로 오늘도 잘 부탁해."

다쓰야는 짧게 말하고 아사코에게 등을 돌렸다.

"네."

뒤에서 아사코가 대답하고 자기 위치로 돌아가는 기척이 났다.

한두 마디 더 말을 덧붙이는 편이 나을지도 모르지만…….

다쓰야는 셰프 파티시에가 된 지 3년이 지난 지금도 직원들과 일정한 거리를 두고 있었다. 옛날의 오너 셰프처럼 직원에게 호통치지도 않고, 그렇다고 요즘 젊은 셰프들이 흔히 갖는 주방 직원에 대한 동료 의식도 없다.

일은 일. 담담하게 흘러가면 그만이다. 이제 누군가를 믿고 싶지도, 의심하고 싶지도 않다.

'우리는 같은 팀이고 제대로 이야기를 해주시면 좀 더 원활하게…….'

문득 요전에 들은 스즈네의 목소리가 귓전에 아른거렸다.

스즈네는 현재 출산휴가에 들어간 베테랑 라운지 직원 소노다 가오리의 후임으로 올해부터 애프터눈티팀에 배속된 서비스과의 직원이다.

원래 연회동에서 연회를 담당했던 스즈네는 애프터눈 티에 특별한 생각이 있는지 묘하게 의욕이 넘쳐서 다양하게 새 기획을 제안하려고 한다. 일에는 열심이고 나쁜 사람은 아니라고 본다. 노력만 하면 모든 것은 이루어진다. 그러나 다쓰야는 진심으로 그렇게 믿는 듯한 스즈네의 지나치게 건전한 진지함이 처음부터 거슬렸다.

아무것도 모르면서.

아무리 노력한들 어쩔 수 없는 일이 있다.

'역시 유학이나 해외 연수를 다녀오셨나요?'

악의 없는 표정으로 그렇게 물었을 때도 꽤 화가 났지만 그보다, '아스카이 셰프, 난독증이시죠.' 스즈네가 단도직입으로 물은 말이 다시 생각나서 다쓰야는 입을 꾹 다물었다. 자신조차 오랫동안 짐작하지 못한 증례를 친하지도 않은 사람이 그렇게 대놓고 지적하기는 처음이다.

다쓰야의 경우, 일본어를 읽고 쓰는 데에는 큰 지장이 없다. 그래서 자신을 비롯하여 부모님과 학생 시절의 교사도 근본적인 문제를 알아채지 못했다.

'숨길 필요가 전혀 없어요.'

스즈네가 아무것도 아니라는 듯이 계속해서 한 말에 처음에는 어이가 없었다. 그러다 점점 먹구름처럼 짜증이 피어올랐다. 고작 몇 개월 같은 팀에서 일했을 뿐인 인간이 대체 뭘 안단 말인가.

도야마 스즈네는 사내의 까다로운 접객 콘테스트에서 우승했다. 그런 만큼 다른 사람을 상대하는 지식은 있을 것이다. 그렇다고 상대방의 마음을 흙발로 짓밟는 그런 짓은 허용할 수 없다.

'괜찮아요. 말씀해 보세요.'

하지만 맑고 커다란 눈동자로 자신을 똑바로 보며 침착하게 말을 건 스즈네의 모습을 떠올리자 또 다른 복잡한 감정에 사로잡혔다.

계기는 텔레비전 녹화 직전에 함께 방송에 출연하는 클레어 보일이 보내는 자필 메시지를 홍보팀에서 건네받은 일이었다. 일반적으로 생각하면 간단히 읽을 수 있는 메시지다. 그러나 자신에게는…….

녹화 시간이 다가오고 반쯤 패닉을 일으킬 뻔했을 때 스즈네가 사무실에 들어왔다. 스즈네는 명백히 이상한 언동을 한 자신을 보고도 놀라지 않고 침착하게 대처해 주었다. 그때 사무실에 들어온 사람이 스즈네가 아니었다면 어떻게 그 사태에서 벗어났을까.

'아니야.'

설령 메시지를 읽지 못했어도 녹화가 조금 어색해지는 정
도지 크게 지장이 생기지는 않았을 것이다. 그러니 딱히 갚아
야 할 은혜라고 생각할 필요는 없다.

다쓰야는 쓸데없이 치밀어 오르는 감정을 떨치려고 숨을
한 번 내쉬었다. 그리고 요리용 토치를 들고 손수 스페셜리티
마무리 작업에 참여했다. 다쓰야가 함께하자 마무리를 담당하
는 앙트르메티에 직원들 사이에 긴장이 감돌았다.

크림 표면에 중남미산 갈색 설탕인 데메라라 설탕을 골고
루 뿌리고 토치를 일정하게 움직여서 표면을 예쁘게 캐러멜
화한다. 캐러멜화는 표면의 바삭한 식감을 잃지 않도록 손님
에게 내놓기 직전에 하는 것이 가장 중요하다.

다쓰야 팀이 만드는 신맛 나는 디저트에는 시니어 직원 스
도 히데오가 지휘한, 정어리와 연어를 사용한 북유럽 스타일
의 세이버리를 곁들인다.

다쓰야는 시선을 조금 들어서 식사류를 조리하고 있는 맞
은편 주방의 상황을 살폈다.

딜과 바질 등 허브를 넉넉히 넣고 마늘로 맛을 낸 살사 베
르데 소스를 이용한 정어리 카나페와 연어와 누에콩 키슈는
포만감도 있고 맛있어 보인다. 이 시기의 북유럽 대표 메뉴인

칵테일 가재는 일본인에게 맞춰서 껍질 깐 새우로 변경했다고 한다.

히데오는 칵테일 새우를 일반 빵이 아니라 브리오슈에 채워 넣었다. 달콤한 과자에도 사용하는 브리오슈를 이용한 점이 독특하고 재미있다.

다쓰야는 애프터눈티팀의 셰프 파티시에로 발탁됐을 때 자신과 콤비를 이룰 세이버리 담당 셰프가 한 번 정년퇴직했던 시니어 직원이라는 사실에 적잖이 당황했다. 사실 히데오는 다쓰야의 아버지보다도 나이가 많다. 외국계 호텔은 별개라 쳐도, 다쓰야가 오래 몸담은 동네 제과점에는 뿌리 깊은 종적 사회 분위기가 남아 있었다. 그러나 히데오는 다쓰야와 콤비를 이룬 뒤로 줄곧 다쓰야의 의견을 존중해 주었다.

애프터눈 티의 중심은 역시 디저트니까, 하고 딱 결론을 내렸기 때문인지도 모른다. 서로 쓸데없는 말은 하지 않았지만, 히데오는 다쓰야에게 절대 일하기 불편한 상대는 아니었다.

각 주방에서 만든 디저트와 세이버리는 팬트리에서 은제 3단 트레이에 담는다. 애프터눈 티의 본고장인 영국에서는 갓 구운 스콘을 다른 접시에 담아서 내기 때문에 2단 트레이를 사용할 때도 많지만, 일본에서는 3단 트레이야말로 애프터눈 티의 상징이다.

실제로 은색으로 빛나는 3단 트레이는 애프터눈 티를 가장 화려하게 만드는 연출이다. 겉모양의 화려함 또한 호텔 애프터눈 티만의 서비스라 할 수 있다. 다쓰야도 그 부분은 오잔호텔 전통의 스타일을 따랐다.

무심코 팬트리를 보자 티 포트를 데우는 스즈네의 모습이 시야에 들어왔다. 스즈네는 오늘도 꼼꼼히 주전자를 데우고 정성스럽게 홍차를 우리고 있었다.

그 일이 있고 난 뒤로 스즈네하고는 업무 이외에는 말을 나누지 않고 있다. 가끔 뭔가 이야기하고 싶어 하는 시선을 느꼈지만 철저히 피했다.

뭐가 팀이냐. 일은 명쾌하면 그걸로 충분하다. 동조압력°같은 건 좋아하지 않는다.

다쓰야는 스즈네의 모습에서 눈을 돌려 손에 든 토치에 정신을 집중했다.

오랜만의 휴일은 날씨가 무척 좋았다.

오잔호텔에서는 셰프 파티시에라도 한 달에 8일의 휴가를 쓸 수 있다. 동네 제과점에 비하면 혜택받은 환경이다. 그렇지만 치프인 셰프 파티시에가 성수기인 연휴나 주말에 쉴 수는 없었다. 휴일은 대개 회의가 없을 때의 주초나 비교적 예약이

°　다수의 의견에 따르도록 암묵적으로 강제하는 집단의 압력.

적은 주중으로 한정되어 있다. 하기야 휴일을 되도록 혼자 보내고 싶은 다쓰야에게 시내가 별로 혼잡하지 않은 평일 휴일은 더할 나위 없이 좋았다.

이날 다쓰야는 지하철을 갈아타고 요리책이나 음식에 관한 전문서적을 모아둔 편집숍에 갔다. 매장 안에는 전문적인 수입 서적을 비롯하여 국내외의 다양한 음식에 관한 책과 잡지가 진열되어 있었다. 그 경향은 본격적인 일식에서부터 전자레인지를 이용한 간단 요리, 미식에서 다이어트식까지 여러 방면에 걸쳐 있지만, 책장을 보면 사람들이 요즘 어떤 음식에 관심이 있는지 특징과 경향을 알 수 있다.

이전에 다쓰야의 전문학교 은사가 이 편집숍에 딸린 키친 스튜디오에서 레시피 모음집 출판 기념으로 워크숍을 연 적이 있었다. 다쓰야는 그때 인사할 겸 얼굴을 내민 이래, 휴일에 가끔 이곳에 와서 책장을 둘러보았다.

다쓰야는 카페 옆에 있는 세련된 매장 안에서 화려하게 진열된 요리책 표지를 보면서 새삼 자신이 아주 멀리까지 왔다는 기분에 사로잡혔다.

10대의 자신이 서른을 넘은 지금의 자신을 보면 대체 뭐라고 할까. 그럭저럭 잘하고 있다고 만족할까? 아니면 아직 이 정도냐고 실망할까?

다쓰야가 제과 전문가의 길에 발을 들여놓게 된 계기는 고등학생 때 겪은 아버지의 정리해고였다.

다쓰야는 이바라키의 작은 시골 마을 출신이다. 마을 안에는 커다란 강이 흐르고 있어서 오봉° 시기에는 수해를 입은 영혼을 위로하기 위해 등롱을 떠내려 보내는 관습이 있었다. 어느새 그것이 관광 행사가 되고 같은 시기에 불꽃놀이 대회도 열려서 많은 관광객이 모여들었다. 마을의 산업은 농업과 관광이 중심이고, 고향 친구들은 대부분 자기 집의 관광농원을 이어받았다.

다쓰야의 아버지는 단독주택 시공사에서 사무직으로 일했으나, 회사가 대기업에 흡수합병될 때 단칼에 정리해고를 당했다. 현재 아버지는 성수기 동안에만 예전 동급생이 경영하는 관광농원 일을 도와주고 있다.

아버지의 모습을 옆에서 본 다쓰야는 이 무렵부터 기술을 익히고 싶다고 생각해서 대학 진학은 처음부터 고려하지 않았다.

경제적인 문제도 있었지만 또 다른 문제도 있었다. 다쓰야는 초등학생 때부터 책을 잘 읽지 못했다. 수업 시간에 선생님이 말하는 내용은 잘 이해했다. 문장도 단문이라면 문제없었다. 수학의 문장형 문제에는 오히려 뛰어났다. 그러나 문장이

° 　양력 8월 15일을 중심으로 하여 조상의 영혼을 추모하는 일본의 명절.

길어지는 순간, 의미가 머리에 들어오지 않았다. 어디에서 단어를 나눠야 할지 몰랐다. 특히 긴 문장이 줄줄이 이어지는 이야기는 도저히 읽을 수가 없었다.

독후감 숙제는 영상화된 작품을 골라서 그걸 보며 억지로 원고지 칸을 채웠다. 들리는 대사 그대로 필사적으로 베껴 쓰는 바람에 "이건 감상문이 아니잖아" 하고 담임선생님에게 호되게 야단맞은 적도 있다. 어쩌다 보니 수학과 과학 성적이 좋았을 뿐인데, 선생님은 다쓰야가 국어 읽기와 쓰기를 게을리한다고 여겼다.

지금도 긴 문장을 읽고 쓰는 것은 잘하지 못하지만 모어인 일본어는 커가면서 어느 정도 나아졌다.

그러나 중학교에 입학하여 영어를 처음 본 순간, 다쓰야는 크게 당황했다. 로마자 한 글자 한 글자나 짧은 단어라면 가까스로 인식할 수 있었고, 발음이나 회화도 귀로 듣는 것은 문제없었다. 다만 교과서에 인쇄된 긴 스펠링은 아무리 봐도 이해되지 않았다. 어떻게 읽어야 할지 전혀 알 수 없었다. 이게 정말로 언어일까? 마치 기묘한 벌레가 줄지어 선 것을 보는 기분이었다. 그 결과, 성적은 엉망이었다.

그래도 당시에는 영어를 못한다고만 생각했다. 아쉽지만 공부가 적성에 맞지 않는 것 같았다. 그렇다면 진학을 포기하고 일찌감치 기술을 배우는 편이 낫지 않을까. 주위 친구들처럼

'이어받아야 할 일'이 없는 다쓰야는 그렇게 결론을 내렸다.

원래 손끝은 여문 편이고 읽기와 쓰기 이외에는 대체로 이해도 빠르다. 아버지는 외아들의 성적 부진을 불만스럽게 여기는 것 같았지만 어머니는 기술을 배우고 싶어 하는 다쓰야를 지지해 주었다.

'조리사 같은 일도 좋지 않니?'

어머니가 무심코 던진 한마디가 계기가 되었다. 우선 헌책방에서 판형이 큰 요리책을 사 왔다. 가정용 프랑스 요리가 실린 책이었던 것으로 기억한다.

그때까지 요리는 거의 해보지 않았지만 일단 구하기 쉬운 재료를 사용하는 메뉴를 찾아서 책대로 만들어봤다.

책에는 사진이 많이 실려 있고 레시피도 문장이 짧아서 이해하기 쉬웠다. 무엇보다 재료는 몇 그램, 오븐 온도는 몇 도, 굽는 시간은 몇 분, 하는 식으로 모든 공정이 정확히 정해져 있는 점이 꼼꼼하고 명쾌한 것을 좋아하는 다쓰야의 기호에 잘 맞았다.

다쓰야는 과학 실험이라도 하는 느낌으로 정확하게 요리를 만들었다.

해보니 요리는 꽤 재미있었다. 게다가 처음 만든 요리를 맛본 부모님과 조부모님이 무척 맛있다고 평가해 주었다.

기분이 좋아진 다쓰야는 책에 실린 요리를 하나씩 전부 만들기 시작했다. 특히 흥미를 끈 것이 디저트인 구움과자였다. 기본은 밀가루와 설탕과 달걀과 버터인데 배합과 조리법에 따라서 촉촉한 스펀지 시트가 되기도 하고, 서걱서걱한 타르트 시트가 되기도 하고, 폭신하게 부푼 슈 껍질이 되기도 하는 것이 너무나 재미있었다.

마침 몇 년 전부터 파티시에라는 말이 유행하고 있었기에 제과 쪽으로 나가면 밥 굶을 일은 없겠다는 단순한 생각이 머리를 스쳤다.

다쓰야는 즉각 제과학교 자료를 찾아봤지만, 도쿄의 유명한 제과학교는 등록금과 수업료가 눈이 튀어나오게 비쌌다. 그러나 끈기 있게 조사한 결과, 등록금과 학비가 싸고 설비도 괜찮아 보이는 이상적인 학교를 찾아냈다. 여자대학 부속 영양전문학교의 제과과였다.

입시 방식도 필기시험이 아니라 면접뿐이어서 다행이었다. 다만 여대 부속이라서 그런지 입학해 보니 남학생은 전체 학생의 10퍼센트도 되지 않았다. 게다가 1지망인 여대에 들어가지 못해서 마지못해 전문학교에 온 듯한 여학생과 그런 여학생이 목적으로 보이는 남학생이 많아서 솔직히 학생 수준이 높지는 않았다.

시골에서 올라온 다쓰야는 부모님이 아버지 퇴직금을 헐어서 학비를 대주고 있다는 것을 알고 있었기에 심심풀이로 다니는 것 같은 그런 학생들에게는 관심을 두지 않고 죽을힘을 다해 조리를 배웠다. 다른 학생들이 그다지 열심히 하지 않는 덕분에 오븐, 믹서, 푸드프로세서 등의 설비를 독점으로 사용할 수도 있었다.

전문용어는 프랑스어였지만 스펠링을 외울 필요는 없고 나프하다(바르다), 슈미제하다(깔다) 하는 식으로 동작과 함께 단어를 하나씩 머리에 집어넣었다.

만들면 만들수록 실력이 향상되고, 실력이 늘면 늘수록 제과가 재미있어졌다. 게다가…….

다쓰야는 책장에서 책 한 권을 뽑았다.

좋은 스승도 만났다.

『누구나 먹을 수 있는 착한 과자』. 아토피가 있는 아이나 당질 제한이 필요한 고령자용 레시피 책을 자비 출판한 다카하시 나오하루는 전문학교 시절에 다쓰야를 총애한 은사다.

다쓰야는 책장을 들춰 보며 선생님다운 책이라고 생각했다.

나오하루는 심한 밀가루 알레르기가 있는 아들이 있어서, 밀가루나 유제품을 사용하지 않아서 몸에 부담이 적은 과자 레시피를 몇 가지나 제안했다.

지금의 다쓰야는 나오하루가 결코 이름난 셰프가 아닌 것을 안다. 그러나 나오하루는 지금까지 다쓰야에게 큰 영향을 몇 번이나 끼쳤다. 좋든 나쁘든.

그렇게 생각한 순간, 가슴이 뜨끔하게 아팠다.

다쓰야는 나오하루의 책을 구입하고 옆에 있는 카페로 이동했다.

평일의 카페는 비어 있었고 커다란 유리창에서는 초여름 햇볕이 쨍쨍 내리쬐었다. 다쓰야는 햇볕이 비쳐 들지 않는 장소에 자리를 잡고 뜨거운 커피를 주문했다.

카페에도 요리책이 많이 꽂힌 책장이 있었다.

다쓰야는 나오하루의 책을 앞에 놓고 벌써 몇 년이나 만나지 않은 은사를 멍하니 회상했다. 그러자 지금까지의 날들이 주마등처럼 뇌리를 스쳤다.

다쓰야는 전문학교를 졸업하고 동네 제과점에 취직했다. 설거지로 시작해서 아침부터 밤까지 오너 셰프와 선배들의 호통을 들으면서 밑준비를 하는 나날에 쫓겼다.

밸런타인데이, 화이트데이, 크리스마스 같은 성수기에는 당연히 날마다 막차 신세였다. 특히 크리스마스 전이나 연말에는 가장 가까운 역의 캡슐호텔에 들어가서 눈만 붙이는 것이 일상이었다.

그래도 확실하게 현장 기술을 배웠기 때문에 불만은 없었다. 다쓰야는 제과점의 엄하고 바쁜 나날 속에서 '기술을 익힌다'라는 최초의 목적을 이룰 수 있었다.

변화의 계기가 찾아온 것은 사회생활을 한 지 3년이 지난

2011년 봄이었다.

도호쿠 지역에 막대한 피해를 준 동일본대지진이 일어난 지 한 달 뒤, 가게 앞에 내놓을 케이크 종류를 얼추 만들게 된 다쓰야에게 예전 스승인 나오하루가 연락을 해왔다.

아직도 불가피하게 피난소에서 생활하는 사람들에게 구움과자와 케이크를 보내는 봉사활동에 참여하지 않겠느냐고 제안했다. 도쿄는 외출을 자제하는 분위기여서 가게는 그리 바쁘지 않았고, 다쓰야는 3년 동안의 수업을 거쳐 슬슬 다른 가게로 옮겨볼까 생각하기 시작한 시기였기 때문에 나오하루의 제의를 받아들이기로 했다.

다쓰야는 나오하루와 함께 아직 쓰나미의 상흔이 생생한 도호쿠 지방의 피난소를 돌았다.

다쓰야 일행은 쿠키나 사블레 등 오래 보존할 수 있는 구움과자를 나눠 주는 일 외에도 불을 사용하지 않는 크림 계열의 케이크도 만들어서 배달했다.

다쓰야는 그때 자신을 보며 웃던 수많은 얼굴을 지금도 잊지 못한다. "내내 생크림 케이크가 먹고 싶었다오!" "이렇게 맛있는 케이크는 처음이야!" 여기저기에서 환성이 일었다. 어린아이부터 노인들까지 볼이 미어지게 크림을 입에 넣자마자 다들 환하게 웃음 지으며 진심으로 기뻐해 주었다. 그때 다쓰야는 제과를 평생의 일로 삼자고 진심으로 마음먹었다.

도쿄로 돌아온 뒤, 제과의 본고장인 프랑스 유학을 염두에 두고 고역이었던 외국어와 다시 진지하게 맞서려고 했다. 그러나 프랑스어도 영어도, 로마자 철자는 변함없이 다쓰야의 눈에 '벌레'로밖에 비치지 않았다. 듣기나 말하기는 되는데 아무리 애써도 철자를 읽을 수가 없었다. 물론 쓰기도 안 됐다.

다쓰야는 자신의 상태가 '고역' 같은 범주로는 해결이 안 된다는 사실을 서서히 깨닫기 시작했다.

'아스카이 군은 혹시 난독증이 아닐까?'

도저히 어쩔 수 없는 괴로움을 털어놓았을 때, 나오하루가 그런 말을 했다.

난독증?

들어본 적도 없는 용어였다.

이때 다쓰야는 난독증, 즉 읽기 장애라는 개념이 있다는 사실을 처음 알았다.

NPO 법인에서 봉사활동을 많이 한 나오하루는 그런 증례를 들어본 적이 있다고 이야기해 주었다. 미국 매사추세츠주나 하와이 호놀룰루에서는 성인 대상 야간반을 포함한 난독증 학생 전문 사립학교도 있다고 한다.

미국에서는 10~20퍼센트의 아동에게서 난독증이 보인다는 보고까지 있는 듯했다.

다쓰야는 나오하루의 조언에 따라 부모에게도 비밀로 하고,

태어나서 처음으로 대학병원에서 지능검사를 받아보았다. 그 결과, 일본어를 읽고 쓰는 데는 큰 지장이 없지만 로마자에 극도의 난독증을 보인다는 사실이 밝혀졌다.

난독증은 선천적인 뇌 기능 문제인 듯했다. 다른 문제가 있어서 힘든 것이 아니었다.

노력한다고 극복되는 종류의 문제가 아니었던 것이다.

유학은 도저히 기대할 수 없었다.

"유학이나 해외 연수 경험이 없어도 훌륭한 셰프나 파티시에는 많이 있다네. 이제 제과 기술은 일본 쪽이 더 우위에 있다고 해도 과언이 아니고……."

나오하루는 아연실색한 다쓰야를 그렇게 말하며 격려했다. 그리고 만일 생각이 있으면 자기 지인이 있는 외국계 호텔에서 일해보면 어떻겠느냐고 제안했다.

"지금 일본에 진출해 있는 외국계 호텔은 설비도 훌륭하고 큰 콩쿠르에 나갈 수 있는 환경도 마련되어 있어. 유학을 가지 않아도 여러 나라 직원과 일할 수 있고. 세계가 크게 넓어질 걸세."

다쓰야는 그 외국계 호텔이 세계적으로도 유명한 5성급 호텔이라는 사실에 놀랐다.

어째서 그때 이상하게 여기지 않았을까? 그리 유명한 셰프가 아닌 나오하루에게 어떻게 그런 연줄이 있었을까?

다쓰야는 진짜로 면접일까지 잡히자 완전히 들떴다. 면접 때 이력서와 함께 대학병원의 진단서를 가져오라고 한 말에도 전혀 걸리는 점을 느끼지 못했다.

순조롭게 채용이 결정되었을 때는 나오하루도 함께 기뻐해 주었다.

"잘됐어! 이 호텔은 최근에 다양성 채용 프로그램에 특히 힘을 쏟고 있거든."

지금도 나오하루에게 다른 뜻이 있었다고는 전혀 생각하지 않는다.

다양성 채용 프로그램.

그 말의 의미를 다쓰야 자신이 좀 더 깊게 생각했어야 했다.

하지만 당시 다쓰야는 모든 것을 자신의 재능 덕분이라고 믿었다. 그 무렵 자신은 세상 물정도 모르는 주제에 근거 없는 자신감만 넘쳐났던 20대 중반의 풋내기에 지나지 않았다.

다쓰야의 입가에 쓴웃음이 떠올랐다.

실제로 20대에 뛰어든 외국계 호텔 주방은 무척 인상적이었다. 셰프 파티시에는 세계적인 파티시에 콩쿠르에서 여러 번 입상한 30대 중국계 영국인이었다. 아무리 봐도 공사 현장의 우두머리 같은 동네 제과점의 오너 셰프와 다르게 멋쟁이 운동선수 스타일이고 인기 운동부 주장 같은 산뜻한 분위기를 풍기고 있었다. 함께 일하는 직원 중에는 영국이나 홍콩 출신도 있어서 주방에서는 영어로 대화가 오갈 때도 많았다.

다쓰야도 수셰프를 목표로 하는 같은 또래 일본인 직원들과 함께 경쟁하듯 영어 회화를 익히는 데 힘을 쏟았다. 출퇴근 시간에도 휴식 시간에도 자기 전에도 스마트폰으로 영어 회화 앱을 틀어서 계속 들었다. 종종 귀에 이어폰을 꽂은 채 아침까지 자기도 했다.

스펠링 읽기에 비하면 귀로 듣고 영어를 외우는 것은 별로 어렵지 않았다. 다쓰야는 조리학교에서 프랑스어 전문용어를 하나하나 외웠던 것처럼 주방에서 온몸으로 영어 회화를 익혔다.

첫 1년은 일본인 직원끼리 사이도 좋았고, 추진력 있는 셰프 밑에서 그야말로 동아리 활동처럼 열정을 쏟아서 일했다.

주위 분위기가 이상해지기 시작한 것은 다쓰야가 셰프에게 실력을 인정받아서 파리의 제과 콩쿠르 출전을 목표로 하는 선발 멤버로 뽑힌 뒤부터다. 콩쿠르 입상 순위로 차기 수셰프가 결정된다는 소문이 돌았다.

한군데에 머무를 생각을 하지 않는 외국인 직원들의 태도는 그다지 변함없었으나 그때까지 화기애애하게 지낸 일본인 동료들의 분위기가 미묘하게 변했다.

이윽고 다쓰야는 함께 선발 멤버가 된 앙트르메티에 동료가 뒤에서 다쓰야를 두고 '다양성 프로그램을 통한 채용'이라는 말을 퍼뜨리고 있다는 사실을 알았다.

같이 피에스 몽테° 국제 콩쿠르에 나가자며 입사 이후 서로 격려해 온 상대였다. 다쓰야는 자신에게 난독증이 있다고 밝혔지만 "제과 실력하고는 관계없지" 하고 줄곧 허물없이 대해주었다.

그러나 이제 세계적으로 유명한 5성급 호텔 주방의 수셰프 자리가 걸리자 상황은 달라졌다.

"수셰프에 '그레이존'은 곤란하잖아."

"저 자식을 채용한 건 회사가 사회에 공헌한다는 걸 보여주기 위한 거라고."

동료는 표면적으로는 지금까지와 똑같이 행동하면서도 뒤에서 그렇게 수군거렸다. '그레이존'이란 장애인 수첩은 발급되지 않지만 병원에서 어떤 진단을 받은 사람을 가리키는 말이다.

"저 자식은 정상이 아니야."

어느덧 일본인 직원 대부분이 자신을 다른 눈으로 보게 되었다.

다쓰야는 그런 잡음을 떨치려고 도전한 결과, 일본인으로는

° 　과자를 높이 쌓아올려 만드는 프랑스의 장식용 케이크의 통칭으로 크로캉부슈 등이 이에 해당한다.

유일하게 예선을 통과하여 정말로 파리 국제 콩쿠르에 나가게 되었다.

다쓰야는 셰프 파티시에와 함께 처음 파리로 향하게 되어 흥분했다. 머무는 기간은 단 며칠에 불과했지만 되도록 많은 제과점을 돌아다니며 본고장의 프랑스 과자를 맛보고 현지 주방 분위기와 기술을 흡수하려고 애썼다.

하지만 파리에서도 다쓰야가 난독증이라는 사실이 따라다녔다. 해외 언론 기자들은 다쓰야를 인터뷰할 때 반드시 그 점을 질문했다. 호텔 홍보팀이 작성한 다쓰야의 영문 프로필에 난독증이라고 적혀 있었기 때문이다.

다쓰야는 자신에게 자세한 설명이나 양해도 없이 프로필을 공개했다는 사실에 심한 분노를 느꼈다. 영문을 읽지 못하는 자신에 대한 배신행위라고 생각했다.

다쓰야는 홍보 담당자와 셰프 파티시에를 붙잡고 맹렬히 항의했다. 그러나 셰프 파티시에는 침착한 어조로 다쓰야에게 이렇게 말했다.

호텔 인사 담당자도, 현장의 자신들도 다쓰야가 난독증이라는 것을 인지한 상태에서 채용했다. 그래서 직무 중에도 다쓰야가 곤란해하지 않도록 배려했다. 콩쿠르에서도 마찬가지로 배려가 이루어져야 한다. 프로필에 장애를 표기한 것에 대체 무슨 문제가 있느냐고.

다쓰야는 그 논리정연한 설명에 아무 대꾸도 할 수 없었다.

확실히 다쓰야는 앙트르메티에를 담당하면서도 영문 메시지 플레이트를 쓰는 일을 맡은 적이 한 번도 없었다. 그것 또한 '배려'였으리라. 그 사실이 가슴속에 묵직하게 내려앉았다.

자신의 채용이 동료의 야유처럼 '사회 공헌 어필'이었을 뿐이라고는 생각하지 않는다. 애초에 난독증은 제과 실력과는 관계없다. 그렇게 생각하면서도 '배려'라는 말이 귀에서 떨어지지 않았다.

이튿날도 프레스룸에서 난독증에 관한 질문을 받자, 마침내 다쓰야는 더는 참지 못하고 콩쿠르 회장을 뛰쳐나왔다. 혼자서 호텔로 돌아가려 했지만, 파리에는 일본처럼 돌아다니는 택시가 없는지 아무리 손을 들어도 한 대도 세워주지 않았다. 보다 못한 현지인이 택시 승차장으로 가라며 영어 표기도 있는 간판을 가리켰지만, 다쓰야는 그 간판의 글자를 전혀 읽을 수 없었다. 열이 오른 머릿속에서 간판에 적힌 로마자가 꿈틀거리며 움직이는 것 같았다.

그때 다쓰야는 홍보팀 직원이나 셰프 파티시에가 없으면 자신은 이 거리에서 택시도 타지 못하는구나, 하고 뼈저리게 느꼈다.

결국 파리 국제 콩쿠르에서 상위 입상을 했음에도 불구하고 그 직후 충동적으로 외국계 호텔을 그만두었다.

이대로는 수셰프가 되든 셰프 파티시에가 되든 자신이 난독증이라는 사실이 일생 꼬리표처럼 따라다니리라고 생각했기 때문이다.

'배려'를 받으며 셰프가 되는 것은 사양하겠다.

그 후로 은사인 나오하루하고도 연락하지 않는다.

아마 나오하루는 셰프로서가 아니라 NPO 법인의 자원봉사자로서 외국계 호텔의 인사 담당자와 연줄이 있었을 것이다. 그게 나쁘다고 생각한 적은 없으며 외국계 호텔에서의 경험은 귀중했다고 지금도 느끼고 있다.

특히 국제 콩쿠르에 참가하게 해준 것은 크나큰 재산이다. 나중에 오잔호텔로 이직할 때도 국제 콩쿠르에서 상위 입상한 실적은 큰 무기가 됐다. 그러기에 나오하루에게도, 자신을 선발 멤버로 뽑아준 중국계 영국인 셰프 파티시에에게도 감사하고 있다.

하지만 다쓰야는 오잔호텔로 옮길 때 자신이 난독증 진단을 받았다는 사실을 밝히지 않았다. 다행히 오잔호텔 경영진도 인사부 직원들도 연봉제인 외국계 호텔과 달리 비교적 대범해서 다쓰야의 경력을 쓸데없이 파고들지는 않았다.

그리고 현재.

다쓰야는 아버지보다도 나이가 많은 시니어 직원이자 세이버리 담당인 스도 히데오와 콤비를 이뤄 오잔호텔 애프터눈 티팀의 셰프 파티시에가 되었다.

일본에서 처음으로 애프터눈 티를 제공했다는 전통 레시피를 지키면서 라운지 직원들의 의견을 참고해 독자적이고 특별한 메뉴도 개발했다.

일은 즐거웠고, 바쁘면서도 평온한 나날이 흘러갔다. 지금 환경에 불만은 없으며 딱히 부족한 것도 없다.

'내가 난독증이라고 해서 팀에 뭔가 폐를 끼친 적이 있었나! 한 번이라도 만족스럽지 않은 줄레나 무스나 가토를 만든 적이 있냐고!'

다쓰야는 라운지 담당인 스즈네에게 대꾸한 자기 목소리가 생각나서 눈을 감았다.

'그렇다면 쓸데없는 참견이잖아. 난 정상이라고!'

어쩌면 그 말을 정말 외치고 싶었던 상대는 스즈네가 아니었을지도 모른다.

다쓰야는 눈을 뜨고 커피를 남김없이 마셨다.

계산을 마치고 매장을 나오기 전에 한 번 더 요리책이 꽉 들어찬 책장을 무심히 바라보았다.

문득 어느 두꺼운 책의 책등이 눈에 띄었다.

"어……."

무의식중에 목소리가 새어 나왔다.

스도 히데오?

동명이인일까, 아니면 자신이 아는 그 히데오가 쓴 책일까.

책을 집어 든 다쓰야는 눈이 조금 휘둥그레졌다. 빈의 고전 과자에 관해 쓴 책이었다. 출판은 1990년대. 지금으로부터 30년 전인가.

그 사람, 원래는 파티시에였나.

그러고 보니 히데오는 깐 새우 칵테일을 과자에 사용하는 브리오슈에 채웠다.

다쓰야는 한동안 멍하니 두툼한 책을 바라보았다.

휴일이 끝난 뒤, 다쓰야는 평소처럼 파티시에복을 입고 앙트르메 주방에서 각 직원의 공정을 지켜보고 있었다.

창밖의 신록이 눈부시다. 느티나무와 단풍나무가 보드라운 새싹을 틔우고, 상큼한 그린 애프터눈 티가 한층 더 빛나는 계절이 왔다. 이제 조금 있으면 오잔호텔 정원에는 반딧불이 날아다니기 시작할 것이다.

오늘은 주말이지만 평소보다 손님이 적다. 다들 이제 곧 다가올 반딧불 시즌을 노리고 있는 것일까.

"셰프, 확인 부탁드립니다."

다쓰야는 수셰프 아사코가 가져온 프티 푸르를 쭉 확인하고 나서 자신도 마무리 작업에 참여했다. 생 민트 잎을 떼서 향을 낸 뒤에 시트론 줄레 위에 한 장씩 신중하게 얹었다.

민트, 버베나, 레몬그라스…….

그런 애프터눈 티에는 디저트에도 허브를 많이 활용한다. 허브는 신록의 아름다움을 시각적으로 보여주는 동시에 앞으로 다가올 습한 장마를 극복하는 약초로도 효과가 있다.

다쓰야는 시즌마다 메뉴를 바꾸는 애프터눈 티에는 그 계절에 약해지는 신체를 치유하는 효능도 들어가야 한다고 생각했다.

이날은 정오에 생일 모임이 있어서 프티 푸르 외에 초콜릿 플레이트를 준비했다. 마무리를 담당하는 앙트르메티에 직원이 화이트초콜릿으로 플레이트에 'HAPPY BIRTHDAY'라는 메시지를 쓰고 있었다.

다쓰야는 마무리 공정에 함께 참여하며, 옆 주방에서 일하고 있는 세이버리 담당 히데오의 모습을 넌지시 살폈다.

히데오도 다쓰야와 마찬가지로 샌드위치와 카나페의 마무리 공정을 확인하며 자신도 작은 새우와 가리비를 마리네이드°하고 있었다.

일은 신중히 하며 모험은 하지 않는다.

다쓰야가 생각하는 히데오의 이미지는 그 정도였다. 그런

히데오가 예전에는 고전 과자를 연구했던 걸까.

다쓰야는 돌아오는 길에 어제 편집숍에서 발견한 스도 히데오의 저서, 빈의 고전 과자에 관한 책을 샀다. 30년 전에 출판된 책 속에서 저자는 상당히 강경한 어조로 당시의 파티시에 붐을 비판했다.

특히 가벼움과 부드러움만을 추구하고 본래 과자에 있는 단맛을 꺼리는 일본 양과자계의 유행에 엄하게 경종을 울리고 있었다.

그 주장을 이해 못 할 바는 아니지만 너무 달고 묵직한 고전 과자는 건강을 중시하는 요즘에는 받아들이기 어렵지 않을까. 다쓰야는 읽으면서 그렇게 생각했다.

최근에는 고전 과자의 본고장인 빈에서도 지나치게 단 과자는 받아들이지 않는다고 들었다.

역시 동명이인이겠지.

다쓰야는 젊은 직원과 담소를 나누며 손을 움직이는 히데오의 모습을 보고 그렇게 결론 내렸다. 누구에게든 잘 맞춰주는 히데오가 그렇게 격한 논조를 펼치리라는 생각은 들지 않는다.

다쓰야도 소신을 분명히 밝히는 편이지만, 어젯밤에 읽은 책의 지나치게 강한 주장에는 가슴이 좀 쓰렸다. 다 읽고 나니 일방적으로 상대가 싸움을 걸어온 듯한 기분이 남았다.

그래도 저자가 약 1년 반을 유럽의 제과점 주방에서 지냈다는 경력은 조금 부러웠다.

부러움?

다쓰야는 가슴을 스치는 생각을 황급히 떨쳐냈다. 이제 슬슬 크리스마스 애프터눈 티의 콘셉트도 결정해야 한다. 의식을 억지로 프티 푸르로 되돌렸다.

역시 올해는 작년에 가오리 씨가 만든 화이트 애프터눈 티를 약간 변형해 그대로 가는 것이 가장 무난하겠지. 의욕이 넘치는 누구 씨에게는 미안하지만.

"그러니까 그건 합리적이지 않다고 봐."

팬트리 쪽에서 또렷한 목소리가 들려왔다.

다쓰야가 시선을 돌리자 그곳에 라운지를 담당하는 우스이 린과 '누구 씨', 아니 스즈네가 뭔가 심상치 않은 분위기로 마주 서 있었다.

"랑잉은 왜 항상, 혼자 오는 손님을 그렇게 우대하지?"

그렇지만 화난 표정을 짓고 있는 사람은 스이린뿐이었다.

"우대한 적 없어."

예약 리스트를 손에 든 스즈네는 부드럽게 대답했다.

"그럼 혼자 온 손님을 꼭 창가 쪽으로 안내할 필요는 없잖아. 다들 창가 자리에 앉고 싶어 하는데."

"혼자 오는 손님은 대개 단골이니까. 단골손님은 정성스럽게 대해주고 싶어."

"그건 이상해. 손님 한 사람이 시즌마다 온다 해도 일 년에 몇 번밖에 안 돼. 그렇다면 다섯 명이나 열 명씩 오는 손님을 우선하는 게 당연하지."

아무래도 오후에 오는 단체 손님과 혼자 오는 손님의 자리 배치 문제로 의견이 어긋난 모양이다. 그러고 보면 중국인 손님은 애프터눈 티도 여럿이서 먹으러 온다.

"딱히 손님이 나랑 같은 중국인이라서 하는 말이 아니야. 어느 쪽이 매출에 도움이 되느냐는 거지. 더 큰 금액을 내는 쪽을 우대하는 게 당연하다는 뜻이야."

스이린의 어조는 논리정연한 만큼 신랄하게 들린다.

스이린은 서포터사원이라고 부르는 계약직이지만 라운지 경력은 스즈네보다 훨씬 길다. 스즈네로서는 의견이 대립하면 일하기 어려운 상대일 것이다.

"인원이 많으면 이야기에 열중하게 되지만, 혼자 있는 손님은 조용히 바깥 경치를 보고 싶어 할 테니까."

스즈네는 끈기 있게 계속 설득했다.

"여러 명이어도 경치는 보고 싶지. 특히 오잔호텔의 일본 정원은 유명해서 다들 사진을 찍고 싶어 하거든."

스이린도 지지 않았다.

단골손님을 소중하게 대하고 싶은 스즈네와 매상을 올려주는 단체 손님을 우대해야 한다고 주장하는 스이린. 어느 쪽 의견도 틀리지 않는다.

"오늘은 손님도 그렇게 많지 않으니 모두 다 창가 좌석으로 안내할 수 있을 거야."

스즈네가 절충안을 내놓았다.

"그건 그냥 얼버무리는 거지. 오늘은 괜찮을지 몰라도 혼잡할 때는 어떻게 하려고? 우선순위를 제대로 정해두는 것도 라운지 업무야. 사실 량잉이야말로 매출을 생각해야 한다고. 량잉은 정사원이잖아."

스이린은 어깨를 으쓱하더니 성큼성큼 걸어서 팬트리를 나갔다. 남겨진 스즈네는 잠시 맥없이 있었지만 곧 기운을 다시 차린 듯 티 포트를 데웠다.

다쓰야는 왠지 모르게 손을 멈추고 그 모습을 바라보았다.

생각해 보면 이 팀으로 오자마자 베테랑 가오리의 후임이 된 스즈네도 힘들 것이다. 스트레스도 클 텐데 회의에서도 기죽는 법 없이 몇 번이고 기획서를 제출했다.

다쓰야의 머리 한구석에 스즈네가 다시 써 온 기획서가 떠올랐다. 난독증이 있는 자신도 이해하기 쉽게 이미지 사진과 그래프를 사용하여 여러모로 궁리한 기획서였다.

투 트랙.

사실 나쁜 기획은 아니었다. 다쓰야 자신에게도 한 시즌으로 끝내기에는 아까운 레시피가 있는 것도 사실이다.

하지만 크리스마스라는 가장 바쁜 시기에 투 트랙이라니.

"셰프."

아사코가 말을 걸어서 다쓰야는 퍼뜩 정신이 들었다.

"확인 부탁드립니다."

아사코가 내민 것은 생일 기념용 디저트였다. 살구 가토, 레몬 줄레, 그린 마카롱과 함께 생크림으로 장식한 초콜릿 플레이트가 놓여 있었다.

"아, 죄송합니다!"

다쓰야가 통과시키려는 순간, 아사코가 큰 소리를 냈다.

"이봐, 이 플레이트, HAPPY의 P가 하나 빠졌잖아. 정신 차려!"

아사코가 앙트르메티에 직원에게 호통치는 모습을 보고, 다쓰야는 저도 모르게 오싹해졌다.

"죄, 죄송합니다."

다쓰야는 허둥지둥 플레이트를 다시 만드는 직원의 모습에서 시선을 돌렸다.

아사코가 알아차렸으니 망정이지 접시를 그대로 팬트리까지 가지고 갔다면, 하고 생각하니 이마에 식은땀이 솟는다.

어쩌면 자신이 크리스마스의 투 트랙을 피하는 이유도 조리 담당 직원들을 통솔할 수 있을까 하는 작은 불안이 마음속에 도사리고 있어서가 아닐까.

문득 뇌리를 스친 생각에 다쓰야는 깜짝 놀랐다.

'우리는 같은 팀이고 제대로 이야기를 해주시면 좀 더 원활하게……'

스즈네의 목소리가 귓전에 울린다.

그렇지 않다. 자신은 셰프 파티시에로서 제대로 주방을 지휘하고 있다.

그러나 인사 담당자는 물론이고 언제나 자신을 보조하는 수셰프 아사코에게까지 비밀이 있는 것은 사실이다.

다쓰야는 가만히 입술을 깨물었다.

그 후 오후 3시까지는 주방과 라운지 모두 가장 바쁜 시간대였다. 차례로 준비되는 프티 푸르를 하나씩 확인하기만 해도 시간은 눈 깜짝할 사이에 지나간다. 다쓰야도 이제 쓸데없는 생각을 할 여유가 없었다.

"셰프, 나머지는 저희가 할 수 있으니 이제 슬슬 휴식에 들어가시죠."

수셰프 아사코가 말을 건넸다.

벽시계를 보니 벌써 4시 반이 지나고 있었다.

다쓰야는 때때로 일에 너무 열중한 나머지 쉬는 시간도 잊어버린다. 그러면 다른 직원도 쉬지 못한다며 요전에 아사코가 넌지시 항의했다.

"그럼 뒷일을 부탁할게."

다쓰야는 아사코에게 고개를 끄덕이고 마무리 파트에서 자리를 떴다.

사무실로 향하는 도중에 팬트리를 지나며 문득 라운지로 시선이 갔다.

아, 솔로 애프터눈 티의 달인이다.

창가 좌석에서 혼자 애프터눈 티를 즐기고 있는 중년 남성의 모습이 눈에 들어와서 자연스럽게 발을 멈추었다.

커다란 창문 너머의 신록을 배경으로 맛있게 스콘을 먹고 있는 모습이 솔직히 좀 어수룩해 보이는데도 묘하게 라운지 분위기와 잘 어울린다.

정말 신기한 아저씨다.

혼잡한 라운지를 싫어하는지 골든 위크나 인기 있는 반딧불 축제 시즌에는 오지 않지만, 계절마다 반드시 혼자서 라운지에 모습을 드러낸다. 그리고 제한 시간이 끝날 때까지 마음껏 애프터눈 티를 만끽하고 간다.

그 근처 자리에 역시 혼자서 테이블에 앉아 있는, 도수 높은 안경을 쓴 수수한 여성도 본 적이 있었다. 그 여성도 곧잘 혼자서 라운지를 찾는 단골손님이다.

조용히 창밖을 바라보며 식사를 하는 그들보다 더 안쪽 좌석에는 중국인 가족으로 보이는 단체 손님이 스마트폰을 치켜들고 떠들썩하게 서로 사진을 찍고 있었다. 어린아이부터 조부모로 보이는 어르신까지. 중국인 가족은 정말 사이가 좋다. 일본에서는 절대로 가족 여행에 끼지 않을 반항기 다분한 10대 청소년까지 동행한 모습에는 매번 신선한 놀라움을 느낀다.

화교로 해외에서 사는 친척도 많은 중국인에게 가족이라는 존재는 정말 특별한지도 모르겠다.

우스이린이 애프터눈 티를 거의 다 먹은 그 가족에게 중국어로 상냥하게 말을 붙이고 있다.

"아스카이 셰프, 고생 많으셨어요."

그 자리에 하야시 루리가 빈 글라스와 티 포트를 쟁반에 얹고 들어왔다.

"지금부터 휴식이에요?"

"아, 응……."

"오늘은 이제 피크는 넘겼네요. 주말치고는 편했어요. 이제 여자 손님 다섯 명 모임만 오면 예약은 끝이에요. 달인도 역시 좋은 시간대를 노려서 오시네요."

루리는 고개를 갸웃하며 "헤헷" 하고 웃는다.

다쓰야는 살짝 잔망스러움이 감도는 프랑스 인형 같은 그 모습을 보면서 무심코 호기심이 일어서 물어봤다.

"달인, 오늘은 뭘 마셨어?"

"첫 잔은 아이스 탄산 녹차, 두 잔째부터는 다즐링 세컨드 플러시°예요."

완벽하군.

다쓰야는 속으로 엄지를 척 치켜세웠다.

그야말로 이번 그린 애프터눈 티에 맞추고 싶은 추천할 만한 선택이었다.

애프터눈 티에 아이스티는 정도가 아니라고 생각하는 경향도 있는데, 다쓰야의 의견을 묻는다면 절대 그렇지 않다. 기온과 습도가 올라가는 이 계절에는 오히려 첫 잔에 차가운 음료로 입 안을 개운하게 해주고 나서 두 잔째에 따뜻한 홍차를 마시면 본래의 찻잎 맛을 더욱 즐길 수 있다.

게다가 여름에 수확한 세컨드 플러시는 봄에 수확한 퍼스트 플러시에 비해 잘 익은 과일 같은 무스카텔 향을 풍기면서 산뜻한 맛이 난다. 무스카텔 향은 흔히 머스캣의 향으로 묘사되지만 실제로는 더 농후하고 묵직하다. 거봉 포도 껍질을 씹었을 때 나는 떫은맛하고도 닮았다. 목마름을 해소한 뒤에 스콘이나 프티 푸르와 함께 차분하게 맛보는 데 어울린다.

───────────────────

° 다즐링 티는 보통 1년에 네 번 수확하는데 수확기에 따라 향미가 다르다. 세컨드 플러시는 무더운 5~6월에 수확하는 차를 말한다.

다쓰야는 다시 한번 솔로 애프터눈 티의 달인의 모습을 살폈다.

달인은 나이프로 스콘을 수평으로 가르고, 잘린 면 위에 미리 접시에 덜어둔 살구잼과 클로티드 크림을 바르고 있었다.

지난번 클레어 보일과 버라이어티 프로그램에 출연했을 때도 화제가 되었는데, 애프터눈 티의 본고장인 영국에서도 잼이 먼저냐 크림이 먼저냐로 다양한 논쟁이 벌어진다고 한다.

갓 구운 스콘에 남아 있는 열로 크림이 녹아버리는 것을 막기 위해 일단 잼을 먼저 바른다는 규칙이 생겼지만 그때 크림의 산지인 데본 사람들이 반발하고 나섰다.

그들이 내세운 전통적인 방법은, 녹는 분량은 신경 쓰지 말고 먼저 크림을 듬뿍 발라서 스콘을 먹는 것이다. 사실 클로티드 크림이 스며든 스콘은 촉촉한 식감과 표면의 바삭한 고소함이 어울려서 특별한 맛이 난다.

그러자 똑같은 크림 산지인 콘월 사람들이 이 말에 크게 이의를 제기했다.

데본의 크림은 색이 예쁘지 않아서 위에 잼을 덮어 눈을 속이는 것일 뿐. 콘월의 황금색 크림이라면 당당하게 맨 위에 올려도 된다며 클로티드 크림의 정통성은 콘월에 있다고 강조했다.

이 논쟁은 때때로 데본 대 콘월의 예로 열거되지만, 클레어는 중요한 건 '취향의 문제'라며 웃었다.

그러고 보니 솔로 애프터눈 티의 달인은 잼을 먼저 바르는 쪽이었다.

그 근처에 앉은 안경 쓴 여성의 테이블 위에는 티 포트가 없다.

"안경 쓴 손님은 뜬금없이 카페오레예요."

루리가 다쓰야의 시선을 알아채고 태연하게 말했다.

파격적이군. 하지만 그것도 괜찮겠지.

코스 메뉴인 애프터눈 티를 먹는 순서는 세이버리, 스콘, 디저트 순으로 엄연히 정해져 있어서 순서를 어기는 것은 예의에 어긋난다. 그러나 안경 쓴 여성은 순서를 완전히 무시하고 제일 처음으로 스페셜리티인 루바브 타르틀레트를 숟가락으로 떴다. 한 입 먹은 순간, 진심으로 행복해하는 표정으로 바뀌었다.

지금 그이의 입 속에서는 바닐라 빈스로 향을 낸 진한 커스터드 크림과 새콤달콤한 루바브 콩포트가 절묘하게 섞이고 있으리라.

"맛있겠다."

루리가 부러운 듯 한숨을 쉬며 주방에 쟁반을 갖다놓으러 갔다.

다쓰야에게는 예의보다도 저런 모습이 최고였다. 저렇게 맛있게만 먹어준다면 파격적이든 예의에 어긋나든 상관없다.

달인의 프로급 선택에도 탄성이 나왔지만, 안경 쓴 여성이 진심으로 애프터눈 티를 즐기는 모습에도 순수하게 기쁨을 느꼈다.

그때 라운지 입구가 갑자기 소란스러워졌다.

화려하게 차려입은 젊은 여성 다섯 명이 스이린이 배웅하는 중국인 가족과 엇갈려서 스즈네와 함께 들어왔다. 아무래도 저 사람들이 루리가 말한 오늘의 마지막 예약 손님인 것 같다.

"지금 바로 창가 자리를 준비하겠습니다."

스즈네는 꽤 많이 비기 시작한 라운지의 입구 쪽 좌석으로 여성들을 일단 안내하고 스이린과 함께 창가 테이블을 치우기 시작했다. 두 사람은 오전 중에 좌석 안내 문제로 다퉜지만 지금은 서로 협력하며 인기 있는 창가 자리를 효율적으로 사용하고 있다.

수셰프 아사코에게도 숨기는 것이 있는 다쓰야는 호흡이 척척 맞는 두 사람의 모습에서 살짝 시선을 돌렸다.

"어, 저기 혹시 니시무라?"

다쓰야가 사무실로 향하려 할 때, 입구 자리에 앉으려던 여성 한 명이 라운지가 울리도록 크게 말했다.

그 순간 창가 자리에서 애프터눈 티를 즐기고 있던 안경 쓴 여성이 놀라서 움찔했다.

"어머나, 역시 니시무라잖아."

"정말이네. 이런 데 니시무라가 있어."

자리에 앉았던 여자들까지 우르르 일어섰다. 아무래도 안경 쓴 여성과 방금 들어온 사람들은 아는 사이 같았다.

그런데…….

"애, 니시무라. 너 모처럼 맞는 주말인데 설마 혼자서 애프터눈 티를 먹는 거야?"

"에이, 말도 안 돼! 얼마나 친구가 없길래."

여자들의 목소리에 조소가 섞였다.

"애프터눈 티는 사교를 위한 거잖아."

"혼자 오다니 믿을 수가 없네."

그 무리는 라운지가 비어 있는 것을 기회 삼아서 아무 거리낌 없이 목소리를 높였다.

"뭐야, 진짜 혼자서 이런 데 와 있는 거야?"

여자들은 바로 옆에도 홀로 애프터눈 티를 먹고 있는 남성이 있는데도 전혀 안중에 없는 모습으로 안경 쓴 여성에게 다가갔다.

"뭣하면 우리 모임에 같이 끼든가."

안경 쓴 여성은 라운지를 가로질러 온 여자들에게 둘러싸여서 완전히 고개를 떨궜다.

"뭐라고 말 좀 해봐. 모처럼 권하는데."

"요전 회사 꽃놀이 때도 얘, 도중에 말도 없이 가버렸잖아."

"그러면 꼭 우리가 괴롭히는 것 같잖니."

코럴핑크 립스틱을 칠하고 유난히 화려한 갈색으로 머리를 염색한 여성의 뒤에서 "하긴 아무도 눈치채지 못했지만" 하고 다른 여자들이 심술궂게 웃어댔다.

"친하게 지내자고. 똑같이 시달리는 비정규직끼리. 네 맘도 이해해. 가끔 이 정도 사치라도 부리지 않으면 스트레스만 쌓이겠지."

여자들은 친근한 척 굴면서 안경 쓴 여성을 고압적으로 내려다봤다.

"혼자서 애프터눈 티라니 너무 우중충하지 않니? 우리 아직 20대인데."

"비정규직끼리는 똘똘 뭉쳐야지."

"네가 '공부'인지 뭔지 한다며 잔업을 빠지니까 그 악영향이 우리한테 온다는 이야기도 이 기회에 하고 싶네."

"그래. 애프터눈 티는 사교니까 좋은 기회다."

안경 쓴 여성이 들고 있는 은 숟가락이 살짝 떨리기 시작한 것이 여기서도 보였다.

이건 아무래도 상황이 좋지 않다.

다쓰야는 행복한 표정으로 스페셜리티를 한입 가득 물고

있던 안경 쓴 여성의 얼굴이 순식간에 창백해지는 걸 보고는 자기도 모르게 작은 분노를 느꼈다.

정신을 차렸을 때는 이미 라운지 쪽으로 발을 내디딘 후였다. 다른 손님에게 폐가 된다고 하면서 저 여자들을 돌려보낼 생각이었다. 애프터눈 티 5인분이 취소되겠지만, 셰프 파티시에인 자신이 책임지면 될 문제라고 생각했다. 조리를 담당한 현장 분위기는 나빠질 테지만 이런 상황을 결코 못 본 체할 수는 없었다.

이때 다쓰야의 움직임을 가로막듯 먼저 움직인 그림자가 있었다. 호텔의 상징색인 벚꽃색 스카프가 눈앞을 스쳤다.

스즈네다. 흘긋 다쓰야를 돌아본 커다란 눈동자가 '맡겨달라'고 말하고 있었다.

'괜찮아요.'

그 순간 자신을 똑바로 바라보며 말을 건넨 스즈네의 모습이 다쓰야의 뇌리에 떠올랐다.

"손님, 잠깐 실례하겠습니다."

차분한 목소리가 손님이 별로 없는 라운지에 울렸다.

안경 쓴 여성을 감싸듯이 스즈네는 여자들 앞에 섰다.

"말씀드리자면 애프터눈 티에는 결코 사교적인 목적만 있는 것은 아니랍니다."

스즈네가 생글생글 웃으면서도 의외로 강한 어조로 갈색

머리 여성에게 묻는다.

"손님께서는 애프터눈 티 탄생의 비밀을 아시는지요."

"······그런 걸 어떻게 알아."

갈색 머리 여성은 불만스러운 듯 코럴핑크색 입술을 일그러뜨렸다.

"그럼 외람되지만 제가 간단히 설명해드리겠습니다. 애프터눈 티의 역사를 알아두시면 손님도 한층 더 즐기실 수 있을 거예요."

스즈네가 정중하게 고개를 숙였다.

애프터눈 티의 달인도 스즈네의 말에 관심이 생기는지 스콘에 잼을 바르던 손길을 멈췄다.

"애프터눈 티는 영국의 티타임 중에서도 가장 우아한 시간이라고 하지만 실은 그 탄생 뒤에는 의외의 에피소드가 있습니다."

스즈네는 어디까지나 애교 있게 여자 다섯 명의 얼굴을 둘러보았다.

"때는 19세기, 대영제국 최전성기인 빅토리아 시대. 애프터눈 티는 한 귀부인의 배고픔에서 시작되었습니다."

그 귀부인은 제7대 베드퍼드 공작의 부인 안나 마리아.

어느새 다쓰야까지 스즈네의 유창한 설명을 듣고 있었다.

당시 영국 귀족의 식사는 하루에 두 번뿐이었다. 아침 식사

후에는 밤 8시부터 시작되는 저녁 만찬까지 아무것도 먹지 못했다고 한다. 특히 종일 코르셋을 입고 있어야 하는 여성은 남성 귀족처럼 가볍게 간식을 먹는 것도 허용되지 않았다. 많은 여성 귀족은 긴 오후 시간 내내 배고픔을 참으며 보내야만 했다.

"그래서 안나 마리아는 생각했죠."

스즈네가 집게손가락을 세웠다.

안나 마리아는 남의 눈을 피해 자기 침실에 홍차와 과자를 몰래 가지고 들어가서 혼자 티타임을 즐기기로 했다. 코르셋을 풀고 긴장에서 벗어나 아무에게도 방해받지 않고 홍차와 달콤한 과자를 만끽했다.

"그것은 안나 마리아에게 너무나 행복한 시간이었답니다."

스즈네의 해설이 열기를 띠었다.

이윽고 안나 마리아는 이 행복을 친한 친구들과 함께 나누고 싶었다. 그래서 아주 가까운 여자친구만 초대하여 '은밀한 다과회'를 열었다. 어디까지나 비밀스럽게 이루어지는 일이긴 했지만, 침실의 '은밀한 다과회' 이야기는 순식간에 여성 귀족들 사이에 퍼져나갔다. 서서히 테이블이 늘고 아름다운 식탁보를 깔고 마음에 드는 티 포트나 찻잔을 놓고 은제 커트러리를 사용하면서 차 모임은 점점 화려하고 호화로워졌다. 마침내 장소도 침실에서 살롱으로 옮겨졌고, 마지막에는 영국의 전통적인 사교의 장으로 발전했다.

"안나 마리아가 침실에서 열었던 비밀스러운 차 모임이 바로 애프터눈 티의 시작이라고 합니다."

스즈네는 쾌활하게 이야기했다.

"그러니 애프터눈 티에는 결코 사교 목적만 있는 것이 아니랍니다. 혼자서 느긋하게 즐기시는 것 또한 애프터눈 티 본연의 모습이지요."

사회에서의 해방, 사회생활 속의 친목. 스즈네는 그 양쪽 모두 애프터눈 티의 참뜻이라고 자연스럽게 설명했다.

갑자기 조심스러운 박수 소리가 울렸다.

스즈네가 놀라서 소리가 난 쪽으로 고개를 돌리자, 솔로 애프터눈 티의 달인이 따스한 웃음을 띠고 손뼉을 치고 있었다.

"소란스럽게 해서 죄송합니다."

달인은 황급히 고개를 숙인 스즈네에게 천천히 고개를 가로저었다.

"아뇨, 아뇨, 아주 흥미진진한 이야기였습니다. 게다가……."

달인이 자신을 완전히 무시하고 있던 다섯 여자를 둘러보며 이야기를 이어갔다.

"이런 걸 마인드풀니스라고도 하지요."

마인드풀니스. 눈앞의 일에 집중하여 자신을 해방한다는,

최근 유행하는 명상법이다.

"쓸데없는 생각은 하나도 하지 않고 오로지 맛있는 것을 만끽한다……. 저는 여기에서 언제나 호사스럽기 그지없는 시간을 보낸답니다."

달인이 동의를 구하듯 가만히 안경 쓴 여성에게 눈짓을 보냈다. 그러나 안경 쓴 여성은 내내 고개를 숙인 채 시선을 들지 않았다.

다섯 여자는 멋쩍은 듯이 얼굴을 마주 보고 있었다. 라운지가 잠잠해졌다.

"손님, 좌석이 준비됐습니다."

스이린이 그 자리에 아무 일 없는 표정으로 다가왔다.

"저쪽입니다."

스이린이 달인의 좌석보다 안쪽에 있는 창가 좌석을 가리켰다.

코럴핑크 립스틱을 바른 갈색 머리 여성이 달인을 흘끔 쳐다봤다. 솔로 애프터눈 티의 달인은 이미 주위에는 관심 없다는 듯 살구잼 위에 클로티드 크림을 얹은 쑥 스콘을 먹고 있었다.

"우린 역시 저쪽 자리로 갈게요."

갈색 머리 여성이 흥이 식은 목소리를 냈다.

"여기보다 저쪽이 조용할 것 같아."

"그래."

"애프터눈 티의 역사니 마인드풀니스니 그런 건 우리랑 상관도 없고."

여자들은 처음 안내받은 입구 쪽 좌석으로 줄줄이 되돌아가기 시작했다.

"알겠습니다."

스이린이 정중하게 고개를 숙이고 그 뒤를 따라갔다.

스콘을 다 먹은 달인은 완전히 자신만의 세계에 들어간 표정으로 눈을 감고 홍차를 맛보고 있었다. 그때 옆에 있는 스즈네가 작게 숨을 멈추는 기척이 났다. 이제까지 계속 말이 없던 안경 쓴 여성이 스즈네에게 전표를 내밀었다.

"니시무라 씨, 아직 음식이 이렇게……."

안경 쓴 여성은 말리려는 스즈네에게 굳은 표정으로 고개를 저었다.

"계산해 주세요."

안경 쓴 여성의 눈빛에는 한시라도 빨리 이 자리를 떠나고 싶다는 슬픔이 강하게 배어 있었다. 스즈네가 그 기세에 눌렸는지 계산서를 받아 들었다.

테이블에는 먹다 만 루바브 타르틀레트가 은 숟가락이 꽂힌 채로 방치되어 있었다. 다쓰야의 가슴이 바늘로 찔린 것처럼 따끔하게 아파왔다.

다쓰야는 서둘러 주방으로 돌아가 오래 둬도 괜찮을 만한 프티 푸르를 적당히 골라서 봉투에 담았다. 초여름 애프터눈 티용으로 시험 삼아 만든 망고 과육 스콘도 추가로 넣었다.

테이크아웃용 쇼핑백에 모두 담아서 다시 라운지로 향했다. 라운지에서는 마침 스즈네가 안경 쓴 여성의 계산을 끝낸 참이었다.

안경 쓴 여성은 뭔가 말을 걸고 싶은 표정의 스즈네에게 등을 돌리고 빠른 걸음으로 점점 멀어져 갔다.

"도야마 씨, 이거."

다쓰야는 계산대 앞에서 어깨가 축 처져 있는 스즈네에게 쇼핑백을 내밀었다.

순간적으로 모든 것을 이해했는지 스즈네의 눈이 휘둥그레졌다. 다쓰야는 크게 고개를 끄덕이고 스즈네를 재촉했다.

"얼른."

스즈네에게 쇼핑백을 건넨 찰나, 다쓰야 자신도 깨달았다. 자신이 대체 누구를 위해 이 일을 하고 있는지.

'이렇게 맛있는 케이크는 처음이야!'

예전에 은사 나오하루와 함께 지진 피해지의 피난소를 돌았을 때 들은 환성이 선명하게 되살아났다. 그때 다쓰야는 남녀노소 모두 환하게 웃는 것을 보고 제과를 평생의 일로 삼자고 마음먹었다.

효율, 매상, 명성. 당연히 그런 것도 중요하다.

최고의 애프터눈 티. 하지만 그 애프터눈 티는 자신이 만드는 디저트를 진심으로 즐겨주는 사람들을 위해 있는 것이다.

'저는 여기에서 언제나 호사스럽기 그지없는 시간을 보낸답니다.'

아까 달인이 한 말.

진심으로 행복한 표정으로 타르트를 볼이 미어지게 먹던 안경 쓴 여성의 모습이 뇌리에 떠올랐다.

"크리스마스 투 트랙, 생각해 봐도 좋겠어."

안경 쓴 여성을 쫓아가려는 스즈네의 뒷모습에 대고 자기도 모르게 말을 걸었다.

"네?"

스즈네가 의외라는 표정으로 돌아봤다.

다쓰야는 이게 지금 전할 말인가 싶어서 스스로 어이가 없었다. 그러나 지금이 아니면 안 된다.

크리스마스 시즌을 겨냥하고 오는 많은 손님도 물론 중요하지만, 니시무라 씨라고 했던가. 나는 솔로 애프터눈 티의 달인이나 당신 같은 손님을 위해 '최고의 애프터눈 티'를 만들고 싶다. 다쓰야가 잘 이해하도록 설명하면 현장 직원들도 분명 찬성해줄 터다.

"단지 단골손님용이지만."

스즈네가 다쓰야의 말에 눈동자를 빛내며 고개를 끄덕였다.

다쓰야는 쇼핑백을 들고 안경 쓴 여성을 힘껏 쫓아가는 스즈네의 뒷모습을 가만히 지켜봤다.

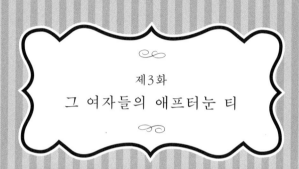

제3화

그 여자들의 애프터눈 티

대나무 선반에 대롱대롱 매달린 에도풍령이 '디리링' 하고 경쾌한 소리를 냈다.

　휴식 시간에 정원으로 나온 스즈네는 나무 그늘에 있는 벤치에 앉았다.

　8월의 햇살은 정오가 지나도 전혀 기세가 꺾이지 않았다. 예년과 마찬가지로 찌는 듯한 더위가 이어지고 있지만, 연못의 물소리가 들리는 나무 그늘은 도시 한복판이라는 생각이 들지 않을 만큼 시원하다.

　스즈네는 벤치 위에서 크게 기지개를 켰다. 초록 내음에 온몸의 피로가 가시는 것 같다.

　손님이 많을 때는 사무실에서 후다닥 점심 식사를 해치우지만, 성수기인 오봉이 지나서 호텔을 찾는 가족 단위 손님이나 단체 손님도 꽤 줄었다.

아직 햇살이 강한 탓인지 지금은 넓은 정원에 사람이 거의 없다. 참매미와 유지매미만 앞다투어 울고 있다.

점심 시간이라고는 해도, 스즈네를 비롯한 라운지 담당 직원들은 오후 3시가 넘어야 휴식에 들어갈 수 있을 때가 많다. 교대 근무 일정을 제대로 짜놓지 않으면 더 늦어진다.

아침 식사 후 밤 8시의 저녁 만찬까지 아무것도 먹지 못한 영국의 여성 귀족들도 안됐지만, 21세기에도 접객업에 종사하는 많은 여성은 공복과 싸우며 바쁘게 일하고 있다.

그래도, 잠깐이라도 이렇게 잘 손질된 일본 정원을 즐길 수 있으니 행복하다. 루리나 다른 직원들은 옷 갈아입기가 귀찮다며 시간이 있어도 사무실에서 잘 나오지 않는다. 파티족을 자칭하는 루리는 점심을 먹기보다 1분이라도 더 자고 싶다며 대개 죽은 듯이 테이블에 엎드려 있다. 하지만 스즈네는 시간이 허락하는 한 바깥 공기를 마시고 싶었다.

이렇게 멋진걸.

스즈네는 홍차를 담은 보온병과 직원용 식사가 든 종이봉투를 옆에 놓고 새삼스럽게 주위를 내다보았다. 호텔의 정원사들이 계절마다 정취를 한층 돋보이게 하려고 부지런히 노력하기에 정원에서는 매일같이 새로운 것을 발견할 수 있다.

예컨대 여름 동안만 오솔길 양옆에 매달아 두는 이 많은 에도풍령.

스즈네도 전체 회의에서 처음 알았지만, 에도풍령은 틀에 넣어 찍어내지 않고 유리를 녹여서 공중에 띄운 채로 바람을 불어 넣는 기법으로 만들어서 똑같은 음색이 하나도 없다고 한다. 또 풍령 단면은 갈지 않고 일부러 잘린 그대로 둔다. 그러면 자연의 소리에 가까운 흔들림이 생기는데, 그 소리가 더위에 지친 심신을 치유하는 효과가 있다고 한다.

에도풍령의 음색은 방울벌레 소리의 주파수와 거의 같다는 보고도 있는 것 같다.

그래서 이렇게 시원한 기분이 드는 걸까.

스즈네는 못의 물소리에 섞여서 '디리링 디리링' 하고 울리는 풍령 소리에 황홀한 기분으로 귀를 기울였다.

풍령은 원래 중국에서 전해진 동탁°의 일종이지만, 액막이 용으로 사용하던 물건을 더위를 식히는 용도로 보기 시작한 것은 일본인의 독자적인 감성이다.

금붕어, 불꽃, 나팔꽃, 수박, 해바라기……. 색이 바래는 것을 막기 위해 유리 안쪽에 그린 다양한 무늬도 귀여워서, 에도풍령을 매달아 둔 오솔길은 일본인은 물론이고 외국인 손님

° 청동으로 만든 종 모양의 방울.

들에게도 평판이 무척 좋다.

자, 그리 한가롭게 있을 여유는 없지.

스즈네는 종이봉투에서 샌드위치를 꺼냈다.

"와, 맛있겠다……."

자기도 모르게 입가에 웃음이 떠올랐다.

호밀빵에 밀라노 살라미, 체더치즈, 적양배추 비네거 브레제°를 듬뿍 끼운 샌드위치는 두툼하고 보기에도 예쁘다. 세이버리를 만들고 남은 재료로 만들었다지만, 히데오표 직원용 식사는 매번 맛이 호화롭다.

크게 입을 벌리고 샌드위치를 베어 물자 버터에 섞인 머스터드가 콧속을 톡 쏘았다.

살라미, 치즈, 브레제의 균형이 절묘한 데다가 신선한 샐러드 채소와 머스터드의 매운맛이 여운이 남는 악센트를 더해준다.

이건 못 참지.

스즈네는 잠시 아무 생각도 하지 않고 샌드위치를 볼이 미어지게 먹었다.

'이런 걸 마인드풀니스라고도 하지요.'

° 재료를 소량의 국물과 함께 냄비에 넣고 뚜껑을 덮어서 찌듯이 익히는 조리법.

반 정도 먹었을 때, 문득 솔로 애프터눈 티의 달인이 한 말이 머릿속에 떠올랐다. 쓸데없는 생각은 하나도 하지 않고 오로지 맛있는 것을 만끽한다. 달인은 그것이 눈앞의 일에 집중하여 자신을 해방한다는 최근 유행하는 명상법에 가깝다고 말해주었다. 그 발견은 스즈네에게도 무척 기쁜 일이었지만······.

스즈네의 마음에 문득 작은 그림자가 드리웠다.

올여름에 전임자 가오리와 파티시에 다쓰야가 중심이 되어 개발한 백도 애프터눈 티가 망고를 메인으로 한 예년의 트로피컬 애프터눈 티를 뛰어넘는 큰 인기를 얻었다. 특히 영국의 명문 호텔 요리장이 오스트레일리아의 성악가 넬리 멜바에게 내놓은 것이 유래라는 디저트, 잘 익은 백도와 바닐라 아이스크림과 라즈베리를 조합한 스페셜리티인 피치 멜바의 신선한 맛이 남녀노소 모두에게 고루 좋은 평가를 받았다.

하지만 그 자리에 단골손님이었던 니시무라 교코의 모습은 없었다. 교코는 그날 이후 한 번도 라운지를 찾지 않았다. 라즈베리 소스를 뿌린 피치 멜바를 한 숟갈 떠서 입에 넣을 때마다 행복한 듯이 눈을 감는 교코의 모습은 지금껏 봐왔듯이 상상이 가는데도.

스즈네는 빠른 걸음으로 자리를 뜨는 교코의 뒤를 쫓아간 날의 일을 멍하니 회상했다.

그날 교코는 스즈네가 내민 프티 푸르 꾸러미를 좀처럼 받아주지 않았다.

'이제 여기 오는 일은 없을 거예요.'

교코가 슬픈 어조로 한 말을 다시 생각하면 지금도 가슴이 아프다.

'너 모처럼 맞는 주말인데 설마 혼자서 애프터눈 티를 먹는 거야?'

'에이, 말도 안 돼! 얼마나 친구가 없길래.'

'뭐야, 진짜 혼자서 이런 데 와 있는 거야?'

그때 동료로 보이는 여성들이 교코에게 차례로 던진 말의 돌팔매.

그 하나로도 회사에서 그들이 어떤 관계일지 훤히 보였다.

'저 진짜로 형편없어요.'

4월 중순에 겹벚나무 아래에서 처음 말을 주고받았을 때, 교코는 고개를 푹 숙이고 있었다. 교코가 그런 식으로 생각하게 된 배후에는 직장 환경이 있었을 것이다.

인간관계는 어디에서든 복잡하니 스즈네도 속사정까지는 모른다. '똑같이 시달리는 비정규직끼리'라고 말한 여성들에게는 그 사람들 나름대로 핑곗거리가 있을지도 모른다. 그러나 떼로 몰려와 교코를 비웃은 태도만큼은 용서할 수 없었다.

스즈네는 교코를 도울 생각이었지만 그것이 잘한 일이었는지도 지금 와서는 분명하지 않다.

'이미 아셨겠지만, 저 직장에서 잘 지내지 못해요.'

교코는 스즈네가 반쯤 억지로 떠맡기듯 내민 프티 푸르 꾸러미를 주저하며 받아들고 눈시울을 붉혔다.

비정규직끼리 더 단합하기 위해서라며 퇴근 후 자주 마련하는 '여자 모임'이라는 이름의 푸념 대회. 처음에는 상사나 직장 환경이 공격 대상이었다.

'전 비정규직들이 모여서 서로 푸념만 늘어놓으면 점점 더 우울한 기분이 들어서 익숙해지지 않더라고요……. 원래 얘기도 잘 안 통하고…….'

교코가 그 사람들에게서 거리를 두고 번역 공부를 시작했을 무렵, 어느새 공격 대상이 자신으로 변한 것을 알았다. 비위만 맞춘다, 성격도 음침한 주제에, 하고 뒤에서 수군거리는 소리를 들었다. 직장에서 정보를 알려주지 않거나 전달 사항을 전해주지 않아서 결과적으로 업무 실수로 이어진 적까지 있었다고 한다.

'그래도 전 이곳이 있으니까 아무렇지 않았어요.'

그때 교코는 처음으로 스즈네의 눈을 가만히 보았다.

'깨달았거든요.'

그 사람들과 어울려서 체인점에서 커피나 과자를 먹고 마신 비용 약 열 번이면 이 라운지에 올 수 있다. 잘 꾸려가면

'비정규직'이라도 그 정도의 사치는 누릴 수 있다고.

혼자서 호텔 라운지에 발을 들이기가 불안했지만, 그런 기분도 창가에서 느긋하게 찻잔을 기울이는 솔로 애프터눈 티의 달인을 보며 떨칠 수 있었다.

'비정규직'이든 '음침한 성격'이든 절약한 돈으로 마음껏 호화로운 애프터눈 티를 누릴 수 있다. 그 사실을 안 순간부터 따돌림을 당해도 뒷전에서 험담을 들어도 별로 신경 쓰이지 않았다.

'그 사람들에게 비밀로 나 혼자 화려한 애프터눈 티를 즐긴다……. 그거야말로 저에게 최고의 사치였어요. 나한테는 이곳이 있다. 그렇게 생각하면 시시한 일이라도, 싫은 직장이라도 어떻게든 버틸 수 있었어요.'

교코는 스즈네의 눈을 바라보며 말을 이어갔다.

'언제나 혼자 왔는데 도야마 씨는 꼭 창가의 경치 좋은 자리로 안내해 주셨죠. 배려해 주셔서 얼마나 고마웠는지 몰라요. 덕분에 정말 편안한 시간을 보냈어요.'

교코의 목소리에 깊은 한숨이 섞였다.

'이제 다 들통나 버렸어…….'

교코는 당장이라도 울음을 터뜨릴 것처럼 얼굴을 찌푸렸다.

비밀의 애프터눈 티. 애프터눈 티가 귀부인 안나 마리아의 비밀에서 시작된 것처럼 교코에게는 그 비밀 보장이야말로

'최고의 애프터눈 티'와 이어져 있었으리라.

'그러니까 여긴 두 번 다시 오지 않을 거예요. 죄송해요.'

교코는 마지막으로 깊숙이 고개 숙여 인사하고 자리를 떴다. 한 번도 뒤를 돌아보지 않았다.

멀어져 가는 작은 뒷모습이 지금도 잊히지 않는다. 스즈네에게 처음으로 힌트를 준 사람이었다.

'그거 좋네요!'

투 트랙이라는 아이디어를 떠올렸을 때, 눈동자를 빛내며 엄지손가락을 치켜든 교코의 모습이 어제 일처럼 되살아난다.

교코가 준 힌트 덕에 스즈네의 기획안이 처음으로 조리반 다쓰야와 히데오의 동의를 얻어서 승인되었다.

올해 크리스마스에 오잔호텔에서는 화이트 크리스마스를 형상화한 화이트 애프터눈 티 외에 지금까지 인기 있던 메뉴를 중심으로 한 클래시컬 애프터눈 티가 등장한다.

양쪽 트랙에 공통으로 들어가는 스페셜리티는 버킹엄궁전의 레시피를 참고해서 만든 슈톨렌이다. 이 메뉴는 현재 다쓰야가 배합을 최종 조정하고 있다.

홍보팀의 말로는 투 트랙 아이디어에 언론의 반응도 나쁘지 않다고 한다. 그러나 크리스마스에 가장 와주었으면 하는 사람의 모습은 라운지에서 보지 못하겠지.

스즈네의 입술에서 무거운 한숨이 새어 나왔다.

'디리링-'

바람이 한층 더 세게 불어서 에도풍령이 일제히 울렸다. 문득 생각에서 깨어난 스즈네는 남은 샌드위치를 서둘러 입에 넣었다. 사실은 좀 더 천천히 맛보고 싶었지만 이제 슬슬 라운지로 돌아가야 한다. 성수기가 지났어도 지금 라운지에는 인원이 부족하다.

올여름에 스즈네에게 또 하나 안타까운 일이 있었다. 고참 서포터사원 우스이린이 갑작스럽게 그만둔 것이다. 서포터사원은 파트타이머와 마찬가지로 계약직이라서 스즈네 같은 정사원처럼 퇴직 시 사전 통지나 인수인계의 의무가 없다. 어느 날 느닷없이 그만두는 직원이 있는 것도 사실이다. 그러나 냉정하고 적확한 판단력을 가졌으며, 동시에 영어와 중국어가 능숙한 베테랑 직원 스이린의 부재는 라운지 업무에 큰 타격을 주었다.

한마디 귀띔이라도 해줬으면 좋았을 텐데. 스즈네의 가슴에 일말의 쓸쓸함이 스쳤다.

의견이 대립할 때도 있었지만, 스즈네는 스이린이 있어서 언제나 마음이 든든했다. 합리적인 스이린의 사고방식은 독선적으로 흐르는 경향이 있는 자신에게 공부도 되고 자극도 되었다. 게다가 스이린은 스즈네가 독학으로 공부하는 중국어 선생님이기도 했다.

난 친구라고 생각했는데.

물론 스즈네는 스이린의 사생활을 잘 알지 못한다. 상하이 출신인 화교 남편과 일본에서 태어난 딸이 한 명 있다고 들은 게 전부다.

분명히 뭔가 사정이 있겠지.

스이린은 때로 냉정하다는 생각이 들 만큼 논리적인 사람이니 그만둔다는 이야기를 직장 동료들에게 설명할 필요가 없다고 판단한 것이 분명하다. 스즈네는 스이린에게 나쁜 일이 생긴 것은 아니었으면 좋겠다고 생각했다.

적당한 기회를 봐서 문자라도 보내자. 스이린하고는 언제든지 연락이 되니까.

스즈네는 그렇게 생각하면서도 가끔 상실감에 시달렸다. 단골손님이었던 교코에 이어 늘 함께 정신없이 일했던 스이린까지 떠나가 버리리라고는 생각도 하지 못했다.

사람은 각자 생각이 다르고 사정이 있으니 어쩔 수 없다.

입 안에 남은 샌드위치를 보온병의 홍차로 마저 삼키고 여운에 잠길 틈도 없이 벤치에서 일어섰다.

스즈네는 사방에서 쉴 새 없이 쏟아지듯 울어대는 매미 소리와 에도풍령의 음색에 미련을 남기고 호텔동 쪽으로 걷기 시작했다.

그날 밤 스즈네는 자기 방 침대 위에서 서양과자 자료를 읽고 있었다. 크리스마스 애프터눈 티가 결론이 나면 다음은 벌써 신년 플랜을 생각해야 한다.

예년 같으면 2월에는 밸런타인데이를 이미지로 한 초콜릿 애프터눈 티, 그 후에는 부동의 인기 메뉴인 벚꽃 애프터눈 티가 이어진다.

'내년에는 대표 메뉴인 벚꽃 애프터눈 티에 뭔가 특색 있는 메뉴를 하나 더 추가할 수 없을까?'

얼마 전 조리반의 다쓰야와 히데오가 의견을 물었다.

조리반이 이제야 겨우 스즈네에게도 진심으로 말을 걸어주었다. 스즈네는 그들에게 가오리의 '빈자리를 메우는 사람'에 불과한 존재에서 가까스로 벗어난 것 같다. 히데오는 늘 유연하게 대응해 주었으나, 이제까지 완고했던 다쓰야의 태도도 아주 조금은 부드러워진 느낌이 든다. 어떻게든 그 기대에 응하고 싶다.

스즈네는 그렇게 생각하며 매일 밤 열심히 자료를 읽었다.

밀가루는 약 1만 년 전부터 먹기 시작했고, 6천 년 전에는 메소포타미아에서 발효하지 않은 딱딱한 빵에 가까운 것이 탄생하였으며, 훗날 이집트에서 우연히 천연 효모를 발견한 뒤로 인류는 통밀빵을 먹었다고 한다.

설탕의 발상은 기원전 327년에 알렉산더대왕이 갠지스강

유역에서 사탕수수를 발견한 것에 기인한다. 그러나 설탕이 유럽 전역에 전파되려면 11세기부터 13세기에 걸친 십자군 원정까지 오랜 시간을 기다려야 한다.

마을에 오븐이 한 대 있을까 말까 한 시대에 과자 만들기에 커다란 역할을 한 곳이 실은 수도원이었다고 한다. 수도원에서는 당시 귀했던 설탕이나 꿀, 달걀을 모아서 하느님께 바치는 감사 선물로 귀중한 과자를 만들었다. 다만 이 시대에 과자를 먹을 수 있는 사람은 극히 일부의 왕족과 귀족뿐이었고, 시민이 부담 없이 과자를 먹게 된 것은 불과 200년 전쯤이라고 한다. 그렇게 생각하면 과자 문화는 근대의 산물이다.

이런 역사를 알아가는 일은 꽤 재미있지만 이 내용을 어떻게 현대의 애프터눈 티에 접목할지가 문제다.

그러나 과거에도 현재에도 사람이 과자에 바라는 것만큼은 그리 달라지지 않았으리라.

스즈네는 잡힐 듯 잡히지 않는 힌트를 앞에 두고 곰곰이 생각했다.

최고의 애프터눈 티.

옳은 답은 결코 하나가 아니다. 그러기에 더욱 고민스럽다.

스즈네는 작게 숨을 토하고 두꺼운 자료를 덮었다.

너무 집중했는지 어깨가 뻐근했다. 스즈네는 어깨를 돌리고 힘껏 기지개를 켰다.

창밖에서는 차가 달리는 소리에 섞여서 벌레 울음소리가 들렸다. 밤이 되어도 지긋지긋하게 무덥지만, 계절은 확실히 가을로 향하고 있었다.

스즈네는 맑은 울림에 귀를 기울이며 문득 방울벌레 울음소리와 에도풍령의 주파수가 거의 같다는 일화를 떠올렸다.

'링- 링-' 울리는 방울벌레 소리는 스즈네에게 각별한 의미가 있다. 가을에 태어난 스즈네의 이름은 이 시원한 음색에서 따왔다.° 가족 모두가 함께 이름을 고민했는데, 스즈네가 사랑하는 할아버지 시게루의 아이디어에서 시작되었다고 한다.

그러고 보니 나, 다음 달에는 마침내 서른이 되는구나…….

"서른 살인가."

자기도 모르게 소리 내서 중얼거렸다.

새삼 생각해 보니 어쩐지 오싹해진다. 20대와 30대는 화장이 먹는 상태도, 피로가 풀리는 속도도 뭐든 다르다고 들었다. 그러나 애프터눈티팀의 마케팅 담당으로서 자신의 경력은 이제 막 시작된 참이다. 앞으로 조리반 두 사람과의 신뢰 관계도 더 깊게 다져야 한다.

정신 차려야 해.

정신을 집중하면서 무의식중에 팔뚝을 긁고 있었다. 잘 보

° 일본어로 방울벌레는 '스즈무시'다.

니 볼록하게 부었다. 어느새 모기에 물렸나 보다.

"보기 흉하네……."

스즈네는 혼자서 얼굴이 빨개졌다.

'바깥에서 점심을 먹으니까 그렇죠.'

눈앞에서 루리가 웃는 느낌이 들었다. 이제 곧 서른이 되는데 이래서야 여름방학을 맞은 초등학생 같다. 그래도 난 철철이 계절을 느낄 수 있는 그 정원이 좋은걸.

"계절이라."

스즈네는 팔뚝을 긁으면서 머리에 떠오른 말을 되뇌어 보았다.

수도원에서 만들던 옛 과자도 크리스마스, 부활절, 성주간°° 등의 시기를 나타냈다고 한다. 사람들은 귀한 과자를 먹으며 새로운 계절이 왔음을 떠올렸을 것이다. 분명 맛을 느낄 뿐만 아니라 어떤 감동까지도 불러일으키지 않았을까.

그런 생각을 하고 있는데, 사이드 테이블 위에 놓인 스마트폰이 진동했다.

"아……!"

스마트폰을 든 스즈네의 얼굴이 환히 빛났다. 오랜만에 가오리한테서 문자메시지가 왔다.

°° 예수의 수난과 부활을 기념하는 부활절 전의 일주일.

가오리는 4월 중반에 무사히 건강한 남자아이를 출산했다. 하루키라는 이름의 남자아이는 신생아 때부터 머리카락이 풍성해서, 문자메시지에 첨부된 사진을 본 스즈네와 루리도 놀랐다. 루리의 말로는 '장래에 미남이 될 상'이란다. 스즈네는 루리와 함께 출산 축하 선물로 이마바리 수건°의 겉싸개를 보내서 가오리와 가족들을 기쁘게 해주었다.

지금 육아휴직 중인 가오리에게서 겨우 주변이 정리됐으니 조금 더 시원해지면 루리와 함께 놀러 오라는 내용의 문자메시지를 받고, 스이린의 갑작스러운 퇴사에 상실감을 느끼던 스즈네는 오랜만에 마음이 설렜다. 이야기하고 싶은 것도, 의논하고 싶은 것도 산더미처럼 많다. 가오리는 스즈네가 오잔호텔에 입사하는 계기가 된 동경하는 선배인 동시에 자신의 후임으로 스즈네를 뽑아준 은인이다.

"꼭 갈게요!"

스즈네는 기운차게 답신을 보냈다. 이대로 여름이 끝나는 게 너무 쓸쓸했는데 갑자기 가을이 기다려졌다.

9월 중순이 되어도 찌는 듯한 늦더위가 이어졌다.

○   이마바리시는 면직물 공업이 발달한 도시로 현재 일본의 최대 수건 생산지이며 '이마바리 수건'이라는 브랜드가 있다.

스즈네는 프티 푸르를 골고루 담은 꾸러미를 들고 루리와 함께 가오리가 사는 집과 가까운 역에 내렸다. 고급 주택가로 유명한 동네였다.

카페나 레스토랑에서 차를 마시거나 식사한 적은 있어도 집에 초대받은 것은 이번이 처음이다. 스즈네는 이날을 위해 마음을 졸이며 자신과 루리의 휴일이 겹치도록 교대 근무 일정을 짰다. 실은 가오리를 만난다고 털어놓자 서포터사원 대부분이 편의를 봐주었다. 평소에 무뚝뚝한 다쓰야까지 가을 애프터눈 티의 프티 푸르를 알맞게 골라서 가져가라고 해줬을 정도다. 모두 가오리의 인덕 덕분이다.

가오리가 알려준 주소를 스마트폰의 지도 앱에 입력하자 역에서 걸어서 8분이라는 표시가 떴다.

평일인데도 역 앞은 젊은 여성들로 북적였다. 벚나무 가로수가 이어지는 녹지대 산책로에는 세련된 부티크나 디저트 가게가 줄지어 늘어섰고, 여기에도 여성 손님들이 많았다.

"과연 이 근처에 사는 사모님은 일할 필요가 없을까요?"

루리가 푸들을 산책시키는 젊은 사모님 분위기의 여성을 곁눈으로 보고 중얼거렸다.

오늘 루리는 회색 후드 티를 머리에서부터 푹 뒤집어썼고 거의 민낯이다. 루리 말로는 라운지나 파티에서는 '있는 대로 꾸미고' 있으니 혼활°이 없는 휴일에는 되도록 맨얼굴로 지내려 한단다. 그래도 20대 중반인 루리의 피부는 민낯이라도 맑고 탄력 있다.

"역시 여자의 인생은 남자에 달렸을까요."

"글쎄, 어떨까."

스즈네는 한숨 섞인 루리의 말에 고개를 갸웃거렸다.

평일 대낮에 쇼핑하거나 개를 산책시키는 여성들의 모습은 확실히 우아해 보였지만, 그런 생활이 며칠이고 이어지면 곧 싫증나지 않을까 하는 생각이 들었다.

"남자에 따라 달라지는 인생은 분명 지루할 거야."

"그렇겠죠. 게다가 지금은 대기업에서도 간단히 정리해고 되니까요. 기댈 수 있는 건 아무것도 없는 걸로."

루리는 라운지에서 보는 프랑스 인형 같은 모습과는 거리가 먼 힙합퍼 같은 복장으로 경쾌하게 스텝을 밟았다.

"지금이 행복하다면 불만 없어요. 전 내일 지구가 멸망해도 괜찮도록 매일 전력을 다해 살고 있으니까."

"그, 그건, 대단하네."

스즈네는 루리의 명쾌한 결론에 반쯤 주눅이 들어서 예전에 속도랑°°이었다는 녹지대 산책로를 걸었다. 이윽고 가게

°   '결혼 활동'의 줄임말로 결혼을 위한 적극적인 활동을 뜻하는 일본의 유행어다.

수가 줄고 조용한 주택가로 들어섰다.

마당이 딸린 멋진 단독주택이 이어졌다. 스마트폰 앱을 보니 가오리의 집은 바로 근처. 스즈네는 문패를 확인하며 가오리의 행복해 보이는 나날을 상상했다.

상사에 다닌다는 남편은 다정하고 이해심 있는 사람이라고 했다. 가까이 사는 시어머니하고 관계도 양호하다는 말을 들었다.

이런 혜택받은 환경에서 사는 사람이야말로 티 인스트럭터나 홍차 어드바이저 자격을 딸 수 있는 걸까. 가오리 본인도 원래 요코하마의 유명한 기독교 계통 여자대학을 졸업한 아가씨다.

변두리 동네의 소규모 공장을 경영하는 집에서 자란 자신하고는 너무나 다르다…….

스즈네는 갑자기 기분이 가라앉을 것 같아서 크게 고개를 저었다.

자격을 취득할 때는 직장에서 보조도 받을 수 있다. 마음만 있으면 성장 환경이나 생활 환경은 관계없다. 사실 가오리는 후임으로 스즈네 자신을 선택해 주었으니까.

"아, 스즈네 씨, 여기예요."

∞   물을 대거나 빼려고 땅속이나 구조물 밑으로 낸 도랑.

루리가 '소노다'라고 적힌 문패를 가리켰다.

넓은 주차장을 겸한 정원에서는 막 피기 시작한 자그마한 금목서 꽃이 은은한 향기를 풍겼다. 이 집에서 가오리는 고대하던 끝에 얻은 아기와 매일 만족스러운 시간을 보내고 있을 것이 틀림없다.

스즈네는 부러움에 가까운 감동을 품으며 대문 초인종을 눌렀다.

"어서 와, 기다렸어!"

그러나 비슬거리며 현관에 나타난 가오리의 모습에 스즈네도 루리도 순간적으로 말을 삼켰다.

화장기 없는 얼굴은 창백하고 눈 밑에는 짙은 다크서클이 생겼다. 언제나 깔끔하게 틀어 올렸던 밝은 염색 머리는 고무줄로 대충 하나로 묶었을 뿐, 머리 뿌리에는 희끗희끗 흰머리가 보였다. 반년 가까이 미용실에 가지 않았다는 증거였다. 같은 민낯이라도 20대인 루리와 40대인 가오리는 겉으로 봤을 때 잔혹하리만치 뚜렷하게 차이가 났다. 목이 늘어난 티셔츠에 트레이닝복 바지. 입고 있는 옷매무새도 예전의 가오리라면 상상도 못 할 정도로 추레했다.

"자, 들어와, 들어와. 어질러졌지만."

그 말이 겸손이나 말장난이 아니라는 것을 거실에 들어선 순간 실감했다. 요즘 날씨가 안 좋기도 했지만, 거실 여기저기에는 안에서 말리는 중인 빨래가 걸려 있고 테이블이나 소파 위에는 뭔지 모를 서류가 산더미처럼 쌓여 있었다.

"정말 미안해. 로봇청소기를 돌렸으니까 먼지는 없을 거야."

스즈네와 루리는 가오리가 서류의 산을 치워준 장소에 조심스럽게 앉았다.

"오늘 하루키는요……?"

"시댁에 맡기고 왔어. 걔, 밤형이라서 낮에는 떼어 놓아도 괜찮을 줄 알았는데 난리가 났지 뭐야. 자고 있는 틈에 집에 돌아오려고 했더니 무슨 센서라도 달린 것처럼 깨어서는 대성통곡하더라고."

가오리가 깊은 한숨을 내쉬었다. 그 표정은 의외로 험하다. 도저히 아기와 만족스러운 나날을 보내고 있는 사람으로는 보이지 않는다.

"아기한테도 밤형 같은 게 있어요?"

루리가 눈이 휘둥그레졌다.

"아기는 대부분 밤형 같아. 낮에는 비교적 잘 자지만 밤에는 몇 시간 간격으로 깨서 큰 소리로 울어. 젖이나 기저귀처럼 이유를 알면 그나마 나은데, 대개는 목청이 터져라 울어대는데도 대체 왜 우는지 알 수가 있어야지……."

소파에 몸을 던지듯 앉은 가오리는 완전히 지쳐 보였다.

163

이 와중에 찾아와도 정말 괜찮은 걸까. 스즈네는 갑자기 불안해졌다. 옆에 앉은 루리도 같은 생각을 하는지 보기 드물게 얌전한 표정을 하고 있었다. 산모가 아기를 낳고 나면 많이 힘들다는 말은 들었어도 솔직히 이 정도인 줄은 몰랐다.

게다가 가오리는 똑똑하고 붙임성이 좋으며 무엇을 하더라도 실수가 없는 사람이라서, 첫 육아라도 분명히 이해심 있는 남편과 시어머니의 힘을 빌려서 거뜬하게 소화해 내고 있으리라 믿었다. 그러나 지금 본 가오리는 뺨이 홀쭉해지고 표정까지 완전히 달라졌다.

"가오리 선배, 죄송해요. 바쁘신데 쳐들어와서……."

"아니야!"

스즈네가 이야기를 시작하자마자, 가오리가 외치듯이 소리를 높였다.

"오늘을 얼마나 기다렸는데. 사실은 더 빨리 두 사람을 만나고 싶었어. 그렇지만 처음에는 두 시간마다 수유해야 해서 아무래도 무리였거든. 이래 보여도 엄청나게 참았다고."

가오리는 단숨에 말한 뒤, 양손을 꽉 깍지 끼었다.

"나 반년 가까이 남편이랑 친정엄마랑 시어머니 말고는 거의 아무하고도 제대로 된 대화를 못 해봤어."

가오리의 미간에 지금까지 본 적 없는 주름이 졌다.

"어디 나가려고 해도 기저귀에 분유에 끓여서 식힌 물까지

가지고 가야 하니까 캠프 급으로 짐이 많아져. 장 보러 가거나 검진하러 병원에 데려가는 것만으로도 버거워서 마음 놓고 산책도 못 해. 애가 언제 울고불고할지 모르니까 카페에서 한숨 돌리는 건 절대로 무리고…….”

가오리가 중얼대는 사이에 깍지 낀 손이 부들부들 떨리기 시작했다.

“저, 저기, 가오리 선배, 괜찮아요?”

스즈네는 약간 압도됐다.

이전의 가오리는 이런 식으로 노도처럼 말을 쏟아내는 타입이 아니었다. 언제나 부드러운 웃음을 띠고 모든 사람의 이야기를 들어주는 쪽이었다. 그러나 지금은 다른 사람이 된 것처럼 수다가 끊이지 않는다. 가오리는 정말로 반년 동안 가족 이외의 사람과는 대화를 나누지 못한 것이 아닐까.

“그리고 말이지.”

가오리가 겨우 얻은 이야기 상대를 놓치지 않겠다는 듯이 테이블 위로 몸을 쑥 내밀었다.

“동네 엄마 친구가 안 생겨.”

“동네 엄마 친구……?”

스즈네와 루리는 얼굴을 마주 보았다.

“그래! 동네 엄마 친구!”

가오리가 비통한 목소리로 외쳤다.

"아이만 낳으면 한동네에서 아기 키우는 엄마들과 금방 친구가 될 줄 알았어. 하지만 전혀 아니야. 입원해 있는 동안 친해진 사람들은 나보다 열 살도 더 어린 20대, 30대 엄마들뿐이야. 그 무리에 거리낌 없이 어울리기는 아무래도 힘들고 40대에 초산인 엄마는 이 근처에 아무도 없더라고. 인터넷이나 SNS에서는 마흔 전후의 동네 엄마 친구들이 즐겁게 지내던데 실제로는 나랑 같은 세대인 육아맘을 어디서 만나야 하는지 전혀 모르겠어!"

"아녜요, 아녜요, 가오리 선배, 생각이 좀 지나친 거예요."

루리가 흥분하는 가오리를 달래기에 나섰다.

"나이는 관계없죠. 가오리 선배는 젊고 예쁘고 얘기도 잘 통하는데."

"맞아요."

스즈네도 기회를 놓치지 않고 맞장구쳤다.

라운지에서는 가오리를 중심으로 20대도 30대도 40대도 세대 차이 없이 하나로 뭉치지 않았던가. 그것은 온화한 가오리의 인품 덕이었을 것이다.

"그건 일이니까 그렇지."

가오리는 현실을 자각한 눈빛으로 중얼거리듯 말했다.

"이번에 알았어. 회사에서 한 발짝 바깥으로 나가면 난 그저 고령출산자라는 걸."

고령출산자.

사내에서는 위에서도 아래에서도 신뢰받는 가오리가 피로와 외로움에 찌든 모습을 보고 스즈네는 새삼 곤혹스러움을 느꼈다.

솔직히 '동네 엄마 친구'라니 결혼하지 않은 자신에게는 번거로운 존재로만 느껴진다. 그러나 40대에 처음 출산을 경험한 당사자인 가오리로서는 산후의 불안과 육아의 고충을 서로 알아주는 '동네 엄마 친구'를 만나지 못한 것이 세상에 홀로 남겨진 것이나 마찬가지인 큰 문제였나 보다.

가오리는 남편이 퇴근 후 집에 올 때까지 아침부터 밤늦게까지 아무하고도 말 한마디 하지 않는 상태로 지내며 몇 번이나 눌려 찌부러질 것 같은 기분이었다고 한다.

"집에 오면 또 '뭐 좀 먹을 거 없어?' 이런 소리를 태평하게 한다니까. 걸핏하면 '간단한 거라도 괜찮아' 이러는데 그렇게 '간단한 거'면 자기가 만들면 되잖아!"

가오리는 긴장이 풀린 사람처럼 가슴속에 억눌려 있던 생각을 끝없이 토로했다.

다섯 시간 이상 진통과 싸운 끝에 결국 제왕절개를 하게 됐다는 것. 그 소식을 들은 시어머니가 뱉은 무신경한 한마디. "애, 자연분만 못 했니?" 배의 상처 때문에 아픈 와중에도 거의 쉴 틈 없이 해야 했던 수유. 매일 밤만 되면 아기가 울어서 생긴 수면 부족. 이소고°에 사는 친정어머니와 근처에 사는 시어머니가 가끔 와서 도와주시긴 해도 두 분 다 앞다퉈 손자를 빼앗기만 할 뿐 가오리가 정말 해줬으면 하는 집안일에는 의외로 비협조적이라는 것.

손자를 어르는 시간보다 집안일을 거들어주는 시간을 좀 늘려줄 수 없느냐고 하자, 친정어머니까지 "내가 가사도우미니?" 하며 분개했다고 한다.

"미안하지만 지금 이 집에 진짜 필요한 건 손자에게 사랑받고 싶은 '할머니'가 아니라 유능한 도우미거든" 하고 가오리는 탄식했다.

남편은 아침부터 밤까지 밖에서 일하느라 전혀 도움이 되지 않는다.

"아이를 예뻐하기만 하면서 육아하는 아빠인 척하지 말았으면 좋겠어."

가오리는 아이가 밤중에 울어도 옆에서 코를 골며 자는 남편의 얼굴에 진심으로 살의를 느꼈다며 눈초리가 뾰족해졌다.

"방글거리는 아기가 귀여운 건 당연하지. 나도 하루키가 웃는 걸 볼 때마다 진심으로 행복해. 아무리 힘들어도 그 아이가 보물이라는 사실은 변하지 않아. 하지만 그런 천사일 때만

° 　요코하마시 남부의 지명.

예뻐하다가 애가 큰 소리로 울기 시작하면 '역시 엄마가 최고지' 이러면서 나한테 데려오는 아빠는 대체 뭐 하는 존재냐고. 기저귀 정도는 누구든 갈 수 있고 분유는 남자도 먹일 수 있잖아!"

가오리의 엄청난 푸념에 스즈네도 루리도 그저 고개만 끄덕였다.

"게다가 수유라는 게 엄청 아파."

스즈네는 갑자기 목소리를 낮춘 가오리를 보고 침을 꿀꺽 삼켰다.

"이것도 고령출산이어서 그렇다고 시어머니는 그러지만······."

가오리는 말끝을 흐리며 모유가 잘 나오지 않는다고 털어놓았다. 그러나 생명력의 덩어리 같은 하루키는 매번 들러붙을 기세로 젖가슴에 달려들고, 젖이 잘 나오지 않는다는 걸 알면 곧바로 고개를 휘두르며 죽어라 젖꼭지를 빨아 당긴다고 한다.

"정말이지 너무너무 아파서······. 그 쪼끄만 입술에 어떻게 그런 엄청난 힘이 있을까."

가오리는 티셔츠 위에서 가슴을 눌렀다.

스즈네는 수유라고 하면 온화한 표정으로 젖먹이를 가슴에 안은 성모마리아 같은 이미지밖에 떠오르지 않아서 생생한 그 이야기에 압도되고 말았다.

가오리는 너무 힘들어서 현재는 모유와 분유를 병행해서 먹이고 있다고 한다. 근처에 사는 시어머니는 완전 모유에 집착하는 분이라 지금까지 좋았던 관계에 조금씩 금이 가기 시작했다고도 말했다.

"저것 좀 봐. 부탁하지도 않았는데 시어머니가 보낸 거야."

가오리가 방 한구석에 쌓여 있는 상자를 턱으로 가리켰다.

"전부 회향즙이야. 먹으면 젖이 잘 나온다는데 어디까지 신빙성이 있을지."

가오리의 야윈 뺨에 쓸쓸한 웃음이 떠올랐다.

"어차피 슬슬 이유식으로 바꿀 텐데. 그러면 또 엄마가 손수 만들어야 한다는 둥 이런저런 소리를 듣겠지. 정말 쓸데없는 참견이라니까. 회향즙도 내가 먹고 싶어서 먹으면 모를까, 강요당하면 뭐랄까……."

쌓였던 감정을 터뜨리듯이 계속 이야기하던 가오리의 말이 뚝 끊겼다.

가오리는 구석에 쌓아둔 상자를 멍하니 바라보았다.

"가오리 선배?"

스즈네가 부른 순간, 가오리는 퍼뜩 정신을 차렸다.

"미, 미안해. 나 좀 봐, 차도 안 내오고 내 얘기만……. 얼른 차 끓일게. 모유 수유 때문에 카페인은 피하고 있지만."

평소의 배려심을 되찾은 가오리가 몹시 미안해하며 자리에서 일어섰다.

"저도 거들게요."

"됐어, 됐어. 앉아 있어."

가오리는 말리려고 했지만, 스즈네도 루리도 함께 부엌으로 들어갔다.

부엌은 식기세척기 덕분인지 거실만큼 어지럽지는 않았다. 스즈네와 루리는 라운지의 팬트리에서 하던 요령으로 신중하게 카페인 없는 허브티를 우려냈다.

"이런 거 정말 오랜만이야."

거실로 돌아가자, 가오리가 이제야 겨우 스즈네가 잘 아는 부드러운 웃음을 띠며 큰 티 포트를 기울인다. 빨래와 서류가 널린 어수선한 거실에 애플 캐모마일 티의 달콤한 향기가 감돌았다.

"이거 아스카이 셰프가 보낸 거예요."

스즈네가 접시에 담은 프티 푸르를 가리킨다.

국산 밤 몽블랑, 스위트포테이토풍 피낭시에, 호박씨로 장식한 호박 스콘······.

가을 애프터눈 티의 인기 디저트뿐이다.

"아스카이 셰프의 디저트, 그립네. 얼른 먹자."

서류를 밀어놓고 셋이서 테이블에 둘러앉았다.

가오리가 몽블랑을 한 숟갈 떠서 입에 넣은 순간, 갑자기 눈에서 주르륵 눈물이 흘러내렸다.

"으아! 가오리 선배, 왜 그러세요?"

루리가 그것을 보고 기겁한다.

"맛있어서……. 그리고 오늘 두 사람을 만난 게 기뻐서."

스즈네는 어깨를 들썩이며 울기 시작한 가오리를 결코 호들갑스럽다고 여기지 않았다.

과자는 상.

할아버지 시게루의 입버릇이 뇌리를 스쳤다.

남편도 시어머니도 친정어머니도 각자 마음을 쓰기는 하겠지만, 배를 가르고 젖을 물리며 문자 그대로 만신창이가 되도록 애쓴 가오리에게는 누구보다도 상을 받을 권리가 있다.

가오리는 분명 티타임 따위는 상상도 하지 못할 나날을 보내고 있으리라.

자신은 아무것도 해줄 수 없지만 이렇게 함께 차를 마시는 정도는 할 수 있다.

몽블랑은 사각사각한 쿠키 시트 위에 국산 밤을 달게 조려서 통째로 넣은 마롱 크림을 얹었는데 살짝 럼주 향이 나서 더할 나위 없는 맛을 냈다.

과연 아스카이 셰프…….

대표적인 과자이면서 독특하고 세련된 뒷맛이 있다. 포만감도 있고 맛이 지나치게 강하지 않아서 한 입 먹을 때마다 또 먹고 싶어진다.

스즈네는 다쓰야의 확실한 솜씨에 솔직히 존경심을 느꼈다.

"라운지 사람들은 다들 잘 지내?"

"그게……."

고참인 스이린이 갑자기 그만뒀다는 소식을 전하자, "그랬구나"라고 대답하는 가오리의 얼굴빛이 살짝 흐려졌다.

그래도 애플 캐모마일 티를 두 잔째 마실 즈음에는 창백했던 가오리의 뺨에 살짝 핏기가 되돌아왔다.

"나도 어떻게든 내년에는 복귀하고 싶은데, 이거 봐. 전부 어린이집 자료야."

가오리가 토스터로 데운 호박 스콘을 먹으면서 주위에 널린 자료에 손을 뻗었다.

"우리 집은 정규직이고 맞벌이라서 어느 정도 이용지수는 딸 수 있지만, 요즘은 가정 대부분이 정규직 맞벌이잖아."

이용지수라는 것은 각 가정의 '보육 필요도'를 점수화한 것으로 그 점수에 따라 나라가 정한 설치 기준을 만족하는 '인가 어린이집'에 들어갈 수 있는지 아닌지를 판단한다고 한다.

"우리 구에서는 인가 어린이집 다섯 군데에 신청할 수 있는데 어디를 고르면 될지 짐작이 안 가니까 일일이 자료를 신청해서 견학할 수밖에 없어. 그게 또 예약하는 것만도 큰일이라……."

가오리는 육아를 하는 동시에 어린이집을 찾으러 다녀야 하는 것이 또 다른 고생이라며 깊게 한숨을 쉬었다.

인가 어린이집에 떨어졌을 때를 대비해 국가가 아닌, 지역에서 정한 설치 기준을 만족하는 인정 어린이집과 비인가 어린이집도 알아둬야 한다.

"저출산, 저출산, 하면서 어린이집 대기 아동이 전혀 줄지 않는 게 현실이야. 그렇다고 자리가 많이 빈 비인가 어린이집에 보내자니 그건 그것대로 꺼림칙하고."

가오리의 눈빛이 아득해진다.

"역시 정보를 교환할 동네 엄마 친구가 필요해."

입소문 사이트도 이용하고 있지만, 인터넷상의 정보는 어디까지 신용해도 될지 판단하기 곤란하다고 한다.

"그렇다면 시설이 잘 갖춰져 있고 보육사 배치도 나라의 기준으로 제대로 정해져 있는 인가 어린이집에 보내는 게 역시 마음이 놓이니까."

인가 어린이집의 보육료는 부모의 전년도 소득에 따라 결정된다. 부모가 모두 정규직인 가오리네 집의 경우, 보육료는 어느 정도 높게 책정된다. 그래도 인가 어린이집은 국가에서 보조금을 지원받기 때문에 비인가 어린이집보다 보육료가 좀 더 싸다. 하지만 그 이유로 매년 많은 가정에서 신청이 쇄도하고 결과적으로 경쟁률이 치열해진다.

지금 필사적으로 정보를 모으고 견학을 하며 최대한 많은 인가 어린이집에 신청해 뒀지만 내년 1월의 통지에서 전부 떨어질 가능성도 있다고 한다.

"제일 괴로운 건……."

피낭시에로 뻗으려던 가오리의 손끝이 멈췄다.

"그럼 일을 관두고 육아에 전념하라는 말을 듣는 거야."

말끝이 잘 안 들릴 정도로 작은 목소리였다.

실제로 가오리의 집은 무슨 일이 있어도 맞벌이를 해야 할 만큼 형편이 어렵지는 않을 것이다. 싱글맘이나 비정규근무 가정에 비하면 확실히 '보육 필요도'는 낮아진다.

"그럼 난……. 모유도 잘 안 나오는 고령출산자밖에 안 되는걸."

가오리가 자조하듯 중얼거렸다.

스즈네는 말없이 캐모마일 차의 맑은 연노란색을 내려다보았다.

방구석에 쌓인 회향즙 상자의 무언의 압력.

라운지를 통솔하고 티 인스트럭터와 홍차 어드바이저 자격을 가지고 있으며 인기 있는 애프터눈 티 여러 개를 직접 기획한 우수한 플래너 가오리가 모유 문제 앞에서 무력화되는 불합리함.

헤이세이 시대의 디저트 혁명을 견인해 온 사람은 틀림없이 사회에서 경제력을 갖게 된 여성들이다. 그러나 그 이면에서 여성은 여성에게만 부과되는, 아이를 낳을 것인지 말 것인지에 대한 선택의 압력을 계속 받고 있다.

출산 후에도 자신의 인생과 육아가 어디선가 저울질된다. 그런 무게는 비교할 수 없는데도.

아무리 법이 갖춰져도, 주위에서 이해하는 척 굴어도, '어머니'의 중책은 예나 지금이나 그다지 변함이 없다.

스즈네는 가오리의 유복해 보이는 환경을 부러워한 자신의 단순한 사고가 한심하게 느껴졌다. 역 앞 부티크에서 쇼핑하거나 보행자 산책로에서 개를 산책시키던, 언뜻 보기에는 우아한 여성들의 배후에도 피할 도리 없는 현실이 존재하는지도 모른다.

"가오리 선배, 이거 엄청 맛있었어요!"

루리가 일부러 순진하게 피낭시에를 먹었다.

"정말이네."

다시 피낭시에를 입으로 가져간 가오리가 웃음 지었다.

스즈네도 누가 재촉한 것처럼 피낭시에에 손을 뻗었다. 스위트포테이토풍 피낭시에는 진하고 달콤할 텐데 미묘하게 쓴맛이 났다.

스즈네는 집에 가는 전철 안에서 생각에 잠겼다.

경력에 자격에 가정까지. 모든 것을 손에 넣은 것처럼 보인 가오리가 외로움과 피로에 시달리고 있는 현실. 도저히 업무에 대해 의논해볼 만한 분위기가 아니었다.

'이거야말로 쓸데없는 참견이지만······.'

가오리의 집에서 나올 때, 가오리는 말을 꺼내기 어려운 듯 조금 주저했다.

'혹시 아이를 가지려거든 출산은 빠른 편이 나아. 아무튼 체력도 필요하니까.'

해외 셀럽의 고령출산에 용기를 얻은 내가 할 말은 아니지만, 하고 가오리는 멋쩍은 듯이 얼굴을 찡그렸다.

본심에서 나온 말이었을 것이다.

하지만······.

약 10년 전 온갖 기업의 입사지원서를 내려받으며 필사적으로 구직활동을 하던 때, 스즈네의 눈에 들어온 인터넷 페이지 한 곳.

오잔호텔의 직종 소개란에서 환하게 웃는 얼굴로 인터뷰에 답하던 사람은 30대의 가오리였다.

스즈네 역시 일이 재미있어지기 시작한 참이다. 분명히 앞으로 점점 세계가 넓어져 가리라.

어느 정도 경험을 쌓은 30대는 이제 겨우 자신의 능력을 실감하며 일할 수 있다. 아마 시간도 눈 깜짝할 사이에 지나버릴 것이다.

그런데 여성에게는 서른다섯이 되면 고령출산이라는 움직일 수 없는 벽이 생긴다.

사회인 경력이 바야흐로 꽃피려 하는 시기와 출산적령기가 딱 겹치는 딜레마.

"스즈네 씨, 앉을까요?"

스즈네는 루리의 목소리에 퍼뜩 정신이 들었다. 눈앞에 두 자리가 비어 있었다.

"미안해. 잠깐 정신 팔고 있었네."

스즈네는 루리와 나란히 좌석에 앉아 억지로 웃음 지었다.

"이야, 엄청 힘든 현실을 보고 말았네요……."

기분 탓인지 루리도 조금 멍해 보였다.

"그래도 루리 씨는 혼활 제대로 하고 있지?"

스즈네는 그런 말을 꺼내고 나서 자신도 어이가 없었다. 스즈네 자신은 곧 서른이 되는데 '혼활'하고는 전혀 인연이 없다. 아무튼 애프터눈티팀 업무에 익숙해지고 싶어서 그 외의 일을 생각할 여유가 없었다.

무엇보다 자신이 결혼하고 싶은지 아닌지도 모르겠다.

애인다운 상대가 있던 시기도 있었지만, 스즈네가 자기 일에 빠져 있는 사이에 대부분 자연히 관계가 끝나버렸다.

고령출산의 벽이 압력을 확 늘린 기분이었다.

"저는 아이를 원하니까요."

루리가 팔짱을 끼고 고개를 끄덕였다.

"육아휴가를 낼 수 있는 정사원으로 일하는 동안에 후딱 결혼해서 낳고 싶어요. 앞으로 회사도 뭐가 어떻게 될지 모르니까요."

지금이 행복하면 불만은 없다고 딱 잘라 말하는 루리는 회사의 앞날에도 그다지 기대하지 않는 것 같았다.

"첫째는 스물여덟에 낳고 싶네요. 그게 이상적인 나이인 것 같고."

이미 그 나이가 지난 스즈네는 말문이 막혔다.

"그렇지만 제 주위 남자들에게는 단독주택이라든가 로봇청소기라든가 식기세척기 같은 걸 바라기 힘들거든요. 체력으로 승부할 수밖에 없어요."

담담하게 말하면서도 비장함이 없어 보이는 루리의 태도가 좋았다.

"루리 씨, 뭔가 달관했네."

"글쎄요. 그렇게 하지 않으면 진짜로 못 해나갈 것 같은 기분이 들어서요. 파티족 중에는 실은 맷집 약한 녀석이 많아요. 실패하는 게 무서워서 처음부터 '에이!' 이러는 사람들이라."

루리는 실실 웃은 뒤 조금 진지한 표정을 지었다.

"스즈네 씨는 왜 그렇게 열심히 하는 거예요?"

"응?"

스즈네는 예상치 못한 질문에 허를 찔린 기분이었다.

"열심히 하면 배신당할 가능성이 더 크잖아요. 이 세상은 이래저래."

"아, 그러니까……."

스즈네는 우물거렸다.

연회 담당을 거쳐 동경하던 애프터눈 티 개발에 참여하게 된 자신의 의욕 넘치는 모습은 입사 때부터 라운지에 배속된 루리의 눈에는 역시 성가시게 보였을지도 모른다.

"열심히 하고 싶어서."

막상 입 밖에 내니 바보 같았다.

스즈네는 그 순간 루리가 어리둥절한 표정을 지은 것을 알고 확 부끄러워졌다. 순간을 즐기면서도 장래를 똑똑히 내다보고 있는 루리가 훨씬 더 어른스럽다.

"그게 스즈네 씨의 좋은 점이니까요."

루리가 태연하게 웃어줘서 그래도 다행이었다.

"미안해. 성가시지."

"사과할 필요 없어요. 게다가 전혀 성가시지 않은데요. 스즈네 씨는 내가 이렇게 열심히 하니까 너도 열심히 하라고 절대 강요 안 하잖아요. 일해라, 낳아라, 실력을 발휘해라, 그런 소리를 하는 잘난 척하는 아저씨들이 훨씬 성가셔요."

루리는 아무렇지 않게 말했지만, 스즈네는 조금 멋쩍었다.

자신이 눈앞의 일에만 빠져서 장래 일을 하나도 생각하지 않는 기분이 들었다.

이제 곧 환갑을 맞는 어머니가 젊었던 시절에 여성이 결혼하면 퇴직하는 것이 당연했다고 한다. 결혼 퇴직이라는 말은 그런 시대에서 생겨났다.

그에 비하면 21세기에 사는 스즈네 세대는 선택지가 많다.

그러나 일하고 아이를 낳고 실력까지 발휘하려면 거기에 걸리는 부하가 심상치 않다는 사실은 가오리의 현 상황으로 봐도 명백하다.

"우리 엄마는 버블 세대°인데요."

루리는 스즈네의 생각을 읽은 것처럼 화제를 바꿨다.

"이 세대 여성은 확실하게 나뉘었대요. 경력이냐 육아냐, 선택하는 거죠."

스즈네도 일찍이 채용 구분이 영업이나 기획 입안을 하는 '종합직'과 일반 사무에만 종사하는 '일반직'으로 나뉘어 있었다는 이야기는 알고 있다.

° 　일본의 고도성장기 막바지에 거품경제가 한창이던 1980년대 말을 전후하여 직장에 입사한 세대를 가리킨다.

원래 이 채용 구분은 남녀에게 모두 해당하는 사항이었지만, 처음부터 '일반직'을 목표하는 남성은 거의 없었으므로 '종합직'과 '일반직' 선택은 종종 남녀고용기회균등법 개정 후 신규 입사하는 여성을 대상으로 마련되었다고 들었다.

"다만 이 경력조라는 게 엄청 힘들었나 봐요. 우리 어머니는 처음에 종합직으로 입사했다가 일찌감치 중도 탈락하고 속도위반으로 결혼했어요."

루리는 그렇게 해서 생긴 애가 바로 나, 라고 말하듯 자신을 가리켰다.

"육아 관련 법률이 제대로 정비되기 전이어서 어머니는 당연히 퇴직하고 경력조 동기가 화려하게 활약하는 걸 손가락만 물고 바라봤나 본데, 버블이란 게 정말 대단했대요."

"버블이라."

태어났을 때부터 계속 불경기밖에 모르는 스즈네에게도 그 울림이 동반되는 눈부신 아름다움은 상상이 갔다.

"젊은 여성이 팀 리더가 되어서 해외 출장도 척척 갔다고 하더라고요."

"해외 출장……."

해외라니, 스즈네는 초저가 투어조차 간 적이 없다. 본고장 영국의 애프터눈 티 순례를 해보고 싶다는 생각은 있지만 경제적으로도 시간적으로도 그럴 여유는 없었다.

"놀랍게도 여행 가방 구입이나 여권 발급 수수료 같은 준비 비용까지 회사가 경비를 대줬고."

"뭐?"

"호텔 숙박비는 물론이고 해외 쪽 저녁 만찬도 전부 회사 부담. 국내에서도 툭하면 접대 회식. 뭐든지 경비, 경비. 아무튼 경비로 다 처리해 줬대요."

다른 호텔의 애프터눈 티를 알아보려고 자기 돈으로 먹을 때도 있는 스즈네에게는 그야말로 꿈같은 이야기다.

"일자 커트, 숱 많은 눈썹, 빵빵한 어깨 패드, 뾰족한 핀힐, 보디라인을 강조한 패션을 한 언니들이 국내외 오피스가를 씩씩하게 활보하고 다닌 거죠."

입담 좋은 루리의 말투에 스즈네의 뇌리에도 일자로 자른 긴 머리를 나부끼며 진한 화장을 한 화려한 여성의 모습이 떠올랐다.

결혼이나 출산 따위 알 바냐. 일하는 여성의 개척자였던 버블 세대의 경력조 여성들은 영원히 아름답고 강하고 늠름할 터였다.

"하지만 여기서부터가 호러인데요……."

루리가 갑자기 목소리를 죽인다.

"그 경력조였던 여성들, 지금은 거의 회사에 남아 있지 않대요."

"그 말은 즉……."

"어디선가 다람쥐와 호랑이를 만났겠죠."[o]

루리는 썰렁한 아재개그 같은 말장난을 입에 올렸지만 일부러 웃기려는 것 같지는 않았다.

남성 이상으로 맹렬하게 일해온 여성들이 올라갈 만큼 올라간 사다리를 어느 날 갑자기 치워버렸다는 말인가.

"우리 회사도 현장은 여자뿐인데 경영진은 전부 아저씨잖아요."

확실히 그러네, 하고 스즈네는 부장 이상의 얼굴들을 떠올려본다.

임원에 이르면 그야말로 초로의 남성밖에 없다.

그렇다면 개척자였던 경력조 여성들은 모두 어디로 사라진 것일까.

"진짜 실력 있는 사람은 자기 손으로 창업해서 지금도 반짝반짝 빛나고 있대요."

"그렇지 않은 사람은?"

"엄마 말로는 무서워서 연락을 못 해보겠다네요."

루리의 말에 스즈네도 등골이 서늘해졌다.

---

[o] 구조조정restructing의 일본식 줄임말이 '리스토라'인데 일본어로 '리스'는 다람쥐, '토라'는 호랑이라서 하는 말장난이다.

가오리는 회사에서 한 걸음 밖으로 나가면 자신은 고령출산자일 뿐이라고 했다.

그러나 결혼이나 출산에 관심을 두지 않고 일에 매진한 여성들이 직장을 잃으면 대체 어디에서 길을 찾아야 할까.

스즈네는 애프터눈 티 개발에 푹 빠진 나머지, 혼기를 놓치고 출산 시기를 놓치고 최종적으로는 라운지에서 밀려나서 이러지도 저러지도 못하는 미래의 자기 모습이 그려져서 진심으로 두려워졌다.

역시 혼활을 시작하는 게 나을까? 하지만 무얼 위해서?

루리처럼 진심으로 아이를 갖고 싶다는 생각도 없는 자신에게 혼활이 무슨 의미가 있을까?

루리가 골똘히 생각에 잠긴 스즈네의 어깨를 세차게 쳤다.

"역시 지금을 행복하게 살아갈 수밖에 없어요. 스즈네 씨, 어때요. 신작 애프터눈 티 개발도 좋지만 이번 주말쯤 우리랑 밤샘 파티 할래요?"

"……그건 사양할게."

"사양하지 마요."

스즈네는 후드 티의 후드를 깊숙이 뒤집어쓴 루리의 뒷모습을 떠나보내며 가볍게 한숨을 쉬었다.

결혼하든 아이가 생기든 일하는 것을 당연하게 생각하는 남자들은 이런 문제로 고민 따위 안 하겠지 싶어서 그저 부러워진다.

출산은 여성밖에 못 하는 중요한 일이라고 생각하는 경향도 있다. 분명히 아이를 낳는 사람은 여성이다. 그렇다고 아이를 기르는 사람도 꼭 여성이어야만 할까.

엄마가 자신의 꿈을 좇으려고 하면 아이를 제쳐놓았다며 비난의 시선이 쏟아진다. 애 엄마가 뭘 하느냐고.

아빠도 부모인데.

스즈네는 입을 꾹 다물었다.

생각하면 할수록 기분이 무거워진다.

이제 그만해야지.

스즈네는 기분을 전환하려고 코트 주머니에서 스마트폰을 꺼냈다. 인터넷 뉴스를 유심히 보던 중에 표제 하나에 시선이 멎었다.

'이 겨울, 아름답게 타오르는 크리스마스 푸딩이 등장'

어? 이거.

스즈네의 눈이 살짝 커졌다.

롯폰기의 5성급 외국계 호텔에서 애프터눈 티에 스즈네도 기획서에 쓴, 불을 붙여서 먹는 크리스마스 푸딩을 내놓는 것 같다.

같은 생각을 하는 사람이 있었네.

그러나 스즈네는 기사 화면을 내리다가 눈을 의심했다.

'보기에도 아름다운, 영국의 정통 크리스마스 디저트를 애프터눈 티에 도입하려고 기획한 사람은 이번에 새로 플래너에 취임한 셜리 우 씨…….'

"뭐어어어어?!"

스즈네는 전차 안이라는 사실도 아랑곳하지 않고 큰 소리를 내고 말았다.

푸른 불꽃에 싸인 크리스마스 푸딩과 함께 사진에 실린 사람은 카메라를 보며 빙그레 웃음 지은 우스이린이었다.

대체 어쩔 셈일까.

스즈네는 오모테산도의 카페 테라스에서 거리를 오가는 젊은 사람들의 모습을 바라보고 있었다.

가오리의 집을 방문한 지 열흘쯤 지났어도 변함없이 늦더위가 이어지고 있지만, 거리에 나온 여성들의 패션은 이미 가을 옷차림으로 바뀐 것 같았다.

스즈네는 손목시계를 흘긋 보았다.

너무 일찍 도착하는 바람에 약속 시간까지는 아직 조금 여유가 있었다. 그러나 스즈네는 들고 있는 문고본에 도저히 집중이 되지 않았다.

약속 장소는 최근 화제에 오른 파티시에가 운영하는 제과점에 딸린 카페다. 전문지와 여성지에서도 노르망디의 제과점에서 수업을 거듭하고 그 지역 3성급 호텔에서 셰프 파티시에로 일했다는 오너의 경력을 주목했다.

이런 디저트 업계의 새로운 정보를 충실하게 파악하고 있는 면이 늘 열심인 스이린답긴 하지만…….

스즈네는 문고본을 테이블에 엎어놓고 다시 카페 안을 둘러보았다.

평일 오전인데도 테이블석 대부분이 유행에 민감한 여성들로 차 있다. 테이블에는 허브를 꽂은 작은 꽃병이 놓여 있고, 유리잔에 따른 차가운 물에서도 살짝 민트 향이 났다. 확실히 여성 취향에 맞춰 준비했다는 느낌이 든다.

제과점에는 기모브°나 구움과자를 사러 오는 손님도 끊이지 않았다. 세련된 포장에 담긴 알록달록 귀여운 기모브는 소소한 선물로 안성맞춤이다.

선물이라고 하니, 스즈네는 주말에 갑작스럽게 다쓰야가 작은 봉투를 건네준 일이 문득 생각났다.

지난주에 스즈네는 마침내 서른 번째 생일을 맞았다.

루리가 야단스럽게 '축하 전화'를 하는 바람에 스즈네가 서른 살이 되었다는 소식은 순식간에 라운지 전체에 퍼졌다. 히데오와 다른 서포터사원들도 "서른, 축하해" 하고 반농담조로

° 　프랑스식 마시멜로.

말을 걸었다.

그때는 전혀 무관심해 보였던 다쓰야가 퇴근하는 스즈네를 갑자기 불러 세웠다.

"이거."

싱긋 웃지도 않고 건넨 봉투 속에는 다쓰야가 현재 힘을 쏟고 있는, 말린 과일과 양주를 넣은 케이크가 들어 있었다.

말린 과일을 양주에 재워서 불리면 신선한 과일하고는 또 다른 농축된 맛이 생겨난다. 아마레토°°에 담근 말린 살구와 아몬드 무스를 합한 케이크는 양주의 쌉쌀함이 더해져 그야말로 30대를 맞는 여성에게 제격인 고상한 맛이었다.

아스카이 셰프, 최근에 정말 달라졌어.

스즈네는 손으로 턱을 괴고 오모테산도의 느티나무 가로수를 물끄러미 바라보았다.

무뚝뚝한 태도는 변함없지만 '특별한 흔적을 남기려고 애쓰지 말라'며 쌀쌀맞게 윽박지르던 당초에 비하면 인상이 완전히 달라졌다.

그때는 정말 싫은 인간이라고 생각했다.

하지만 지금은…….

셰프 파티시에가 되고 나서도 혼자 샘플을 만들고 있는 학

°°   아몬드 맛이 나는 이탈리아산 리큐어.

구열 높은 뒷모습이 눈앞에 떠오른다.

스즈네는 괴고 있던 뺨이 어느새 살짝 열을 띤 것을 깨닫고 자신도 흠칫 놀랐다.

뭐야, 왜 얼굴이 빨개지는 건데!

턱을 괴었던 팔을 치우고 당황해서 고개를 저었다.

그걸 선물이라고 생각하는 것은 그야말로 착각이다. 때마침 생일이라는 말을 듣고 샘플로 만든 케이크를 싸준 거겠지.

잘 생각해 보면 다쓰야는 싹싹하지 않을 뿐이지 의외로 친절하다. 단골손님 교코가 애프터눈 티를 반도 먹지 않고 라운지에서 나갔을 때도 오래 둘 수 있는 프티 푸르를 테이크아웃용 쇼핑백에 담아줬고, 스즈네와 루리가 가오리의 집을 방문할 때도 선물로 스콘과 피낭시에를 골라서 싸주었다.

스즈네가 그런 다정한 면을 좀처럼 깨닫지 못했던 것은 주방을 통솔하는 셰프 파티시에로서 솔직하게 의견을 이야기하는 다쓰야를 처음부터 싫은 인간이라고 일방적으로 단정했기 때문이다. 다쓰야가 달라진 것이 아니라 자신이 이제야 그 사람의 본질을 깨달았을 뿐이다. 특별히 자신에게만 친절하게 대하는 것이 아니다.

이런 일로 직장 동료를 묘하게 의식하다니 어린애 같다. 정신 차리자.

스즈네는 민트 향이 나는 물을 단숨에 들이켜고 자세를 바로 했다.

우쭐해서 착각할 뻔했다는 것을 다쓰야가 알아차리기라도 하면 이번에야말로 진짜 경멸할지도 모른다.

모처럼 가오리의 후임으로 인정받고 있으니 좀 더 자리를 잡아야 한다.

애써 냉정을 되찾고 나니 또 하나 마음에 걸리는 일이 생각 났다.

오잔호텔에서는 이번 연말연시에 맨해튼에서 미슐랭 별 두 개를 딴 미국인 셰프를 연회동 레스토랑에 초빙하기로 결정 했다. 그에 영문 자료를 배포하는 일이 추가되었다.

스즈네의 팀이 담당하는 호텔동 라운지에서도 콜라보 메뉴 를 몇 가지 준비할 예정이었다.

스즈네는 영문 자료를 들여다보는 다쓰야의 모습을 볼 때 마다 내심 조마조마했다. 추측이 맞는다면 다쓰야에게는 로마 자 철자를 단어로 인식하지 못하는 난독증이 있다. 하지만 그 사실을 직접적으로 지적했을 때, 다쓰야는 거세게 반발했다.

"내가 난독증이라고 해서 팀에 뭔가 폐를 끼친 적이 있었 나! 한 번이라도 만족스럽지 않은 줄레나 무스나 가토를 만든 적이 있냐고!"

그때 본 다쓰야의 험악한 모습을 생각하면 지금도 심장이 오그라들 것 같다.

잘되었으면 해서 무심코 입 밖에 내고 말았지만, 누구라도 남이 건드리지 않기를 바라는 부분이 있는 것은 당연하다.

"당신까지 내가 '정상'이 아니라고 말하는 거야?"

다쓰야는 그렇게 중얼거렸다.

아마 다쓰야는 과거에 정상이 아니라는 말에 깊은 상처를 입은 적이 있었으리라.

하지만…….

스즈네는 저도 모르게 생각에 잠겼다.

'정상'이란 게 대체 뭘까?

스즈네는 오빠가 집에 두고 간, 발달장애와 학습장애 자녀를 둔 부모용 책을 읽을 때마다 여기 적힌 아이의 증례 몇 가지는 어린 시절의 자신에게도 해당되겠다고 생각한 적이 있다. 예를 들면 한 가지 일에 푹 빠지면 주위의 마음을 헤아리지 못한다는 점이나 멍하니 있다가 저지르는 실수가 많다는 점, 잃어버리는 물건이 많다는 점 등 마음에 짚이는 것이 꽤 있었다.

스즈네는 초등학교 저학년 때, 반 여자아이들이 자신을 따돌리는 것을 눈치채지 못했다는, 지금 생각하면 너무 어처구니없는 과거가 있다.

그 무렵부터 스즈네는 자연을 무척 좋아해서 교정의 꽃이나 새싹을 보고 있으면 같은 반 여자아이들이 아무도 자기에게 말을 걸지 않아도 별로 신경 쓰지 않았다. 그런 면이 반의 중심에 있는 여자아이의 기분에 거슬렸나 보다. "쟤랑 얘기하지 마"라는 지령이 내려진 스즈네에게 말을 걸어준 친절한 여자아이를 반의 중심 존재인 여자아이가 몰아세우다가 모든 정황이 드러났다.

당시의 자신이 혹시 진단을 받았다면 따돌림을 눈치채지 못한 시점에서 발달장애로 의심받지 않았을까.

그와 동시에 "쟤랑 얘기하지 마" 하고 반 아이들에게 엄포를 놓은 여자아이가 10년 만에 반창회에서 만나자마자 "스즈네, 오랜만이야!" 하고 친한 척 손을 잡거나, 당시에 아무 말도 하지 않았던 남자 담임교사가 "여자들이란 참 이래서" 하고 자기도 피해자였다는 듯이 동의를 구한 것이 훨씬 더 '정상이 아닌' 것으로 느껴졌다.

무엇이 정상이고 무엇이 비정상일까. 곰곰이 생각할수록 잘 모르겠다.

지금도 자신에게 독선적인 경향이 있는 사실은 부정할 수 없지만, 스즈네는 그럭저럭 사회생활을 해나가고 있다. 하지만 그것은 주위의 이해와 조언이 있었기 때문이다.

다쓰야가 거절한 이상, 스즈네도 더 이상 참견할 생각은 없지만 그래도 역시 신경 쓰였다. 텔레비전 프로그램 녹화 직전에 영국인 기수 클레어 보일의 자필 메시지를 건네받고 식은 땀을 흘리던 다쓰야의 모습이 머리에서 지워지지 않는다.

정말 이대로 괜찮은 걸까…….

완전히 생각에 잠긴 스즈네는 뒤에서 사람이 다가오는 기척을 전혀 알아차리지 못했다.

"량잉, 오래 기다렸지?"

스즈네는 갑자기 누가 말을 걸어서 펄쩍 뛸 정도로 놀랐다.

"왜 그래? 귀신이라도 본 것처럼."

스즈네가 놀라는 모습에 의아하다는 듯 눈살을 찌푸린 사람은 유행하는 스타일의 정장을 입은 우스이린이었다.

"미안, 뭐 좀 생각하느라……."

"또 새로운 플랜이라도 생각하고 있었어? 량잉은 정말로 애프터눈 티를 좋아하는구나."

스이린이 놀리듯 들여다봐서, 스즈네는 조금 긴장했다.

외국계 호텔의 플래너로 취임한 스이린은 고운 검은 머리를 높게 틀어 올려서 한층 세련되고 아름다워졌다.

"하오지우 메이지엔 러."
오랜만이야

스이린이 앞자리에 앉아서 긴 다리를 꼬았다.

"……하오지우 메이지엔 러."
오랜만이야

스즈네도 간신히 대답했다.

정말 무슨 생각일까. 태연한 웃음을 띤 스이린을 보자 새삼 그런 생각이 들었다.

얼마 전 스이린에게서 문자가 왔다. 열어보니 생일 축하 메시지가 담긴 카드였다.

"이직했더라."

그렇게 답신하자 곧바로 새 문자가 왔다.

"알고 있구나. 그럼 이것도 벌써 봤어?"

새로 온 문자에는 얼마 전 전철 안에서 읽은 그 인터넷 뉴스 주소가 첨부되어 있었다.

물론 스이린이 기획한 크리스마스 푸딩은 영국의 정통 디저트이지 스즈네의 것이 아니다. 그러니 이 건으로 스이린을 나무라는 것은 번지수가 잘못된 일이라는 정도는 충분히 알고 있다. 다만 사전에 한마디 귀띔이라도 해줬으면 좋았을 텐데, 하는 생각은 지금도 든다.

이런 식으로 지금 와서 자신을 불러낼 정도라면.

그래도 스즈네는 "이번 주에 만나고 싶어. 쉬는 날은 내가 스즈네에게 맞출게" 하고 연락한 스이린을 무시하지 못했다.

"벌써 뭐 주문했어?"

"아니, 아직."

"그럼 시장조사 겸 오늘의 스페셜티라도 주문하자."

스즈네는 시치미 뗀 얼굴로 메뉴를 보는 스이린의 옆얼굴을 가만히 살펴보았다. 그 얼굴에 주눅 든 느낌은 털끝만큼도 없었다.

왠지 배반당한 듯한 기분이 드는 자신이 이상한 것일까.

스이린은 직원을 불러 주문을 마치고 정면에서 스즈네를 바라보았다.

"량잉, 나한테 화났어?"

단도직입적으로 물어서, 스즈네는 대답할 말을 잃었다.

그 순간 스이린이 웃음을 터뜨렸다.

"량잉은 솔직한 사람이지. 난 량잉의 그런 점이 좋아."

스이린은 한바탕 웃은 뒤에 표정을 다잡았다.

"난 나쁜 짓 한 거 하나도 없어. 채택되지 않은 량잉의 기획을 좀 더 분위기에 맞는 장소에 가지고 가서 플랜을 실현했을 뿐이야."

스이린의 말은 지당하다. 애초부터 스이린은 불을 붙여서 먹는 자극적인 푸딩은 외국계 호텔의 라운지 고객층에 더 맞는다고 지적했다.

"화나진 않았어."

솔직한 사람이라고 웃음을 샀으니 스즈네도 솔직하게 자신의 마음을 털어놓기로 했다.

"다만 사전에 이직한다고 알려줬으면 했어."

"왜?"

스이린이 곧바로 한 대답에 스즈네는 곤혹스러웠다.

"왜라니······."

"친구니까?"

스즈네가 애매하게 고개를 끄덕이자, 스이린은 훗 하고 차가운 웃음을 흘렸다.

"라오하오렌······."

무골호인

"뭐라고?"

스이린은 의미를 몰라서 되물은 스즈네를 개의치 않고 이야기를 이어갔다.

"난 량잉을 좋아해. 그래서 조언도 했고 중국어도 가르쳐줬어. 하지만 처지는 다르지."

"처지?"

"나 그동안 오잔호텔 정사원이 되고 싶어서 선발시험도 몇 번이나 치렀어. 그래도 결국 서포터사원에 머물러야 했지."

스이린이 담담하게 하는 이야기에 스즈네는 말을 삼켰다.

처음 듣는 이야기였다.

중국어는 물론이고 영어와 일본어도 유창하게 하는 인재 스이린이 서포터사원으로 있는 것은 어린 자녀가 있기에 스스로 잔업 없는 근무 형태를 선택했기 때문이라고만 믿었다.

"샨치(가오리)가 출산휴가를 쓰게 되어서 기대했거든. 그렇지만 샨치는 날 후임으로 추천하지 않았어."

스이린이 예쁘게 매니큐어를 칠한 손끝을 스즈네에게 불쑥 내밀었다.

"대신에 량잉, 네가 왔지."

멍한 스즈네를 앞에 두고 스이린이 어깨를 으쓱했다.

"샨치는 좋은 사원이야. 누구보다 회사를 생각하지. 정사원인 량잉을 부서 이동시키는 게 회사로서는 편하니까. 하지만 분명 그 이유만은 아니야."

스이린이 조금 심술궂은 웃음을 띠었다.

"샨치는 내가 무서웠던 거야."

"무서웠다고?"

저도 모르게 되묻자, 스이린은 "그래" 하고 고개를 깊이 끄덕였다.

"량잉을 만나서 같이 일해보고 그걸 알았어. 량잉은 무골호인이잖아. 절대로 샨치를 따돌리고 그러지 않겠지."

스이린은 대답하지 않는 스즈네 앞에서 팔짱을 꼈다.

"정사원은 좋겠어. 출산휴가도 낼 수 있고 육아휴가도 낼 수 있으니까. 난 전에 있던 호텔에서도 계약사원이었는데 첫째를 낳았을 때 어린이집이 얼른 정해지지 않아서 결국 계약을 해지당할 수밖에 없었어. 하지만 정사원이 든든하게 보호받는 동안 그 빈자리를 메우는 건 대체 누구지? 계약사원이나 파견사원인 비정규직들 아니야? 난 그런 문제를 제쳐두고 친구 놀이를 할 만큼 좋은 사람이 아니야."

주문한 카페오레와 스페셜리티인 감 타르트가 나와서 스이린은 일단 말을 끊었다.

감 아스픽°을 얹은 타르트는 보기에도 예뻤지만, 스즈네는 그걸 즐길 기분이 들지 않았다.

라운지는 가오리를 중심으로 하나로 뭉쳐 있다는 것을 한 번도 의심하지 않았다. 스즈네가 누구보다도 의지해 온 서포터사원 스이린이 마음속에 그런 생각을 감추고 있었다니 상상도 하지 못했다.

그러나 정사원인 자신이 서포터사원에게 의지하는 상황이야말로 애초부터 잘못된 것이 아니었을까.

스이린의 말처럼 정사원과 서포터사원은 급여도 보험도 대우도 다르니까.

"하지만 샨치가 맞았어. 내가 후임이 되었다면 반드시 샨치를 따돌렸을 거야."

스이린은 타르트를 포크로 찍으면서 말을 이었다.

° 재료를 익힌 뒤 그 국물을 젤라틴으로 굳혀서 젤리 형태로 만든 음식.

"사실 당연한 거 아니야? 샨치가 쉬면서 육아를 하는 동안 이쪽은 필사적으로 일하는걸. 입장이 달라지는 게 당연하지."

스이린은 단호하게 말한 뒤에 타르트를 입으로 가져갔다.

"아, 식감이 재미있네. 이거 말린 감이야."

스이린의 중얼거림에 스즈네도 포크를 집었다. 한입 먹어봤지만 아쉽게도 별맛이 느껴지지 않았다.

"량잉은 엄청 열심히 애프터눈 티를 개발하고 있는데 내년에 샨치가 돌아오면 그 자리를 간단하게 넘겨줄 생각이야?"

스이린이 타르트를 깨작거리는 스즈네에게 다시 물었다.

'이번에 알았어. 회사에서 한 발짝 바깥으로 나가면 난 그저 고령출산자라는 걸.'

스즈네는 머릿속에 가오리의 중얼거림이 떠올라서 어떻게 답해야 좋을지 몰랐다.

육아휴가 중인 가오리도 결코 편하게 지내기만 하는 것은 아니었다. 가오리는 가오리대로 몹시 고민하고 있었다. 그러나 가오리가 복직하면 또 함께 즐겁게 일하려고 단순하게 생각한 자신이 갑자기 순진하게 느껴졌다.

가오리는 스즈네가 그동안 해온 노력을 인정해서 후임으로 발탁해 주었다고 이제껏 믿었다. 하지만 그것만이 아니었을지도 모른다. 우수하고 야심가인 스이린이 아니라 자신을 후임으로 고른 것은 가오리 자신의 자리를 지키기 위해서였을까.

스즈네의 마음이 무겁게 가라앉았다.

"억지로 대답하지 않아도 돼. 그건 량잉 자신의 문제니까."

스이린이 타르트를 씹으면서 시원스레 고개를 저었다.

이미 그건 자신하고는 관계없는 일이라고 생각하는 것 같았다. 스이린은 끝까지 냉정하고 논리적이다.

"그리고 량잉, 쓸데없는 참견일지 모르겠지만……."

타르트를 다 먹은 스이린이 종이 냅킨으로 입술을 닦았다.

"아스카이 셰프가 난독증인 거 사람들에게 알리지 않는 편이 낫다고 봐."

스즈네는 뜻밖의 말에 튕기듯이 고개를 들었다.

"알고 있었어?"

"요전에 두 사람이 얘기하는 걸 우연히 들었어."

팬트리에서 나눈 대화를 사무실에서 나온 스이린이 들었나보다.

"차별은 있어."

스이린이 가만히 스즈네를 바라보았다.

"사람들이 모두 량잉처럼 좋은 사람인 건 아니야. 자기와 가까운 장소에 차별이 없다고 생각하는 건 지금까지 아무에게도 차별받은 적이 없는, 놀라우리만큼 마음이 건강한 사람뿐이지."

계속 논리적으로 이야기하던 스이린의 어조가 문득 우울하게 흔들린다.

"우리 애는…… 유치원에서 중국어로 얘기했을 뿐인데 친구는 말할 것도 없고 선생한테까지 따돌림당한 적이 있어."

스즈네는 아주 짧은 순간 나타난 스이린의 괴로워하는 표정에 가슴이 철렁했다.

이토록 우수한 스이린이 지금까지 정사원이 되지 못한 이유는 국적하고도 관계있는 걸까.

"난 일본어도 영어도 할 수 있고 우수하다며 다들 칭찬해주지. 하지만 말이야, 마음먹고 다른 사람과 같은 자리에 서려고 하면 상대 쪽에서 '그건 아니다'라며 갑자기 문을 닫아버리는 일, 지금까지 수없이 경험했어."

담담한 어조였지만 거기에는 타향에서 살아가는 사람의 원통함이 배어 있었다.

"그래서 어느 세계에서도 '다양성' 같은 구호가 유행하지."

스이린은 입꼬리를 싹 끌어올린다.

침울한 얼굴은 환상처럼 사라지고 이미 만만치 않은 우스이린으로 되돌아갔다.

"난 그걸 기회 삼아서 이직했지만. 외국계는 연봉제라서 일본 기업처럼 보장은 많지 않아도 능력에 따라서 임금이 올라가니까 지금은 만족해."

스이린은 카페오레를 다 마시고 스즈네를 똑바로 응시했다.

"무골호인도 좋지만 량잉도 자기 노력을 다른 사람에게 이용당하지 않길 바라. 정당한 보수를 얻지 못하는 노력을 하면 안 돼. 그건 량잉에게도 다른 사람들에게도 결국 좋은 결과가 되지 않아."

그 눈빛에는 강한 의지가 서려 있었다.

"오늘은 내가 낼게. 크리스마스 푸딩 아이디어를 얻은 답례. 이걸로 난 이제야 량잉을 정말 친구로 여길 수 있게 됐어. 량잉이 내가 싫어졌대도 어쩔 수 없지만, 난 변함없이 량잉을 좋아해."

스이린은 스즈네의 대답을 기다리지 않고 전표를 들고 일어섰다.

"그 말만은 해두고 싶었어."

말을 마치자마자 스이린은 재빨리 계산대로 향했다.

스즈네는 라운지에서 늘 보던 곧은 뒷모습을 그저 말없이 지켜볼 수밖에 없었다.

그날 스즈네는 아무것도 하지 않고 곧장 집으로 돌아왔다.

모처럼 오모테산도까지 나간 김에 다른 인기 제과점을 돌아보거나 세련된 카페에서 점심을 먹을 수도 있었으나 도저히 그럴 기분이 들지 않았다.

점심을 준비하려고 부엌에 들어갔지만 뭘 먹고 싶은지도

모르겠다.

스즈네는 냉장고 문을 연 채 멍하니 시선만 움직였다.

시각은 이미 3시가 지났다. 공복일 텐데 냉장고 속 어느 재료를 봐도 식욕이 별로 당기지 않았다.

스즈네는 작게 한숨을 쉬고 냉장고 문을 닫았다.

라오하오렌.

스이린이 반복해서 한 중국어의 뜻을 아까 사전에서 찾아봤다.

무골호인.

그 말에 일본어와 마찬가지로 비웃음의 의미가 다소 들어가 있는 것은 명백하다.

우스이린은 '지금까지 아무에게도 차별받은 적이 없는 놀라우리만큼 마음이 건강한 사람'이라고도 했다.

그렇지 않아, 스이린.

스즈네는 마음속으로 중얼거린다.

'그 정도로 죽어라 했으니 당연하지.'

'왜 그러는지는 몰라도 이상하게 욕심을 내더라…….'

자신이 기운에 넘쳐 애쓸 때마다 뒤에서 들리던 험담이 생생하게 되살아났다.

확실히 스즈네는 뭔가에 푹 빠지면 주위를 보지 못하는 경향이 있다.

다른 사람의 마음의 낌새도 좀처럼 눈치채지 못한다.

'쟤랑 얘기하지 마.'

그래서 초등학교에서도 따돌림당했다.

스즈네도 그렇게 단순하고 둔감한 자신의 모습을 깨달을 때마다 상처 입었다.

자신에게 유리한 면밖에 보지 못한다고.

이번에도 스이린의 속마음을 눈치채지 못하고 그 능력에 기대기만 했다는 사실이 몹시 부끄러웠다. 자신이 그토록 바랐던 부서 이동이, 스이린이 예전부터 간직한 기대를 산산조각 냈을 줄은 꿈에도 몰랐다.

그런데 스이린은 그 일과는 상관없이 스즈네에게 조언을 하거나 중국어를 가르쳐주었다.

정사원과 계약사원의 차이 나는 대우에 숨겨진 껄끄러움을 눈치채지도 못하고 스이린을 '친구'라고 생각했던 자신은 그저 응석받이였다.

부서 이동은 노력을 인정받아서 뽑힌 것이라고 굳게 믿고 있었다.

그러나 사실은…….

가오리는 자신이 무서웠던 거라고 지적한 스이린의 확신에 찬 표정이 눈앞에 어른거렸다.

내가 더 다루기 쉬웠을 뿐일까?

가오리가 육아휴가에서 돌아오면 지금 자리를 간단히 넘겨줄 셈이냐는 스이린의 질문이 머릿속을 맴돌았다.

모두 힘을 합해서 일한다는 이상은 정사원이라는 자격으로 보호를 받고 있는 입장이기에 말할 수 있는 겉치레에 지나지 않는 걸까?

루리는 육아휴가를 낼 수 있는 정사원일 동안에 아이를 낳고 싶다면서도 회사가 앞으로 어떻게 될지 모른다고 했다.

앞으로 점점 제한될 기회를 서로 빼앗지 않고 기분 좋게 일하는 방법은 어디에도 없는 걸까?

스즈네는 줄곧 동경해 온 화려한 라운지가 갑자기 살벌한 장소로 느껴지자 급격히 피로감이 몰려왔다.

결국 아무것도 만들고 싶지 않아서 그냥 식탁 의자에 앉았을 때, 할아버지 시게루가 봉지를 들고 부엌으로 들어왔다.

"어, 스즈네. 오늘은 쉬는 날이냐? 마침 잘됐다."

시게루가 만면의 웃음을 띠고 봉지를 내밀었다. 그 안에는 따끈따끈한 팥 찐빵이 세 개 들어 있었다.

"저쪽 편의점에서 오늘부터 팔기 시작했어. 너도 하나 먹을 테냐?"

스즈네는 할아버지가 변함없이 3시의 간식 습관을 지키는 것을 알고 의자에서 일어섰다.

"그럼 차 끓일게요."

물을 끓이고 녹차 우릴 준비를 했다. 다 아는 작업인데, 기분을 회복하지 못한 스즈네는 몇 번이고 마음이 딴 데 가서 손을 멈췄다.

"스즈네, 너 무슨 일 있니?"

할아버지의 찻잔과 오빠의 찻잔을 혼동할 뻔했을 때, 마침내 할아버지가 의아하다는 듯이 말을 걸었다.

"할아버지, 죄송해요."

스즈네는 겨우 차를 끓이고 고개를 숙였다.

"그냥 이것저것, 자신이 없어져서……."

"대체 무슨 일이 있었는데?"

할아버지가 맞은편 의자에 앉았다.

"괜찮으니까 말해봐라."

할아버지가 머뭇거리는 스즈네에게 곧바로 말을 건넸다.

스즈네는 찻잔을 건네면서 무슨 일이 있었는지 띄엄띄엄 이야기했다. 할아버지는 찐빵이 식는 것도 아랑곳하지 않고 이야기에 귀 기울여 주었다.

"결국 전 제가 보고 싶은 것만 봤어요."

누구의 본심도 깨닫지 못하고 그저 단순하게 자기 노력이 인정받았다고 굳게 믿었다.

그러나 현실은 스즈네의 생각처럼 간단하지 않았다.

"그 선배는 너에게 친절했고 그 직장 동료는 너에게 믿음직한 사람이었던 거지?"

말없이 이야기를 듣던 시게루가 이윽고 입을 열었다.

"그건…… 그렇지만."

"그렇다면 된 거 아니겠니?"

할아버지가 차를 한 모금 마시고 찐빵을 베어 물었다.

"현실이라는 건 언제든 냉엄한 법이지. 그걸 안 상태에서 아름다운 면을 보는 것도 하나의 각오란다."

할아버지가 찐빵을 먹으며 말을 이었다.

"내가 옛날에 '부랑아'라고 불린 시기가 있었는데 말이다. 그때는 날치기건 소매치기건 도둑질이건 뭐든 했더랬지."

"할아버지가요?"

"그래."

스즈네가 반신반의하며 되묻자, 할아버지는 고개를 깊이 끄덕였다.

스즈네의 할아버지 시게루는 전쟁고아 출신이다. 피난 갔던 곳에서 돌아왔을 때는 가족도 집도 도쿄 대공습으로 전부 잃은 상태였다. 시게루는 오지 않을 부모님을 우에노역 앞에서 며칠이나 기다렸다고 한다.

결국 아무도 오지 않는다고 포기하기에 이르렀고 우에노의 지하도 한구석에서 지내기로 마음먹었다.

"보호단체에 들어갈 때까지는 아무튼 살인 말고는 뭐든 했

208

어. 아니, 그대로 지하도에 머물렀더라면 결국은 조직폭력배의 심부름꾼이라도 되어서 살인도 저질렀을지 모르지."

"할아버지……!"

스즈네는 평소에 옛날 일을 잘 이야기하려 하지 않는 할아버지에게서 처음 들은 말에 깜짝 놀랐다.

"정말이란다."

시게루가 찻잔을 식탁에 내려놓았다.

"그렇게라도 하지 않으면 살아갈 수 없었어. 그때는 아직 어려서 혼자서 경찰서에 가기는 무서웠고."

어느 날 역 승강장에 숨어 들어가서 시골에서 올라온 듯한 노파의 짐을 낚아채려 했을 때, 갑자기 한 여성이 "그만둬" 하고 시게루의 어깨를 잡았다.

평소 같으면 기를 쓰고 도망쳤을 것이다.

그러나 그 여성의 모습을 본 순간, 소년이었던 할아버지는 뭔가에 홀린 듯 꼼짝하지 못했다고 한다.

"정말 여신님이라고 생각했어."

소년 시절의 할아버지 앞에 선 사람은 기모노 차림에 이제껏 본 적 없을 만큼 아름다운 여성이었다.

"그때가 6월 어느 날이었지. 도쿄 대공습이 벌어진 3월부터 달랑 옷 한 벌로 지냈으니 난 엄청 더럽고 냄새가 났을 거야."

그 여성은 할아버지의 손을 잡고 같이 경찰서에 가자고 타일렀다.

"감화원에는 가고 싶지 않겠지. 그곳에 위문하러 간 적이 있는데 아주 쓸쓸한 곳이었어, 하고 그 사람은 말했어."

감화원이란 요즘으로 치면 소년원 같은 곳이다. 여성은 이름 대신 번호로 불리는 그런 곳보다는 경찰을 통해서 고아원에 가는 편이 더 나을 거라며 할아버지를 열심히 설득했다고 한다.

너무나 열심이어서 그 끈기에 진 할아버지가 애매하게 고개를 끄덕이자, 여성은 빙그레 웃었다. 그리고 자기 가방에서 작은 꾸러미를 꺼내어 할아버지 손에 쥐여주었다.

꾸러미 안에는 조그만 팥떡 두 개가 들어 있었다.

"잘 알아들었으니까, 상이야" 하고 여성은 말했다.

할아버지는 뜻밖의 일에 입이 쩍 벌어졌지만, 여성이 먹어보라고 재촉을 해서 주저하며 떡을 입에 넣었다.

혀가 마비되는 듯한 달콤함이었다.

"오랫동안 단것을 먹지 못했으니까. 그 순간에는 이제 죽어도 여한이 없다는 생각이 들었어."

할아버지가 정신없이 떡을 먹어치우는데, 여성이 자기 이야기를 해주었다.

"그 사람은 무대에 서는 여배우였어. 히로시마의 군수공장에 위문 공연을 가는 참이라고 했지. 팥떡은 여행길 선물로 가족이 특별히 잘 간직해 뒀던 설탕과 팥과 찹쌀을 꺼내서 만들어준 거였을 거야."

할아버지는 귀한 선물을 아낌없이 준 여성을 따라 경찰서로 향했고, 그 결과 소년보호단체의 보호를 받게 되었다.

"지금도 그 팥떡의 맛이 잊히지 않는단다."

이윽고 일본이 패하고 전쟁은 끝났지만, 고아원에서 지내는 동안 괴로운 일이 많았다. 그러나 잊지 못할 '상'의 기억이 있었기 때문에 아무리 혹독하고 힘든 일이라도 참고 견딜 수 있었다고 했다.

할아버지는 숙식이 해결되는 일자리를 구해 고아원을 나왔을 때, 자신에게 '상'을 준 여성을 한 번 더 만나고 싶다는 생각이 들었다. 그래서 소식을 알아보던 중에 히로시마에 위문공연을 간 극단원들이 인기 여배우를 포함하여 모두 신형 폭탄으로 사망했다는 사실을 알았다.

"그 인기 여배우가 나에게 상을 준 여신님이었다."

시게루는 거기까지 말하고 나서 돌연 입을 다물었다.

'스즈네, 과자는 제대로 맛보며 먹어야 한다. 누워서 텔레비전을 보며 먹거나 단정하지 못하게 게걸스레 먹으면 안 되는 법이야.'

'과자는 상이란다. 그러니까 아무렇게나 막 먹으면 아깝지.'

눈을 깜빡이는 동시에 식탁에 물방울이 뚝 떨어졌다.

정신이 들고 보니 스즈네의 눈에서 눈물이 넘쳐흐르고 있었다.

어렸을 때부터 거듭해서 들었던 할아버지의 말에 담긴 참뜻을 처음으로 이해한 기분이 들었다.

"할아버지……."

시게루가 울면서 중얼거리는 스즈네를 사랑스럽다는 듯이 바라보았다.

"현실이라는 건 언제든 비참한 법이야. 지금도, 옛날도. 지금은 전쟁 중인 세상하고는 전혀 달라도 너희에게는 너희만의 힘든 일이 있겠지. 하지만 난 그 사람이 보여준 아름다움을 마음에 쭉 간직하고 살아왔다. 앞으로도 그럴 거고."

시게루는 자기 자신에게 들려주듯이 고개를 끄덕이고 말을 이었다.

"인생은 고생스러운 법이란다. 그러기에 더더욱 단것이 필요하지."

그러면서 스즈네의 눈앞에 팥 찐빵 접시를 내밀었다.

"자, 먹어라."

스즈네는 아직 온기가 남아 있는 찐빵을 집어 들었다.

자신은 언제나 자신에게 유리한 면밖에 보지 못한다. 스이린이 본심을 숨김없이 털어놓았을 때부터 계속 그런 생각에 시달렸다. 그러나 자신에게 유리한 면을 보는 것과 사물의 아름다운 면을 보는 것은 분명 다르다.

가오리가 자신에게 좋은 선배이고 스이린이 든든한 동료였던 것 또한 틀림없는 진실이다.

"할아버지, 고마워요."

스즈네는 잘 먹겠습니다, 하고 두 손을 모으고 나서 찐빵을 한 입 베어 물었다. 부드러운 껍질 안에서 달콤한 팥소가 매끄럽게 녹기 시작했다. 인기 제과점의 타르트에서는 맛을 못 느꼈지만, 할아버지와 먹은 편의점 찐빵은 참으로 맛있었다.

제4화

그 남자들의 애프터눈 티

촉촉한 로스트비프에, 삶아도 씹는 맛이 살아 있는 메이퀸 품종 감자. 단맛과 신맛이 절묘하게 어우러진 사우어크래프트에는 커민이 악센트를 더한다.

세이버리의 남은 재료를 사용한 샌드위치라고는 해도 히데오가 만드는 직원용 식사는 언제나 색다르다.

로스트비프 표면에 바른 것은 마데이라 소스일까.

수셰프 아사코에게 거의 내쫓기듯 늦은 점심 휴식에 들어간 다쓰야는 직원용 식사인 샌드위치의 호밀빵을 살짝 들춰보았다.

로스트비프의 표면에서는 역시 마데이라주 향기가 났다. 마데이라주는 모로코의 먼바다에 있는 포르투갈령 마데이라제

도에서 생산하는 단맛 나는 와인이다.

마데이라 소스는 소 힘줄을 푹 고아 만든 국물인 퐁 드 보와 마데이라주를 섞은 것으로 프랑스의 고기 요리에 빠지지 않는다. 경우에 따라, 마데이라 소스를 사용하면 간단한 요리라도 금방 호화로운 프랑스 요리처럼 만들 수 있다.

다쓰야는 커피를 한 모금 마시고 의자 위에서 살짝 기지개를 켰다. 벌써 3시가 넘어서 그런지 사무실에는 아무도 없다. 다쓰야는 인기척 없는 사무실의 고요함이 싫지 않았다.

샌드위치를 씹으면서 다시 멍하니 생각에 잠겼다.

최근 다쓰야는 고급 요리든 가족용의 조금 가벼운 요리든, 맛을 결정하는 근거는 '뒷맛'에 있지 않을까 생각했다. 언어로 표현한다면 맛있었다는 여운과 더 먹고 싶다는 욕구.

이런 뒷맛을 남기기 위해 중요한 건 좋은 식자재를 선택하는 것뿐이다. 아무리 조리 기술을 발휘했다 한들, 결국 요리는 재료로 만드는 것이기 때문이다.

이렇게 말하면 너무 노골적이겠지만 다음으로 유효한 수단이 있다면 아마 술을 효과적으로 사용하는 것이리라. 다쓰야는 이것이 조리뿐 아니라 제과에도 해당하는 이론이라고 생각했다. 특히 양주의 쌉쌀함과 강한 향은 깊고 긴 여운을 남긴다. 그 점에서 오잔호텔 주방의 양주류는 풍부하고 사치스러웠다. 과연 오래된 호텔의 주방 찬장이랄까.

요즘 다쓰야는 말린 과일과 양주를 조합한 앙트르메 만들기에 여념이 없다. 이제 곧 시작되는 크리스마스 시즌의 애프터눈 티에 질 좋은 럼주로 부드럽게 불린 건포도 세 종류를 넣은 향기로운 풍미의 슈톨렌을 포함할 생각이다.

크리스마스라.

11월에 들어서 호텔동과 연회동 양쪽 로비에 호화로운 크리스마스트리를 장식했지만, 기온이 높은 날이 이어져서 전혀 겨울 느낌이 나지 않는다.

일본의 사계절도 온난화 때문에 상당히 애매해졌다.

오잔호텔의 정원에는 각 계절의 아름다움을 즐길 수 있도록 단풍나무와 참단풍나무 등 단풍이 아름다운 나무들을 많이 심었지만, 라운지의 커다란 창 너머로 보이는 나무숲은 아직 거의 물들지 않았다. 이래서야 가을 애프터눈 티도 맛없게 느껴지지 않을까 조금 걱정스러울 정도다.

샌드위치를 다 먹은 다쓰야는 종이 냅킨으로 손가락을 닦고 로커에서 가져온 전체 회의 자료와 보고서 파일을 집어 들었다.

이번 달 중순부터 라운지에서는 크리스마스 애프터눈 티를 내놓기 시작했다. 현재 육아휴가 중인 고참 직원 소노다 가오리의 후임으로 연회동에서 호텔동 라운지로 이동한 도야마 스즈네의 기획안에 따라, 올해 오잔호텔에서는 처음으로 애프터눈 티를 투 트랙으로 선보이기로 했다.

한 가지는 눈을 주제로 한 화이트 애프터눈 티. 다른 한 가지는 지금까지 인기 있던 메뉴가 재등장하는 클래시컬 애프터눈 티.

재등장 메뉴는 스즈네가 단골손님을 대상으로 실시한 설문과 입소문 사이트의 평판을 자세히 조사한 자료를 바탕으로 조리반의 다쓰야와 히데오가 최종 조정하여 결정했다.

본래 클래시컬 애프터눈 티는 단골손님을 위한 서비스로 생각했으나, 눈이 오기는커녕 전혀 겨울답지 않은 날씨하고도 관계가 있는지 첫 방문 손님들도 예상 외로 많이 예약했다고 한다.

애초에 다쓰야는 성수기에 투 트랙을 내놓아야 하는 조리반 현장 담당의 부담을 걱정했다. 그러나 수셰프 아사코 등은 오히려 이 기획을 환영했다. 시즌마다 한 번만 내놓고 말 메뉴를 고안하기보다 오잔호텔 명물인 벚꽃 스콘이나 쑥 스콘처럼 프티 푸르에도 정착할 수 있는 메뉴가 앞으로 늘어나지 않겠느냐는 이유에서다.

아사코는 자신이 아이디어를 낸, 와산본°을 사용한 쌀가루 가토가 부활하는 것을 진심으로 기뻐했다.

° 일본 시코쿠 지방에서 전통적으로 생산하는 비정제 설탕.

부정부터 하지 말고 현장의 의견을 먼저 제대로 들어봤으면 좋았을 텐데…….

다쓰야는 '굳이 특별한 흔적을 남기려고 애쓰지 말라'며 새로 온 스즈네를 호된 말로 윽박지른 것을 지금 와서는 적잖이 반성했다. 처음에는 쓸데없이 의욕만 넘친다고 느꼈지만, 도야마 스즈네에게는 정말로 기획력이 있었다.

오잔호텔 명물인 벚꽃 애프터눈 티에 뭔가 특색 있는 메뉴를 하나 더 추가할 수 없을까?

스즈네는 조리반의 다쓰야와 히데오가 꺼낸 어려운 과제에도 멋지게 응해주었다. 내년 봄의 벚꽃 애프터눈 티에는 썩 괜찮은 '기획'을 담은 메뉴가 들어갈 예정이다. 이런 아이디어를 내는 것도 스즈네가 진심으로 애프터눈 티를 좋아하고 라운지의 손님을 잘 관찰하기 때문이리라.

사내 접객 콘테스트에서 우승한 적도 있는 스즈네는 통찰력이 뛰어났다. 계속 숨겨온 다쓰야의 '짐'도 간단히 꿰뚫어 봤을 정도다. 거기에는 솔직히 할 말을 잃었지만…….

다쓰야는 입가에 쓴웃음을 띠었다.

자신은 다른 사람의 영역에 발을 들이는 것도, 누군가 자신의 영역을 헤집고 들어오는 것도 싫다. 다쓰야 자신이 안고 있는 '짐'을 주위에 밝히지 않은 탓도 있다. 하지만 그 짐을 솔직하게 털어놓았다가 오히려 잃은 것도 있었다.

'저 자식은 정상이 아니야.'

예전에 친구라고 생각했던 동료가 내뱉은 말이 되살아나서 가슴속에 묵직한 아픔이 퍼졌다.

이제 그런 생각은 다시 하고 싶지 않다. 지나친 동조도 협조도 필요 없다.

다행히 오잔호텔은 경영 모체가 구 재벌의 혈통을 이어받은 여행사이기 때문인지, 정사원만 되면 보장은 두텁고 인사고과도 그리 엄격하지 않다. 연봉제인 외국계 호텔에 비하면 근무 환경이 평온하고 안정적이다. 분업제로 담담하게 일을 해나간다. 그래서 다쓰야는 '호텔 직원'이 많은 이 직장이 마음에 들었다.

그러나 최근 들어 가끔 묘한 충동을 느낄 때가 있다. 그 충동의 정체는 자신도 확실하게 모른다. 아니, 끝까지 파고드는 일을 무의식중에 피하고 있는지도 모른다.

정말 이대로 괜찮을까?

다쓰야는 어느새 스스로 묻고 있는 것을 깨닫고 눈살을 찌푸렸다.

오잔호텔에 와서 셰프 파티시에를 맡은 기간까지 포함하여 이제 5년이 되어간다. 어쩌면 자신은 이곳의 평온한 환경에 지나치게 익숙해진 것이 아닐까?

그러면 어떤가. 딱히 불만은 없으니까. 게다가 배워야 할 것도 아직 많다.

다쓰야는 가슴속 깊은 곳에서 그을음만 내는 응어리를 뿌리치듯이 전체 회의 자료에 시선을 두었다.

오잔호텔에서는 연말연시 특별 이벤트로 맨해튼에서 미슐랭 별 두 개를 받은 유명한 프렌치 레스토랑의 오너 셰프 브누아 고랭을 연회동 레스토랑에 초빙하기로 했다. 프랑스계 미국인인 고랭은 남프랑스에 과수원이 딸린 제과점을 가진 파티시에이기도 하다.

번역된 프로필을 읽어보니, 고랭은 젊었을 적에 일본에서 오랫동안 생활해서 일본에 상당히 친숙해 보였다. 이벤트 기간에는 라운지의 애프터눈 티에도 콜라보 메뉴를 내놓을 예정인데, 고랭이 사전에 지정한 재료는 일본의 대표적인 감귤류인 '유자'였다.

그 외의 콜라보 기획으로 다쓰야가 연회동 레스토랑의 셰프 파티시에와 함께 크로캉부슈 제작에도 참여하기로 결정되었다.

크로캉부슈는 조그만 슈를 높이 쌓아 올리고 물엿이나 캐러멜 등으로 고정한 장식용 케이크다. 일본에서는 프랑스의 웨딩케이크로 알려졌지만 실제로는 세례식이나 생일 등 여러 축하 행사에 자주 등장한다.

피에스 몽테 국제 콩쿠르에서 겨루는 종목도 대부분은 이

크로캉부슈다. 오래 보존할 수 있는 데다가 누구나 설탕과자를 이용한 장식을 다양하게 변형할 수 있어서 각국의 파티시에들이 제과 기술을 선보이기에 더할 나위 없는 메뉴다.

특별 이벤트 기간에는 연회동의 레스토랑 홀에 고랭이 제작한 작품을 중심으로 크로캉부슈 세 개를 진열하여 호텔을 찾는 손님들의 눈을 즐겁게 할 예정이었다.

이벤트 기간이 끝나는 날에는 파티시에들이 각자 자기가 만든 크로캉부슈를 나무망치로 깨서 그 자리에 참석한 사람들에게 선사하는 행사도 계획하고 있었다.

휴…….

다쓰야는 새하얀 파티시에복을 입은 자신이 나무망치를 들고 가식적인 미소를 짓는 모습을 떠올리고는 한숨을 토했다.

라운지도 바쁜 시기인데.

애당초 이벤트의 주역은 일본에 온 고랭이다. 자신은 조용히 호스트 측 파티시에의 역할을 다할 뿐이다. 게다가 브누아 고랭의 피에스 몽테 기술을 가까이에서 볼 절호의 기회이기도 하다.

'같이 피에스 몽테 국제 콩쿠르에 나가자.'

외국계 호텔에서 일하던 시절, 그렇게 서로 격려한 동료의 얼굴이 떠올라서 가슴이 다시 욱신거렸다.

그 무렵에는 자신이 그 동료에게 정상이 아니라는 험담을 듣게 되리라고는 생각도 못 했다.

이제 그만 잊자.

다쓰야는 미지근해진 커피를 단숨에 마셨다.

현재 자신의 '그레이존'이 업무에 크게 지장을 초래한 것은 없다. 그런데도 왜 이렇게 떨쳐내지 못할까. 그 말을 한 상대도 벌써 한참 전에 잊었을 텐데.

다시 보고서 파일을 펼친 다쓰야는 흠칫 놀랐다.

별안간 조그만 기하학무늬가 빽빽이 조합된 것이 눈앞에 나타나서 하마터면 파일을 떨어뜨릴 뻔했다. 숨을 가다듬고 다시 한번 그 페이지를 봤다.

자신의 뇌는 변함없이 그것을 문자로 인식하지 않지만 그 페이지가 영문이라는 사실만은 간신히 이해했다. 아무래도 아사코가 눈치 빠르게 고랭에 관한 영문 자료를 끼워놓은 듯했다.

다쓰야의 경우, 난독 증상이 로마자 철자를 볼 때에만 현저하게 나타났기 때문에 꽤 오랫동안 난독증이 있다는 사실을 자신은 물론이고 가족과 주위 사람들도 모르고 있었다.

학교에서는 단순히 영어 수업을 등한시하고 있을 뿐이라고 판단했다. 동네 제과점에서 일할 때는 간단한 프랑스어 메모를 읽지 못해서, 자기 악필을 트집 잡혔다고 믿은 오너 셰프에게 까불지 말라며 느닷없이 머리를 얻어맞은 적도 있었다.

지금 같으면 갑질 사안인데…….

다쓰야는 슬쩍 웃고 파일을 덮었다.

나중에 아사코에게 슬쩍 확인해서, 자료를 인터넷에서 검색할 수 있으면 컴퓨터의 음성 변환 기능을 이용하여 읽어두자고 대책을 세웠다.

손목시계를 보니 휴식 시간은 아직 조금 남아 있었다.

너무 일찍 라운지로 돌아가면 또 아사코에게 잔소리를 들을지도 모른다. 셰프 파티시에가 제대로 쉬지 않으면 현장 직원들도 쉬지 못한다는 것이 아사코의 주장이다.

수셰프 아사코는 우수하다. 현장도 잘 파악하고 있고, 다쓰야가 눈치채지 못하는 점까지 빈틈없이 챙겨준다. 그런데도 영문 자료 건은 아사코가 쓸데없는 짓을 했다는 생각을 떨치지 못하고 있으니 자신도 어이가 없었다. 이렇게 속이 좁다니.

사실은 아사코와 지금보다 더 적극적으로 의사소통을 해야 한다는 건 잘 알고 있다. 하지만 그러려면…….

다쓰야는 더 이상 뒷일을 생각하고 싶지 않아서 파일을 테이블에 엎어놓았다. 대신 책장의 여성 패션지에 손을 뻗었다.

모드계 여성 패션지에서 두 번째 특집으로 호텔의 크리스마스 애프터눈 티를 소개하는 기사를 냈는데, 이번에는 다쓰야 대신 아사코가 나갔다. '올해 오잔호텔의 크리스마스 시즌은 투 트랙'이라는 소제목 아래에 아사코가 옅은 갈색으로 튀

긴 크리스피 라이스를 장식한 쌀가루 가토를 앞에 두고 부드러운 웃음을 띠고 있었다.

다쓰야는 다른 호텔 메뉴에도 흥미가 생겨서 페이지를 넘겨 보던 중에 또 한 사람, 아는 얼굴이 눈에 들어와서 손을 멈췄다. 눈은 홑꺼풀에 눈꼬리가 길게 트였고 윤곽이 날카로운 아시아계 미인.

셜리 우. 프로필 이름은 영어식으로 되어 있지만 사진에 찍힌 사람은 바로 얼마 전까지 오잔호텔 라운지에 있던 우스이 린이었다.

게다가 신임 플래너인 스이린이 낸 아이디어라고 소개된 메뉴는 불을 붙여서 먹는 영국의 크리스마스 푸딩이었다.

이건 분명히……. 다쓰야는 눈이 조금 커졌다.

'이건 애프터눈 티의 발상지인 영국의 정통 크리스마스 디저트로 리큐어를 듬뿍 끼얹은 푸딩에 불을 붙여서 타오르게 하는…….'

첫 프레젠테이션에서 긴장한 스즈네의 목소리가 머릿속에 울렸다.

그때 누가 사무실 문을 노크했다.

"실례합니다."

스즈네가 인사와 동시에 방에 들어왔다.

다쓰야는 마침 지금 떠올리고 있던 스즈네가 들어오자 평소답지 않게 초조해졌다.

"아."

다쓰야가 펼치고 있는 페이지를 알아보고 스즈네의 입에서 그런 소리가 흘러나왔다.

"당했군."

다쓰야는 무의식중에 그렇게 말해버리고 한층 더 당황했다. 친했던 동료에게 뒤통수를 맞는 기분을 누구보다 잘 알면서도 무신경한 말을 뱉고 말았다. 조심할 요량이었지만 무심코 이런 부분에서 본성이 나온다. '차갑다', '남의 기분을 생각하지 않는다', '배려가 없다'. 지금까지 사귄 여성들도 끝에 가서는 이구동성으로 그렇게 다쓰야를 책망했다. 모두 여성 쪽에서 접근하긴 했지만.

"그러게요, 당했네요."

그러나 스즈네는 아무렇지 않은 듯 그렇게 말하고 어깨를 으쓱했다.

"크리스마스 푸딩이 딱히 제 건 아니니까요. 스이린 씨가 불을 붙여서 먹는 것처럼 이벤트성이 강한 디저트는 이곳 라운지보다 외국계 호텔의 라운지가 어울린다는 조언도 했고요."

스즈네가 들고 있던 종이봉투를 뭉치며 웃음을 띠었다.

상당히 이해심이 많다.

다쓰야의 마음에 한순간 검은 그림자가 드리웠다. 스즈네의 올곧은 건전함은 가끔 사람을 초조하게 한다. 특히 자신처럼 걱정을 품고 있는 인간에게는.

"관대하네."

과연 사내 접객 콘테스트 1위답다. 긍정적이고 밝고 훌륭하다.

스즈네는 명백히 빈정거림이 섞인 다쓰야의 말에 묵묵히 고개를 가로저었다.

"……제가 쭉 눈치채지 못했거든요."

스즈네는 잠시 생각한 뒤에 천천히 시선을 들었다.

"스이린 씨가 여러 번 정사원 선발시험을 본 거, 아스카이 셰프는 알고 계셨나요?"

"아, 아니."

현장은 어쨌든 잘 돌아가면 된다. 그것이 오잔호텔의 셰프 파티시에로 발탁된 이래, 다쓰야가 일관되게 취한 자세였다. 콤비를 이루는 세이버리 담당 히데오나 수셰프 아사코를 비롯한 조리 담당들과도 일정한 거리를 두고 있다. 오랫동안 함께 일하고 있어도 라운지 담당 직원들에 대해 깊이 생각해 본 적도 없다.

"조리반은 원래 그런 게 없으니까요."

스즈네는 이해한다는 듯이 고개를 끄덕였다.

라운지 업무를 담당하는 직원이 거의 서포터사원인 데 반해 조리반은 대부분 정사원이다.

"제가 그런 면에 무관심해서 스이린 씨에게 너무 의지했어요. 생각해 보면 애초에 이상한 일이죠. 정사원이 계약사원에게 의지하다니."

다쓰야는 고개를 숙인 스즈네의 말을 자기도 모르게 가로막았다.

"그런 구도를 만든 건 회사잖아."

그것은 오잔호텔에 한정된 이야기가 아니다. 버블 붕괴 이래, 기업 대부분이 아웃소싱이라는 이름으로 파견회사나 계약사원에 어느 정도는 기대고 있다.

다쓰야도 한 번 정년퇴직했던 시니어 직원 히데오가 어떤 고용 조건으로 세이버리 팀의 치프를 맡고 있는지는 자세히 모른다.

"그럴지도 모르지만……"

스즈네가 속상한 듯 눈살을 찌푸렸다.

"얼마 전에 스이린 씨를 만났어요."

그 자리에서 우스이린이 따져 물었다고 한다. 엄청 열심히 애프터눈 티 개발에 매달리고 있지만, 소노다 가오리가 육아휴직을 끝내고 돌아오면 그 자리를 간단하게 넘겨줄 생각이냐고.

"저 자신도 어떨까 하는 생각이 들더라고요."

스즈네가 눈썹이 축 처진 채 조금 한심한 표정으로 웃었다.

"어쩐지 싫네요. 의자 뺏기 게임을 하는 것 같아서."

그 느낌은 다쓰야의 기억 속에도 있다. 음악이 흐르는 동안에는 비교적 사이좋게 함께 돌다가도 음악이 멈추는 순간, 서로 야비하게 자기 의자를 확보하려 한다. 다쓰야가 '정상이 아니다'는 말과 함께 밀쳐져, 자신이 앉고 싶었던 의자를 빼앗긴 것은 사실이었다.

"하지만 또 한 가지 알게 된 것이 있어요."

스즈네가 아무런 대꾸 없는 다쓰야를 맑은 눈빛으로 바라보았다.

"스이린 씨는 의자를 뺏겼는데도 저를 도와줬다는 걸요."

중국어도 가르쳐줬고 적절한 조언도 해줬고…… 하고 스즈네는 손가락을 접으며 세기 시작했다.

'량잉은 왜 항상 혼자 오는 손님을 그렇게 우대하지?'

'우대한 적 없어.'

'그럼 혼자 온 손님을 꼭 창가 쪽으로 안내할 필요는 없잖아. 다들 창가 자리에 앉고 싶어 하는데.'

언젠가 스즈네와 스이린이 단체 손님과 혼자 온 손님의 자리 배치 문제로 말다툼하던 모습이 뇌리에 떠올랐다. 단골손님을 소중히 대하고 싶은 스즈네와 처음 온 손님이라도 상관없으니 매상에 도움이 되는 인원이 많은 손님을 우대해야 한다고 주장하는 스이린. 다쓰야는 그때 어느 쪽 의견도 틀리지 않다고 느꼈다. 그 후 두 사람은 잘 협력하여 효율적으로 창가 자리를 사용했다. 의견은 달라도 어느 한쪽이 다른 쪽의 발목을 잡지 않았다.

"전 언제나 저 좋을 대로 생각하고 다른 사람의 기분을 잘 눈치채지 못해서……."

"그렇지 않아."

다쓰야는 스즈네가 쓸쓸한 듯이 하는 말을 다시 막았다.

도야마 스즈네는 통찰력이 뛰어나다. 라운지의 고객도 잘 지켜보고 있다. 그것은 사실이다.

"아뇨, 그래요. 아스카이 셰프한테도 쓸데없는 말을 하고."

"그건 내가……."

다쓰야는 말을 하려다가 입을 다물었다. 내가, 뭐지?

"아, 그렇지만 뭔가 곤란한 일이 생기면 언제든 말씀해 주세요."

스즈네가 다쓰야의 당혹스러움은 눈치채지 못한 듯 말을 계속했다. 아마 브누아 고랭의 일본 방문 기획을 염려하는 것이리라. 이쪽을 향하는 눈길에 배려와, 또 그만큼의 조심스러움이 깃들어 있었다.

도야마 스즈네와 자신은 표현하는 방법은 전혀 다르지만 어쩌면 똑같은 문제로 고민하는 것이 아닐까. 다쓰야는 문득 그런 생각이 들었다.

왠지 모르게 대화가 끊기고 방 안이 쥐 죽은 듯 조용해졌다. 문 너머에서 라운지의 떠들썩한 소리가 희미한 파도 소리처럼 들렸다.

"그리고 저 결정했어요."

이윽고 스즈네가 쓸데없는 생각을 떨쳐버린 듯 고개를 들었다.

"앞으로는 저에게 유리한 면이 아니라 가능하면 사물의 아름다운 면을 보도록 마음 쓰겠다고요."

스즈네의 커다란 눈동자에 결의를 연상시키는 빛깔이 떠올랐다.

"사물의 아름다운 면."

"아, 제가 한 말이 아니라요. 저희 할아버지 말씀이에요."

스즈네가 자기 말을 받아서 되풀이한 다쓰야를 보고 갑자기 당황하며 뺨을 붉혔다.

"할아버지가 말씀하시면 마음에 와닿는데 제가 말하니 얄팍해 보이네요……."

다쓰야는 그 말을 그저 '훌륭하다'고는 생각하지 않았다. 스즈네는 고민 끝에 그런 답에 도달했으리라.

그런 사고방식도 있구나.

사람은 아무리 노력해도 결국 자기 시선으로밖에 사물을

헤아리지 못한다. 그러나 바꿔 말하면, 이 세상 모든 일을 어떻게 인식하느냐는 모두 본인에게 달렸다는 말이 된다.

카리스마 있는 셰프 파티시에 밑에서 열정적으로 일한 외국계 호텔 근무 시절에도 좋은 일은 많이 있었다. 국제 콩쿠르에 출전하여 며칠 동안 파리에 머무를 수 있었다. 그 콩쿠르에서 상위 입상을 거뒀다. 그러나 인터뷰하던 중에 난독증에 관한 질문만 나와서, 참다못해 프레스룸을 뛰쳐나왔다.

다쓰야는 좋은 일을 추억하다가도 꼭 거기에 먹구름처럼 씁쓸한 기억이 달라붙어 있는 것에 쓴웃음이 지어졌다. 선뜻 단념하지 못하는 사람을 '여자아이처럼 우유부단하다'고 표현하지만 그것은 대체로 남자를 두고 하는 이야기다.

동료가 내뱉은 '정상이 아니다'라는 한마디에 언제까지나 얽매여 있는 다쓰야의 눈에는 스즈네의 결의가 눈부셨다.

"방해해서 죄송합니다. 저는 그만 라운지로 돌아갈게요."

스즈네가 뭉친 종이봉투를 휴지통에 넣고 살짝 고개를 숙였다.

"저기."

정신을 차리고 보니, 사무실에서 나가려는 스즈네에게 말을 건 후였다.

"네."

다쓰야는 스즈네가 돌아보자 망설였다.

왜 불러 세웠지? 이야기를 더 나누고 싶다.

자기답지 않은 감정이 머리를 스쳐서 다쓰야 자신이 제일 놀랐다.

"당했을지 모르지만 꼭 당한 건 아니야."

마음이 급해져서 뭐가 뭔지 모를 말이 나와버렸다.

"네?"

아니나 다를까 스즈네는 어리둥절한 표정을 지었다.

"그러니까 크리스마스 푸딩. 그거 보기만큼 맛있지 않아."

냉정을 가장하고 설명하자, 스즈네가 "풉" 하고 웃음을 터뜨렸다.

"그러고 보니 아스카이 셰프, 전에도 그렇게 말씀하셨죠."

다쓰야는 스즈네를 윽박질렀던 회의 장면이 생각나서 한층 더 어색해졌다. 그러나 스즈네는 그때 일을 마음에 두지 않았는지 재미있다는 듯 웃었다.

다쓰야는 킥킥 웃는 스즈네의 올림머리에 커다란 낙엽이 비녀처럼 붙어 있는 것을 발견했다.

"혹시 밖에서 점심 먹었어?"

"네."

스즈네가 아무 일도 아니라는 듯 고개를 끄덕였다.

올해는 단풍이 늦어서 지금 정원에는 볼 만한 것이 아무것도 없을 터다.

"좀처럼 계절다운 느낌이 나지 않더니 은행잎이 이제야 노랗게 물들기 시작했고 동백 중에 일찍 피는 종류도 피기 시작했어요."

스즈네가 다쓰야의 생각은 아랑곳하지 않고 기쁘다는 듯이 웃음을 지었다. 웃어서 그런지 바깥바람을 맞아서 그런지 뺨이 장밋빛으로 물들었다.

이 사람은 원래부터 아름다운 것을 찾을 줄 아는 눈이 있다. 그런 생각에 이른 순간, 다쓰야는 의자에서 일어났다. 자연스럽게 손을 뻗어서 스즈네의 머리카락에 붙은 낙엽을 떼어냈다. 아직 푸른 단풍잎이 테이블 위에 팔랑거리며 떨어졌다.

"아, 죄송해요."

다쓰야는 자신을 올려다본 스즈네의 얼굴이 의외로 가까이에 있어서 심장 고동이 갑자기 빨라졌다.

"실례합니다아."

장식용 초를 든 루리가 노크도 없이 문을 벌컥 열고 나타나자, 다쓰야는 당황해서 스즈네 옆에서 떨어졌다.

"뭘 그렇게 붙어서 노닥거리고 계세요."

루리가 여우 같은 표정을 지으며 고개를 살짝 갸웃거렸다.

"노닥거린 거 아냐."

다쓰야와 스즈네가 동시에 똑같이 대답했다.

그날 밤, 다쓰야가 자택의 소파에서 책을 읽고 있는데, 테이블 위의 스마트폰이 진동하며 액정에 본가 번호가 떴다.

"여보세요."

책을 손에 든 채 다른 한쪽 손으로 스마트폰을 귀에 댔다.

"다쓰야, 잘 지내니?"

어머니 목소리가 귓전에서 울렸다. 다쓰야는 어차피 연말연시 이야기겠지 싶어서 시선을 책에 둔 채 소파에 기댔다.

호텔에서 일하기 시작한 뒤로 오봉이나 연말연시에는 본가에 가지 못했다. 서비스업은 남들이 쉬는 시기야말로 성수기다. 다쓰야는 자신이 만든 구움과자를 보내는 것으로 벌써 몇 년째 귀성을 대신했다. 어머니는 그에 대해 가끔 불평을 한바탕 쏟아내지 않고는 못 배긴다.

다만 이번에는 상황이 조금 달랐다. 아버지가 친구네 관광 농원에서 사과 수확을 돕다가 사다리에서 떨어져서 갈비뼈가 부러졌다고 한다.

"괜찮아요?"

다쓰야는 읽던 책을 테이블에 엎어놓고 몸을 일으켰다.

"아파하기는 하지만 생각보다 괜찮아. 갈비뼈는 결국 저절로 붙을 때까지 기다릴 수밖에 없대."

다쓰야는 어머니의 목소리가 밝아서 어느 정도 안심했다. 다행히 갈비뼈 외에 부딪힌 부위는 없는 듯하다.

"사실 올해 크리스마스에는 꼭 아버지랑 같이 다쓰야 너희 호텔에 묵으러 갈까 했는데."

"딱히 제 호텔은 아닌데요."

"어머, 너희 호텔 아니니? 호텔 이름으로 검색했더니 네 사진이 잔뜩 나오더라."

사진은 홍보팀에서 마음대로 사용하고 있을 뿐이지만, 어머니에게 사정을 설명할 기분은 들지 않았다.

"평일이라도 괜찮으면 제가 사원 할인으로 방을 잡아드릴게요."

다쓰야의 말에 어머니의 목소리가 한층 높아졌다.

"하지만 엄마는 크리스마스 애프터눈 티를 먹어보고 싶은데."

그때 전화 너머에서 아버지의 호통 소리가 울렸다.

"어휴, 너희 아버지가 또 뭐라고 한다."

어머니 목소리에 불만의 기색이 섞여 있었다.

"어제 아버지한테 너희 호텔의 애프터눈 티 홈페이지를 보여줬더니 깜짝 놀라서 차와 과자에 4천 엔이니 5천 엔이니 하다니 대체 이게 무슨 일이냐고 계속 불평하지 뭐니."

"아……."

쉽사리 짐작이 간다. 고향인 시골 마을에서 그 정도 돈을 내면 어지간히 호사스러운 초밥이나 스테이크도 먹을 수 있다.

"아무리 도쿄지만 바가지가 너무 심하잖아."

뒤에서 구시렁거리는 아버지 목소리가 전화 너머 다쓰야에게까지 들렸다.

"차랑 3단 접시에 담기만 한 과자에 큰돈을 쓰는 인간이 도쿄에는 그렇게 많은 거냐?"

"시끄러워요. 큰소리 내면 부러진 데가 울리잖아요. 그저 차와 과자라고 하지만, 당신이 즐겨 마시는 추하이°도 그저 알코올과 물이잖아요."

다쓰야는 수화기 너머에서 반박하는 어머니의 주장에 웃음을 터뜨릴 뻔했다.

아버지는 다쓰야가 대학에 진학하지 않는 것에 마지막까지 난색을 보였고 지금도 외아들이 '과자 장인'이 된 것을 마음속으로는 탐탁지 않게 여겼다. 사실 다쓰야가 기술을 배우는 길을 선택한 최초의 계기는 하루아침에 정리해고된 아버지 모습을 봤기 때문이었는데도.

"크리스마스 시즌에 방을 잡을 수 있을지 잘 모르겠지만, 애프터눈 티라면 내가 언제든 대접할게요."

"어머나, 다쓰야가 대접해 준다면 엄마 혼자서 가볼까. 당일치기 못 할 거리도 아니고."

° 소주에 과즙을 첨가하고 탄산수를 섞은 술.

어머니 목소리가 갑자기 활기를 띠었다.

기왕이면 더 좋은 걸 대접하라며 아버지가 계속해서 떠들었다.

"그러면 나도 갈 테니까. 쓰키지의 초밥이나 아사쿠사의 소고기 전골, 아니면 긴자의 튀김이나……."

"거참, 여보, 아까부터 시끄러워요!"

마지막에는 아버지와 어머니의 말싸움으로 번졌다.

다쓰야는 크리스마스 애프터눈 티든 쓰키지의 초밥이든 아사쿠사의 소고기 전골이든 긴자의 튀김이든 뭐든 드시고 싶은 걸 대접하겠다고 약속하고 통화를 끊었다.

저런 상태면 아버지의 골절도 그다지 걱정하지 않아도 될 것 같다.

그러나 다쓰야는 같은 가격이라면 더 좋은 음식을 먹을 수 있다고 한 아버지의 말은 남성 대부분의 본심이리라고 생각한다.

단것을 좋아하는 남성은 드물지 않지만 그 사람들이 호텔 애프터눈 티를 선택하느냐면 그것은 또 다른 문제다. 라운지 손님도 압도적으로 여성이 많다. 물론 부부나 커플 손님도 있지만 남자 손님 대부분은 여자 손님을 따라온 것으로 보인다. 솔로 애프터눈 티의 달인 같은 사람은 예외 중의 예외다.

다쓰야는 제과 일을 선택한 것을 한 번도 후회하지 않았다.

그래도 아버지를 비롯한 많은 남성에게 '과자'의 이미지가 하찮다는 정도는 쉽게 상상할 수 있었다.

오잔호텔은 아직 가격을 많이 올리지 않았지만 외국계 호텔의 애프터눈 티 중에는 7천 엔을 넘는 것도 수두룩하다. 아버지라면 가격을 보기만 해도 틀림없이 노성을 지를 것이다.

애프터눈 티란 정말 무엇일까? 제대로 된 식사도 아니다. 술을 즐기는 것도 아니다. 건배용 샴페인을 곁들일 때도 있지만 주인공은 어디까지나 차와 과자다.

다쓰야는 테이블 위의 책을 집어 들었다. 읽다 만 페이지를 펴니, 검은 머리 장식을 쓴 한 여성의 초상화가 나타났다.

제7대 베드퍼드 공작 부인 안나 마리아.

'때는 19세기, 대영제국 최전성기인 빅토리아 시대. 애프터눈 티는 한 귀부인의 배고픔에서 시작되었습니다.'

이야기꾼을 방불케 하는 말솜씨를 선보이던 스즈네의 모습이 눈앞에 떠올랐다.

단골손님 니시무라 교코가 혼자 애프터눈 티를 먹고 있는 것을 라운지에 온 다섯 여자 무리가 합세해서 야유했을 때, 스즈네가 곧바로 그 사이에 들어가서 지금은 영국의 사교의 장이 되기까지 한 애프터눈 티가 실은 한 귀족 여성이 자기 침실에서 남의 눈을 피해 '간식'을 즐겼던 시간에서 비롯되었다고 설명했다.

"그러니 애프터눈 티에는 결코 사교 목적만 있는 것이 아니랍니다. 혼자서 느긋하게 즐기시는 것 또한 애프터눈 티 본연의 모습이지요."

스즈네는 어느 쪽 손님의 체면도 구기지 않으면서 훌륭하게 설명했다.

다쓰야는 그때 라운지의 분위기를 흐린 무리를 돌려보낼 생각이었다. 스즈네가 없었다면 애프터눈 티 5인분을 헛수고로 만들었을 것이다.

다쓰야는 지식이 담긴 스즈네의 이야기가 잊히지 않아서 뒤늦게나마 애프터눈 티의 역사를 다시 읽고 있다. 지금까지 버킹엄궁전이나 영국 각지의 메뉴와 배합을 연구하기는 했어도 역사에 대해서는 그리 자세히 알아본 적이 없었다.

안나 마리아가 살았던 저택 워번 애비는 런던에서 북서쪽으로 약 한 시간 정도 차를 타고 가야 하는 베드퍼드셔주에 지금도 존재하며 현재는 갤러리와 티룸을 병설한 박물관이 되었다고 한다.

사진으로 소개된 워번 애비는 드넓은 대지 안에 사파리 공원까지 갖춘 산뜻한 흰색 저택이다. 이런 호화로운 저택에서 살며 온종일 코르셋을 입어야 했던 귀부인들은 아침 식사 이후에는 밤늦게 시작되는 저녁 만찬까지 아무것도 먹지 못했다고 한다. 안나 마리아는 배고픔을 견디다 못해서 침실에 숨어 홍차와 과자를 즐겼다.

이윽고 그 자리에 친한 친구들을 초대하게 되면서 비밀스러운 차 모임은 순식간에 여성 귀족들 사이에 퍼졌다. 최종적으로는 영국을 대표하는 사교의 장인 애프터눈 티로 발전하기에 이르렀다.

검은 머리 장식을 쓰고 뽀얀 살결을 지닌 안나 마리아는 부드럽지만 총명해 보이는 눈빛을 띠고 있었다. 안나 마리아는 바느질을 잘해서 '은밀한 다과회'를 열 때 자신이 디자인한 티 가운을 걸치고 나타났다. 일본의 기모노에서 영감을 얻었다고 전해지는 그 가운은 당시 귀족사회에서는 생각하기 어려운 기발한 것이었으나, 코르셋으로 고통받던 여성들 사이에서 폭발적인 인기를 불러일으켰다. 안나 마리아의 애프터눈 티는 공복뿐 아니라 갑갑한 코르셋에서도 여성들을 해방했다.

안나 마리아는 그렇게 독창성과 영리함을 겸비했기 때문인지 빅토리아 여왕에게 대단히 총애를 받았다. 초상화 속 안나 마리아는 포동포동한 팔에 빅토리아 여왕의 초상화가 들어간 금팔찌를 끼고 있다. 안나 마리아가 비밀스러운 차 모임에서 사용한 티 포트도 여왕이 직접 하사한 것이었다.

하지만 그 때문에 안나 마리아는 남들에게 질투를 사서 훗날 여왕의 측근에서 물러났다. 이런 에피소드까지 참으로 현대적이다.

'어쩐지 싫네요. 의자 뺏기 게임을 하는 것 같아서.'

다쓰야는 사무실에서 스즈네가 한 말이 되살아나서 한숨을 쉬었다.

단골손님이었던 교코와 그 다섯 여자들 무리도 같은 직장에서 일하는 동료인 듯했다. 다섯 사람은 그날 라운지에 처음 온 손님이었지만, 그 일이 있고 나서는 교코도 라운지를 찾지 않았다.

크리스마스에는 모처럼 단골손님용 메뉴를 준비했는데…….

여성들이 시작한 비밀 차 모임은 해방감을 선사하는 자리인 동시에 소문이나 은밀한 책략을 나누는 장소였을지도 모르겠다.

다쓰야는 진심으로 행복한 표정으로 루바브 타르틀레트를 한입 가득히 먹던 교코의 모습을 떠올리고 조금 복잡한 기분이 들었다.

그렇게 생각하면 애프터눈 티는 옛날도 지금도 좋든 나쁘든 역시 여성들의 것인가.

안나 마리아가 시동생에게 보낸 편지에 따르면 헝가리 왕자를 초대한 오후 5시 티 파티에서도 남성 손님은 주빈인 에스테르하지 왕자 단 한 사람이었던 듯하다.

그렇다면…….

다쓰야는 안나 마리아의 초상화가 있는 페이지를 덮고 책장에서 다른 두꺼운 책을 한 권 꺼냈다. 오스트리아 빈의 전통 과자에 관해 쓴 책이다. 책의 저자는 젊은 여성의 기호에 맞춰서 가벼움과 부드러움만 추구한 요즘의 양과자를 혹독하게 비판했다.

'단것이 사람을 행복하게 한다'는 애매한 판타지는 전통적인 과자의 참된 매력을 알아보기 어렵게 하며 촉촉하고 폭신폭신하고 덜 단 것만 추구하는 일본의 소위 '양과자'는 유럽의 전통 과자하고 비슷해 보이지만 실은 전혀 다르다고 지적했다.

확실히 '해가 지지 않는 제국'이라는 말까지 들은 오스트리아에서 합스부르크 왕조의 화려한 문화를 배경으로 탄생한 빈 과자에는 독특한 심오함이 있다. 빈의 대표 과자이기도 한 자허토르테의 제조 방법을 처음 알았을 때는 충격을 받았다. 그때까지는 초콜릿으로 코팅했다는 정도의 지식밖에 없었으나 실제로는 설탕 시럽과 초콜릿을 108도까지 졸여서 설탕을 재결정화시켜 표면을 굳히고 윤기를 낸다. 과자 표면의 초콜릿은 단단하게 굳어 있지만, 입에 넣는 순간, 시럽 결정은 서걱서걱 부서지며 녹아내린다. 이런 고도의 기술이 1800년대의 빈에 이미 있었다는 사실이 놀랍기만 하다.

빈은 카페의 발상지로 알려졌고 그 카페 문화가 유네스코

문화유산으로도 등록되었는데, 200년도 더 된 레시피를 계속 충실히 지키고 전통을 이어받으며 변하지 않는 것을 장점으로 여긴다. 다쓰야도 그 자체가 훌륭하다고 생각한다.

요즘의 맛집 여성 리포터가 디저트를 먹었을 때 연발하는 폭신폭신하다든가 촉촉하다든가 하는 키워드에 난감해하는 기분도 잘 이해된다. 그러나 이 저자의 주장은 더욱 과격하다. 읽는 법에 따라서는 '전통적인 옛 과자는 여자들을 위한 것이 아니다'라고 이해될 수도 있다.

저자는 스도 히데오. 다쓰야는 저자 프로필을 확인하며 미간에 힘을 줬다.

만일 이 저자가 동명이인인 타인이 아니라 정말로 세이버리 담당 셰프인 히데오라면 여성 손님을 압도적인 타깃으로 삼고 있는 애프터눈 티를 실은 어떻게 생각하고 있을까.

물론 자신도 히데오도 대충 만들고 있다고 보지는 않지만, 호텔 애프터눈 티는 어떤 의미로는 비일상을 연출하는 판타지다.

다쓰야보다 먼저 스즈네의 의견에 귀를 기울이려 했던 히데오와 책 속의 고루하고 완고한 저자의 이미지는 도저히 겹치지 않는다.

다만, 다쓰야 자신도 이 책 저자의 주장에 전면적으로 찬성하는 것은 아니지만 읽는 동안에 자연스럽게 또 다른 감동이

밀려왔다.

이 저자는 알고 있었다. 빈의 거리에 오래전부터 자리한 카페 병설 제과점인 카페 콘디토라이. 알자스, 브르타뉴, 부르고뉴 등 프랑스 각지에 전해 내려오는 전통 과자. 약 1년 반을 유럽의 제과점 주방에서 보내며 모든 것을 자기 눈으로 보고 체험했다.

"유학이나 해외 연수 경험이 없어도 훌륭한 셰프나 파티시에는 많이 있다네. 이제 제과 기술은 일본 쪽이 더 우위에 있다고 해도 과언이 아니고……."

전문학교 시절 은사인 다카하시 나오하루는 그렇게 말했다. 다쓰야도 그 의견에 동의한다. 해외 직원과의 공동 작업도 외국계 호텔 주방에서 경험했다. 그러니 브누아 고랭을 맞이하는 데도 아무런 열등감을 느낄 필요는 없다. 그런데도 가슴속에 응어리진 이 초조한 느낌은 무엇일까.

어느새 생각에 푹 빠져 있는 것을 깨닫고 깜짝 놀랐다.

"그럼 목욕이라도 할까……."

다쓰야는 일부러 소리 내어 중얼거리면서 책을 책장에 꽂았다.

12월에 들어서자 모든 것이 단숨에 속도를 냈다. 지난달까지는 기온이 20도에 달하는 날이 이어져서 겨울은커녕 가을 같지도 않았지만, 이제는 구름 사이로 푸른 하늘이 보이는 낮에도 급격하게 추워졌다.

라운지의 크리스마스 애프터눈 티는 주말이 되면 손님으로 꽉 찬 상태가 이어져서 숨 쉴 틈이 없었다. 인제 와서 투 트랙을 후회하는 직원들도 있는 것 같았다. 더군다나 연말에는 브누아 고랭의 일본 방문 이벤트도 있다.

크리스마스와 연말연시는 호텔 근무자에게 지옥의 계절이다. 12월은 누구에게나 바쁜 시기지만 많은 사람에게 그 바쁜 시기는 연말연시 휴일까지일 것이다. 그러나 호텔은 그 시기에 최대 성수기를 맞는다.

다쓰야가 지금까지 사귄 여성들과 오래가지 않았던 것은 크리스마스는 물론이고 정월 첫 참배°에도 한 번도 함께 가지 못한 것과도 관계있을지 모른다.

'내 경우에는 이유가 그것만은 아니었지만……'

다쓰야는 전쟁터 같은 주방에서 직원들을 지휘하며 멍하니 생각했다.

'케이크랑 결혼하든지.'

이별할 때 그렇게 빈정거리던 여자의 얼굴이 이미 어렴풋해진 자신에게 어이가 없었다. 그래서 최근 그의 머릿속에는

° 　새해가 되면 신사나 절을 찾아서 새해 소원을 비는 일본의 풍습.

연애에 관한 생각이 거의 없었다.

그렇게 생각한 순간, 팬트리에서 홍차를 우리는 스즈네의 모습이 시야에 들어와서 저도 모르게 고개를 돌렸다.

지금 이럴 때가 아니지.

스즈네를 보고 있으면 자꾸 자신이 이상해진다. 자신과 정반대 같으면서도 어딘지 닮은 듯도 해서 뭔가 마음이 들썽거린다. 그 마음의 정체가 무엇인지 확인할 여유도 없이, 다쓰야는 다쓰야대로, 스즈네는 스즈네대로 올해 마지막 달을 맞은 화려한 라운지의 무대 뒤에서 바삐 뛰어다니고 있었다.

다쓰야는 오후 6시 라스트 오더의 마무리를 전부 확인하고는 겨우 숨을 돌렸다. 잠시 쉬고 나면 그다음에는 연회동 미팅룸에서 브누아 고랭과 콜라보할 연말 이벤트의 최종 협의가 있다.

히데오를 찾았지만 이미 주방에는 없었다. 벌써 연회동에 간 걸까.

다쓰야도 한 손에 커피를 들고 사무실로 향했다.

바쁜 탓도 있겠지만 최근 히데오가 조금 이상하다. 요전 미팅에서 연말 애프터눈 티에 사용할 유자의 산지에 대해 의견을 구했을 때도 마음이 딴 데 가 있는 느낌이었다.

'아스카이 군이 사용하기 편한 걸로 고르면 이쪽은 거기 맞출 테니까……'

대답을 재촉하자, 히데오는 얼버무리듯 그렇게 말했다.

히데오는 애프터눈 티의 주역은 디저트라고 딱 결론을 내려서인지 이전부터 다쓰야의 의견을 우선해 준다. 그러나 만일 그 책의 저자가 진짜로 히데오 본인이라면 그 태도는 결론을 내린 것이 아니라 분명히 체념이다. 좀 더 안 좋은 말로 표현하면 팽개쳤다고 할까.

'자허토르테에 유자잼을 넣어볼까 생각 중입니다.'

그래서 다쓰야는 시험 삼아 그런 아이디어를 내봤다.

본래 자허토르테는 스펀지 시트 사이에 신맛이 강한 살구잼을 넣는다. 그것이 전통적인 배합이다. 빈 고전 과자에 충실한 그 책의 저자라면 그런 건 자허토르테가 아니라며 격앙하겠지.

'괜찮을 것 같은데. 초콜릿과 감귤류의 조합은 언제나 옳고.'

히데오는 맥없는 표정으로 고개를 끄덕일 뿐이었다.

역시 다른 사람인가…….

다쓰야는 노크하고 사무실 문을 열었다.

사무실에서는 히데오가 게스트 파일을 든 라운지 담당 루리와 테이블을 사이에 두고 뭔가 이야기를 나누고 있었다.

다쓰야는 보기 드문 조합에 눈이 둥그레졌다.

"아, 아스카이 군. 슬슬 미팅 시간인가?"

히데오가 당황한 듯이 돌아보았다.

"아뇨, 아직 좀 여유가 있습니다."

다쓰야는 방해하지 않는 게 나을 듯해서 문손잡이를 쥔 채
망설이는 목소리로 말했다.

"아스카이 셰프, 수고하셨습니다."

루리가 시선으로 자리에 앉으라고 재촉해서 그대로 다시
나가지도 못하게 되었다.

다쓰야는 반쯤 주저하며 커피를 들고 테이블 제일 가장자
리에 있는 의자에 앉았다.

"아스카이 군, 실은 말이지……"

히데오가 정색을 하고 말을 꺼냈다.

"스도 셰프가 연말에 사모님과 따님을 라운지에 초대하고
싶으시대요!"

루리가 히데오의 말을 기다리지 않고 만세를 불렀다.

"아니, 딸은 뭐 그렇지만 아내는, 정확히는 엑스와이프지
만."

엑스와이프?

다쓰야는 순간 어리둥절했지만 헤어진 아내를 말한다는 것
을 금세 알아챘다. 히데오가 황혼이혼했다는 사실을 머리 한
구석에서 떠올렸다. 다만 조리반에서 콤비를 이루고 있어도
히데오와 그런 개인적인 이야기를 나눈 적은 한 번도 없다.

"물론 평일로 할 생각이지만 미안하네. 이런 성수기에…….
딸이 기왕이면 미슐랭 셰프와 콜라보하는 연말 애프터눈 티
를 먹어보고 싶다고 해서."

히데오가 회색 눈썹을 찌푸렸다.

"아닙니다."

다쓰야는 곧바로 고개를 가로저었다.

'엄마는 크리스마스 애프터눈 티를 먹어보고 싶은데.'

그러고 보니 다쓰야의 어머니도 지난달에 비슷한 이야기를
했다. 뭐든 드시고 싶은 걸 대접하겠다고 약속했지만, 그 후로
어머니에게서는 연락이 없다. 결국 부모님도 연말의 바쁜 일
에 얽매여서 그럴 겨를이 없어졌나 보다. 도쿄 도심과 이바라
키의 시골 마을은 아직 거리가 있다.

"주초라면 다소 여유가 있어요. 월요일이나 화요일 이른 시
간에는 마지막 주라도 어찌어찌해서 창가의 좋은 자리로 안
내할 수 있고요."

루리가 파일을 들추면서 고개를 갸웃했다.

"루리 씨, 고마워. 얼른 딸에게 연락해 볼게."

히데오가 조리복 주머니에서 폴더식 구형 휴대폰을 꺼내며
성급하게 자리에서 일어섰다.

"그럼 아스카이 군. 이따 연회동에서 보세."

"아, 네……."

다쓰야는 애매하게 고개를 끄덕이며 분주하게 사무실을 나가는 히데오의 뒷모습을 바라보았다.

히데오의 모습이 평소와 달랐던 것은 아무래도 이 일이 원인이었던 듯하다.

"스도 셰프, 이 호텔에 오신 지 상당히 오래됐을 텐데 가족을 처음 초대하신대요."

다쓰야는 루리의 목소리에 정신이 들었다.

"아, 전 가족인가……. 그래도 따님은 따님이니까요. 역시 가족이죠."

혼자서 묻고 답하는 루리에게 큰맘 먹고 물어봤다.

"스도 씨는 여기 오시기 전에는 어디 있었어?"

"시니어 직원이 되기 전에는 연희동 프렌치 레스토랑에서 셰프를 하셨다고 가오리 선배한테 들은 적 있지만 그 이전 일은 저도 몰라요……. 근데 아스카이 셰프!"

루리가 연장한 속눈썹에 둘러싸인 눈을 휘둥그레 떴다.

"같은 조리반인데 왜 모르세요? 저보다 훨씬 오래 같이 일하셨잖아요."

다쓰야는 자신을 나무라는 듯한 루리의 말에 우물거렸다.

"아니, 그게, 그런 얘기, 할 기회가 없었으니까……."

다쓰야가 거리를 두고 있기도 했지만, 히데오 역시 지금까지 자기 경력을 상세하게 말한 적이 없었다.

머릿속에 『빈 전통 과자』 책 표지가 떠올랐다.

"그보다 아스카이 셰프."

루리가 눈을 빛내며 몸을 앞으로 내밀었다.

"투 트랙, 평판이 좋아요!"

라운지 직원들은 손님의 반응을 빠르게 느낀다. 새 기획의 반응이 양호한 것 같아서, 다쓰야도 그 보고를 듣고는 일단 안도했다.

"조리반 분들은 힘들겠지만, 음료는 물론이고 애프터눈 티까지 둘 중에서 고른다는 게 특별한 느낌이 드나 봐요!"

루리가 노래하듯 말을 이었다.

"과연 애프터눈 티를 사랑해 마지않는 스즈네 씨의 아이디어죠."

"이번 시즌 한정이면 좋겠는데. 그 덕분에 우리는 녹초라고."

다쓰야는 의미심장한 시선을 보내는 루리를 딱 막았다.

"또 또 그러신다."

일부러 불쾌한 목소리를 내봤지만, 루리는 전혀 개의치 않았다.

"사실은 아스카이 셰프도 스즈네 씨를 인정하면서. 말로 똑똑히 표현하지 않으면 전해지지 않는다고요. 스즈네 씨도 손님의 요구에는 민감하지만 그런 쪽으로는 둔감하니까."

"이봐……."

다쓰야는 한숨이 나왔다.

"우리, 그런 거 아니라고."

"'우리'라고 한 시점에서 이미 아웃이에요."

점점 진심으로 성가셔졌다.

"하지만 선택지가 있다는 건 멋진 일 아닌가요?"

루리가 다쓰야의 기분이 진짜 언짢아진 것을 눈치챘는지 애프터눈 티로 화제를 돌렸다. 요즘 아이들 같은 가벼운 분위기를 띠고 있기는 해도 사실 루리는 분위기를 제대로 읽을 줄 안다.

이 아이는 겉보기보다 훨씬 머리가 좋다.

"SNS 반응도 좋아요. 두 종류를 나란히 놓고 비교하는 인스타그램도 있고요."

루리는 데스크에 비치된 컴퓨터로 향했다. 처음부터 공식 사이트를 업데이트하고 예약 사이트의 평가에 답글을 달러 왔을 것이다.

"참, 인스타그램 얘기가 나왔으니 말인데 최근에 좀 신경 쓰이는 계정을 발견했어요."

루리가 사진 공유 사이트의 계정을 검색하더니 노트북 모니터 방향을 다쓰야에게도 보이도록 돌렸다.

"이거 우리 호텔 정원의 동백이랑 애프터눈 티예요."

빨간색, 흰색, 연분홍색, 홀치기염색처럼 빨간색과 흰색이 섞인 것. 이제 막 피어나기 시작한 동백 사진이 여러 장 늘어서 있었다.

'은행잎이 이제야 노랗게 물들기 시작했고, 동백 중에 일찍 피는 종류도 피기 시작했어요.'

요전의 스즈네 목소리가 귓전에 되살아났다. 다쓰야도 궁금해서 들여다보았다.

"태신락, 국경사, 백타조, 홍타조래요. 동백에 이렇게 여러 품종이 있네요."

루리가 감탄하는 목소리로 말했다.

홑꽃, 겹꽃, 작은 술잔 모양의 꽃, 나팔을 닮은 꽃, 모란이 연상되는 꽃. 형태도 다양하다.

"그렇게 '돋보이는' 걸 노렸다는 느낌은 들지 않는데 뭔가 기품 있고 세련된 계정이죠."

동백꽃 사진에 이어지는 애프터눈 티 사진도 화려한 3단 트레이를 찍은 것은 아니었다. 그러나 다쓰야는 사진 속에 나란히 담긴 메뉴가 특히 심혈을 기울여 만든 디저트뿐이라는 사실에 조금 놀랐다. 얼핏 보기에는 수수한 슈톨렌도 예뻐 보이게 잘랐다.

"시즌 애프터눈 티가 대부분 다 있는 걸 보면 라운지 단골 손님이겠죠."

"솔로 애프터눈 티의 달인이 아닐까?"

다쓰야의 뇌리에 진지하게 홍차를 맛보는 달인의 모습이 떠올랐다.

"저도 잠깐 그 생각을 했는데요."

루리가 긴 속눈썹을 깜빡였다.

"다른 사진이 그 아저씨의 일상 같지 않아서요."

아래로 내린 화면에 떠 있는 것은 실크플라워 액세서리나 레이스 손뜨개 소품이었다.

"이 사람, 자기 얘기는 안 올려서 확실하진 않지만 이거 분명히 직접 만든 거예요. 계정명도 여자 이름 같고."

"음……."

확실히 좀 시원찮아 보이는 그 아저씨가 이런 섬세한 액세서리를 만들고 있는 모습은 상상이 되지 않았다.

"우리 라운지 이외의 요리 사진도 많아요. 채소가 듬뿍 들어가서 몸에도 좋아 보이고 가짓수도 많아서 맛있을 것 같아요. 어느 가게일까. 분위기도 발리 같아서 멋지고!"

루리가 찬찬히 화면을 주시했다.

"이 정도로 센스 있는 계정을 보게 되면 공식 계정도 분발해야겠다는 생각이 들죠. 좋아, 나도 달려봐야지!"

루리는 모니터를 원래 위치로 돌려놓고 소매를 걷어붙였다.

"투 트랙 애프터눈 티의 '이 점을 추천' 팟캐스트 같은 거라도 해볼까. 아스카이 셰프, 참여해 주실래요?"

"좀 봐줘."

다쓰야는 어깨를 움츠렸다.

"그런 건 20대 젊은 애들밖에 안 하잖아. 우리 라운지의 고객층에 맞을까?"

"그런데 말이죠. 투 트랙 애프터눈 티, 실은 젊은 세대에 상당히 먹히고 있어요."

루리가 우쭐한 표정으로 고객 파일을 끌어당겼다.

"이거 한번 보세요. 작년에 비해 젊은 층의 예약이 늘었어요. 특히 20대 손님이 폭증했고요."

"그거 의외인데."

다쓰야도 루리가 펼친 페이지를 들여다보았다.

원래 스즈네가 투 트랙을 고안한 것은 단골손님이나 연령층 높은 손님의 바람에 응하기 위해서였다.

"전 이해해요."

라운지 직원들 중에서 유일하게 20대인 루리가 자조하는 듯한 웃음을 띠었다.

"선택지가 없는 세대거든요."

다쓰야는 그 한마디에 살짝 숨을 멈췄다.

경제불황이 닥치기 전에 태어난 세대인 다쓰야와는 달리, 1990년대 후반에 태어난 루리에게 세상은 불안정하고 한층 더 힘겨울지도 모른다.

"하긴 크리스마스 애프터눈 티는 그렇다 치고, 선택지가 있어봤자 겁 많은 우리는 딱히 고를 생각이 없는지도 모르죠."

루리가 신나게 키보드를 두드리며 말을 이어갔다.

"파티족이니 커뮤니케이션 장애니 인싸니 아싸니 하고 구분하는 건 그렇게 캐릭터를 붙여서 자신을 보호하려는 것뿐이니까요. '난 이러니까 그것 말고는 무리라고요', '이해해 줘요' 하고 처음부터 주위에 변명하는 거예요."

"그런가."

다쓰야는 커피를 한 모금 마시고 숨을 내쉬었다. 아침부터 계속 일하며 점심도 주방에서 선 채 먹은 뒤로는 이렇게 자리 잡고 앉은 것이 오늘 처음이다.

"그렇다니까요."

루리가 모니터를 바라본 채 담담하게 고개를 끄덕였다.

"그게 여러모로 수고를 덜 수 있으니까요."

수고.

다쓰야는 루리가 한 말의 의미를 곰곰이 생각했다.

예를 들어서 자신에게 난독증이 있는 사실을 공개해 버리면 물리적인 수고는 상당히 줄일 수 있으리라. 그러나 사람의 마음은 한층 복잡하다. '배려'에 상처 입을 때도 있다.

"수고하기 싫으니까 연애도 알바 찾기도 이직도 앱에 의존

하죠. 두근거림은 '최애 덕질'로 보충하면 충분하고."

루리는 다쓰야의 껄끄러움은 아랑곳없이 말을 이어갔다.

"딴 이야기인데요. 우리 집은 부모님이 버블 세대라서 1990년대 영화 DVD를 많이 갖고 있는데요, 그 시대의 할리우드 대작은 인류 멸망 이야기뿐이에요. 「아마겟돈」에 「딥 임팩트」에 「인디펜던스 데이」까지. 지구에 얼마나 거대한 운석이 떨어지고 우주인이 얼마나 노리고 있나 하는 내용이죠."

"할리우드 대작이 대개 그렇지."

다쓰야는 쓴웃음을 지었다.

"그런 내용을 오락으로 즐긴다는 건 여유가 있다는 증거예요. 거대 운석이 떨어지지 않아도, 흉악한 우주인이 대규모로 침공해 오지 않아도 내일 어떻게 될지 아무도 모르잖아요."

불경기, 금융위기, 지진, 수해……. 확실히 루리가 살아온 시간은 그런 사건의 반복뿐이었는지도 모른다. 그곳에 선택지 따위는 어디에도 없다는 것을 어렸을 때부터 지긋지긋할 정도로 봐왔겠지.

"그래서 많이 담는 거예요. 얼굴도, 일상도 수북이."

아무렇지 않게 말하는 루리의 목소리가 두 사람만 있는 사무실에 울렸다.

"그러지 않으면 즐겁지 않잖아요. 여유와 선택지가 없는 대신 우린 언제나 최단으로 가는 거죠."

루리가 모니터 너머로 고개를 들었다.

"이게 민낯이 아니라는 정도는 충분히 자각하고 있지만요. 뭐, 이게 제 최단 루트라서요."

루리는 완벽하게 화장한 자기 얼굴을 가리켰다.

"아스카이 셰프도 '그런 거 아니라고' 같은 소리를 할 때가 아니라고 보는데요."

루리는 어리둥절하게 바라보는 다쓰야 앞에서 잔망스럽기까지 한 귀여운 웃음을 지었다.

"요컨대 자기한테 쑥스러워할 틈 같은 건 아무 데도 없다는 거죠."

다음 주, 브누아 고랭이 오잔호텔에 도착했다.

고랭의 일본 방문을 환영하듯 정원의 나무들이 알록달록하게 물들었다. 단풍나무의 빨간색. 느티나무의 주홍색. 은행나무의 노란색. 연회동 레스토랑 홀에서 내다보이는 유리창 너머 풍경은 화려하게 수놓은 비단 같다. 이제 도쿄의 단풍을 보기에 좋은 시기는 12월 중순까지로 넘어간 듯하다.

다쓰야는 연회동의 프렌치 레스토랑 파티시에들과 함께 고랭이 맨해튼의 주방에서 가져온 크로캉부슈의 각 부분을 조립하는 작업을 거들고 있었다.

시각은 오후 4시 조금 전. 레스토랑의 디너 타임이 시작되기 전에 크로캉부슈 설치를 마쳐야 한다. 라운지가 바쁜 시간이지만 주방 지휘는 수셰프 아사코에게 맡기고 왔다.

홀에는 컨테이너가 여러 개 들어와 있다. 고랭의 지시에 따라 연회동 레스토랑의 직원이 신중하게 크로캉부슈 각 부분을 꺼냈다. 슈를 쌓아 올릴 때 높이 쌓아 올려 하늘에 가까워질수록 행복해진다는 이야기가 전해 내려오는 과자인 만큼 운반해 온 부분을 모두 조립하자 2미터를 거뜬히 넘는 높이가 되었다. 바탕이 되는 슈를 이만큼 구우려면 힘든 작업이었으리라. 고랭은 가끔 창밖의 단풍을 홀린 듯 바라보며 시종일관 부드러운 웃음을 띠고 지휘했다. 다쓰야는 그런 고랭의 옆얼굴을 슬쩍 쳐다보았다.

40대 중반에 미슐랭 별 두 개를 딴 고랭은 맨해튼에서 프렌치 레스토랑을 경영하고 있고, 남프랑스에 과수원이 딸린 제과점을 가지고 있는 우수한 사업가이기도 하다. 고랭이 직접 재배한 과일로 만든 콩피튀르는 유럽에서도 인기 브랜드다. 이번에 슈 사이에 장식한 마카롱에도 당도 높은 콩피튀르가 듬뿍 들어가 있는 듯하다. 그렇다 해도 정말 훌륭한 세공이다.

다쓰야는 크로캉부슈를 조립하며 감탄을 금치 못했다. 크로캉부슈를 수놓은 장미꽃 설탕 공예는 갓 피기 시작한 것에서부터 만개한 것까지 하나하나 모양이 달라서 숨이 멎을 만큼 정교했다. 거의 예술품이라 해도 좋을 정도로 세공에 기교를 발휘했지만, 일본의 웨딩케이크처럼 조화를 장식하지 않고 어디까지나 먹는 재료로만 구성한 것이 과연 미식의 나라 프랑스의 과자답다.

일본의 순백색 웨딩케이크는 실은 프랑스의 축하 자리에 빠지지 않는 이 크로캉부슈의 영향을 받지 않았다. 일본에서 주류인 웨딩케이크의 원류는 애프터눈 티와 마찬가지로 19세기 영국 빅토리아 시대로 거슬러 올라간다. 안나 마리아를 총애한 빅토리아 여왕의 첫째 왕녀 결혼식에 처음으로 2미터에 달하는 거대한 3단 케이크가 등장하여 세계적인 뉴스가 되었다. 그것이 어떤 이유에선지 태평양전쟁 후 일본에 전해져서 한 시대를 풍미했던 것이 현대까지 전해지는 일본식 웨딩케이크의 내력이다.

빅토리아 시대의 3단 케이크에는 각각 용도가 있어서, 맨 아랫단은 연회에 참석한 사람들이 신랑 신부와 함께 그 자리에서 먹고 둘째 단은 연회에 오지 못한 사람들에게 나눠 줬으며 맨 윗단은 신랑 신부가 가지고 가서 첫째 아이가 태어났을 때 다시 먹었다고 전해진다. 말하자면 맨 윗단 케이크가 상하기 전에 첫째 아이를 낳으라는 뜻이리라.

전문학교 시절의 은사 나오하루에게 이 이야기를 들었을 때 엄청난 압력이라고 생각했던 기억이 난다. 웨딩케이크의 꼭대기 부분이 오래 보존할 수 있는 설탕 공예였다고 해도 솔직히 기분 좋은 내용은 아니다.

"땡큐!"

다쓰야는 생각에 잠겨서 손을 움직이고 있다가 고랭의 목소리에 현실로 돌아왔다.

조립이 끝나고 반듯한 크로캉부슈가 완성되었다. 곧바로 홍보팀 직원들이 와서 부지런히 사진을 찍기 시작했다. 다쓰야도 몇 걸음 떨어져서 연말의 레스토랑 홀을 장식하는 크로캉부슈 세 개를 바라보았다.

높은 천장 아래, 장미를 모티브로 한 고랭의 화려한 크로캉부슈를 중심으로 왼쪽에는 눈 결정을 모티브로 한 다쓰야의 크로캉부슈, 오른쪽에 송죽매를 모티브로 한 연회동 셰프 파티시에의 크로캉부슈가 나란히 서 있다. 장관이었다.

"그럼 셰프님들은 각자 자기 크로캉부슈 앞에 서주시겠어요?"

다쓰야는 홍보팀 직원의 지시에 따라 고랭의 왼쪽에 섰다.

사진을 찍는 동안에도 뒤쪽의 크로캉부슈에 눈이 몇 번이나 갔다. 크로캉부슈 세 개의 설탕 공예가 조명을 받아서 아름답게 빛났다. 다쓰야의 눈 결정도, 연회동 셰프 파티시에의 송죽매도 기술적으로는 결코 고랭에게 뒤지지 않았다. 그러나 뭐랄까. 역시 가운데에 서 있는 장미 크로캉부슈하고는 어딘지 다르다. 좋고 나쁘고의 문제가 아니다. 아마 감성이라고밖에 표현할 수 없을 것이다.

'식문화'라는 말이 있다. 어떤 단순한 요리라도 그 배후에는 그 나라와 지방의 역사, 풍토, 문화가 깃들어 있다. 과자 또한 마찬가지다. 일본인이 서양인과 같은 감성으로 서양과자를 만들기는 역시 불가능한 일일까. 하물며 자신은…….

"아스카이 셰프, 웃어주세요."

홍보팀 직원이 속삭이는 목소리에 정신이 들었다. 자기도 모르는 사이에 꽤 인상을 쓰고 있었나 보다. 다쓰야는 미간의 주름을 펴고 카메라 렌즈를 바라보다가 문득 시선이 느껴져서 옆을 의식했다. 옆자리의 고랭이 이쪽을 가만히 바라보는 느낌이 들었다.

그날 밤, 다쓰야는 혼자 라운지 주방에 남아서 다음 주부터 시작되는 연말 애프터눈 티의 재료를 확인하고 있었다.

상자에 수북하게 쌓인 유자에서 상큼한 향기가 났다. 그중 하나를 손으로 집어봤다. 차가운 유자가 묵직했다. 안이 꽉 차 있다는 증거다.

다쓰야는 결국 고치산 유자를 골랐다. 고치현 우마지무라는 예로부터 질 좋은 유자 산지로 알려져 있다. 꼭지 절단면은 아직 푸르고, 싱싱한 향이 콧구멍을 간지럽혔다.

유자는 버릴 데가 없다. 껍질은 물론이고 짜고 남은 찌꺼기

나 씨에서도 질 좋은 펙틴을 얻을 수 있다. 이 펙틴은 콩피튀르를 만들 때 다시 쓴다.

"다쓰야!"

다쓰야는 갑자기 누가 자신을 부르는 소리에 돌아보았다. 라운지 입구에서 브누아 고랭이 얼굴을 내밀고 있었다.

"메이 아이 컴 인?"
잠깐 실례해도 괜찮을까

"슈어!"
물론입니다

둥근 의자에 앉아 있던 다쓰야는 일어서서 팔을 벌렸다.

고랭은 호텔동의 앰버서더 스위트룸에 머무르고 있었다. 지나가다 라운지 주방에 아직 불이 켜져 있는 것을 보고 들어왔을 것이다. 원래 고랭의 방에 다음 주부터 사용할 유자를 보낼 생각이었다. 다쓰야는 마침 잘됐다 싶어서 지금 보여주려고 고랭을 불렀다.

"좋은 유자군."

고랭이 다쓰야가 내민 유자를 보더니 만족스러운 웃음을 띠었다.

"난 일본 과일 중에서 유자를 제일 좋아해."

이번에 고랭은 연말 애프터눈 티의 콜라보 메뉴로 유자 콩피튀르와 마카롱을 만들기로 결정했다. 고랭은 다쓰야가 건네준 유자의 향기를 맡으며 현재 가루차에 이어서 유자가 유럽의 디저트계에 선풍을 일으키고 있다는 이야기를 한참 동안 해주었다.

"유자가 일본 과일 중에서 가장 자연스럽다고 느낀다네. 과일은 원래 이 정도 제각각인 법이지."

고랭이 상자에 쌓인 크고 작은 유자를 가리켰다.

"일본의 백화점이나 슈퍼에서 파는 과일은 어째서 그렇게 크기나 모양이 고른 걸까?"

고랭은 눈살을 살짝 찌푸렸다.

"빈틈없이 모양이 고르고 상처 하나 없는 과일이 포장된 걸 보면 나한테는 그게 자연의 산물이 아니라 공장에서 생산된 제품처럼 느껴져."

역시 그렇군. 다쓰야는 고개를 끄덕이고, 상자에 쌓여 있는 고르지 않은 유자를 보았다.

시장의 요구 때문인지 모르겠지만 일본 매장의 과일이나 채소는 모양이나 크기가 깔끔하게 고른 것이 많다. 잘 생각해보면 확실히 부자연스럽다.

"난 젊었을 때 일본 시골 마을에 머무른 적이 있어."

그러고 보니 그런 프로필을 읽은 기억이 있었다.

"어느 지역에 계셨습니까?"

"이바라키."

다쓰야는 고랭의 대답에 놀란다.

"제가 이바라키 출신입니다."

"오!"

다쓰야의 말에 고랭도 눈이 휘둥그레졌다.

이바라키라 해도 다쓰야의 본가에서는 거리가 있지만, 고랭은 20대일 때 지인의 연줄로 히타치오타에 있는 포도 농원 안에 있는 카페에서 일한 적이 있다고 한다. 그곳에서 고랭은 못생기거나 조금이라도 상처가 난 포도는 대부분 상품이 되지 못하고 버려진다는 데 가장 놀랐다. 맛은 다르지 않은데 버리다니 믿어지지 않는 일이라며 고개를 가로저었다.

"게다가 일본의 과일은 놀랄 정도로 당도가 높아. 너무 당도가 높은 과일은 디저트 가공에는 맞지 않는다고 생각하네."

고랭이 이야기를 계속했다.

"예를 들면, 일본의 체리. 사토니시키종은 그대로 먹는 게 제일 맛있지. 그렇게 당도 높은 체리는 세계에서도 드물어."

"네."

다쓰야는 고개를 끄덕였다.

그에 비해 신맛이 강한 프랑스의 그리오트종 체리는 생식에는 적합하지 않다. 그래서 콩피튀르나 콩포트로 만들어서 먹는다.

"살구든 사과든 일본의 과일은 당도가 너무 높아서 과일 본래의 신맛이나 떫은맛이 느껴지지 않아. 그대로 먹기에는 무척 맛있지만."

다쓰야는 고랭의 이야기를 들으며 '그래서 유자인가' 하고 이해했다. 지나치게 신 살구나 사과는 농업 발전과 함께 일본에서는 대부분 도태되었다. 옛날 그대로의 맛이 살아 있는 것은 양념으로 쓰거나 가공하여 사용하는 경우가 많은 유자 정도다.

"다쓰야."

고랭이 정색하듯 다쓰야를 보았다.

"나는 프로방스에 과수원이 딸린 제과점을 가지고 있어. 그곳에서는 그냥 먹으면 입이 돌아갈 만큼 시큼한 살구나 쓸쓸할 정도로 떫은 포도가 계절마다 잔뜩 열매를 맺는다네."

기후가 온난한 남프랑스의 넓디넓은 농원. 다쓰야는 그곳에서 수확한 과일과 허브로 프랑스 과자를 만드는 제과점의 모습을 상상했다.

울퉁불퉁한 살구를 설탕과 함께 큰 냄비에 담아 뭉근하게 졸여서 콩피튀르를 만든다. 포도를 가지째 햇빛에 말려서 건포도를 만든다. 지역에서 생산한 것을 그 지역에서 소비한다. 옛날 그대로인 시골 제과점. 그곳에서 일하면 분명 서양과자를 만드는 파티시에한테는 유럽의 식문화를 배우는 귀중한

269

재산이 될 것이다.

"가보고 싶다……."

정신을 차리고 보니 자연스럽게 말이 흘러나왔다.

"환영하지."

다쓰야는 곧바로 돌아온 말에 놀라서 눈을 크게 떴다.

"이미 일본에서 전통 있는 호텔의 셰프 파티시에가 된 자네에게 이런 말을 하는 게 이상할지 모르지만, 자네는 아직 젊어. 얼마든지 경험을 쌓을 수 있는 나이야. 게다가 혹시 난독증이란 사실 때문에 뭔가를 포기하고 있다면 그럴 필요는 전혀 없네."

고랭이 선뜻 꺼낸 말에 다쓰야는 튕기듯이 고랭을 쳐다보았다.

"어떻게 그걸……."

"7년 전 파리 제과 콩쿠르에서 자네를 봤어."

"아."

다쓰야의 입술에서 신음 같은 소리가 흘러나왔다.

콩쿠르 프로필에 난독증이라는 사실을 사전 양해도 없이 밝힌 것을 보고 불같이 화내며 홍보 담당자에게 항의한 당시의 기억이 되살아났다.

"오잔호텔에서 초청을 받고 셰프 파티시에 명단을 봤을 때 금방 알았지. 다쓰야 아스카이. 난 자네를 기억하고 있어."

고랭이 정면에서 다쓰야를 보았다.

"그 콩쿠르는 공예 기술뿐 아니라 미각 부문도 심사했지. 그 부문에서 자네 작품에 높은 점수를 준 게 바로 날세."

당시의 기억이 순식간에 밀려왔다.

첫 파리. 첫 국제 콩쿠르.

설레는 마음으로 임했지만 현지 기자들에게 난독증에 관한 질문만 받자 견디지 못하고 프레스룸을 뛰쳐나왔다. 바깥에서 택시를 잡으려고 해도 어떻게 해야 할지 몰랐다. 표지판이나 간판의 로마자가 꿈틀거리는 것처럼 보였다. 중국계 미국인 셰프 파티시에의 인솔하에 온 자신은 혼자서는 택시도 타지 못한다는 것을 뼈저리게 느꼈다. 단 며칠 동안 머무른 파리에서 자신은 계속 마음을 닫고 있어서 아무것도 흡수하지 못했다. 그때 그 심사위원 부스에 브누아 고랭이 있었단 말인가.

"카시스와 아니스° 무스를 사용한 앙트르메였지. 카시스 리큐어를 효과적으로 사용해서 정말 맛있었어."

고랭의 말에 다쓰야는 가슴 깊이 감동했다.

분한 마음밖에 기억하지 않은 그날 그 땅에서 자신을 기억해 준 사람이 있었다. 난독증 파티시에로서가 아니라 그때 자신이 만든 앙트르메의 맛을 평가해 준 사람이 있었다.

° 향신료의 일종.

‘이렇게 맛있는 케이크는 처음이야!’

다쓰야는 옛 은사 나오하루와 함께 지진 피해지의 피난소를 돌아다닐 때 들은 목소리 덕분에 제과를 일생의 일로 삼으려고 결심했다.

하지만 그러기 위해서는 아직 남은 일이 있다는 생각에 시달렸던 것은 자신이 서양과자의 본고장인 유럽의 주방과 그 배후에 있는 식문화를 직접 접한 적이 없었기 때문이다.

“다쓰야, 생각해 보게.”

고랭이 조금 장난스러운 웃음을 띠었다.

“한자를 전혀 못 읽는 나도 이 나라에서는 난독증이나 마찬가지였어. 그렇다고 해서 이바라키의 관광농원 카페에서 콩피튀르나 소르베를 만들었을 때 크게 불편을 느낀 적은 없었지. 직원들에게는 미리 설명해 두면 되고, 자네의 어학 능력 정도면 주방에서는 아무런 불편함도 없을 거야. 나도 모어는 영어라서 프랑스어는 조금 어색하지만, 동료들은 이해해 주지.”

환영한다는 말은 결코 인사치레가 아닌 것 같았다.

“일본인 파티시에의 정확하고 섬세한 솜씨를 현지 직원들도 좀 배웠으면 좋겠다고 생각하던 참일세. 일본은 나한테도 큰 시장이니까.”

고랭은 솔직한 마음을 토로하고 다쓰야의 어깨를 두드렸다.

“이 호텔의 셰프 파티시에 수준의 임금을 지불할 수 있을지는 보증하기 어렵지만 혹시 휴직 제도가 있다면 그런 것도 포함해서 선택지 중 하나로 넣어주면 기쁘겠네. 물론 대답은 지금 당장 하지 않아도 돼. 하지만 자네에게 조금이라도 그럴 마음이 있다면 천천히 생각해 보지 않겠나."

고랭은 유자를 한 손에 들고 경쾌하게 손을 흔들었다.

"본 뉘(잘 자게), 다쓰야. 다음 주부터 시작되는 이벤트 기대하겠네."

다쓰야는 발길을 돌려 떠나가는 장신의 뒷모습을 멍하니 바라보았다. 너무 갑작스럽게 여러 정보가 쏟아져서 얼른 마음을 정리하기가 어려울 듯했다.

숨을 한 번 토해내자 의외로 큰 소리가 울렸다.

아무튼 슬슬 집에 가자. 지금은 아무 생각도 못 하겠다. 고랭이 한 말은 다음에 검토하면 되겠지.

다쓰야는 유자 상자를 싱크대 아래에 밀어 넣고 사무실로 발길을 옮겼다. 반쯤 열려 있는 사무실 문을 기세 좋게 열었다. 다쓰야는 아무도 없는 줄 알았던 그 장소에 유령처럼 우뚝 서 있는 사람을 보고 하마터면 크게 소리를 지를 뻔했다.

"……미, 미안하네. 그만 나갈 기회를 놓쳐서."

문 그늘에서 히데오가 미안한 듯한 얼굴을 하고 있었다.

"스도 씨, 아직 안 가셨습니까?"

다쓰야는 되도록 냉정한 목소리를 내려고 노력했다.

"응…… 그게…… 다음 주에 전처랑 딸이 온다고 생각하니 뭔가 마음이 어수선해서 말이야. 물건을 들여놓는 데 이상하게 시간이 걸렸어. 직원들은 먼저 보냈지만."

히데오가 횡설수설하며 변명 같은 말을 했다.

"그러셨나요."

"응, 그랬어."

두 사람 사이에 어색한 침묵이 흘렀다.

분명 돌아가려고 하던 참에 고랭이 와서 자신과 이야기하기 시작하는 바람에 나가지 못했을 테지. 아까 한 이야기를 들었을까. 자신들은 계속 영어로 대화를 나눠서 일본어보다는 알아듣기 어려웠겠지만.

물론 히데오가 들으면 곤란한 이야기를 한 것은 아니다. 게다가 그런 이야기는 역시 인사치레였을지도 모르고.

"그럼……."

"아스카이 군."

수고 많으셨습니다, 하고 말을 이으려던 다쓰야를 히데오가 막았다.

"그럴 마음이 있다면 가봐."

히데오가 의외로 강하게 말해서, 다쓰야는 순간 놀랐다.

"아니, 그게, 혹시 남에게 들려주고 싶지 않은 이야기였을지도 모르지만 그런 이유로 해외 연수 경험이 없었다면 한 번쯤

저쪽에 가서 머물러보는 건 나쁘지 않다고 보네."

곧바로 대꾸할 수가 없었다.

'그런 이유'.

다쓰야는 자신이 난독증이 있다는 사실을 콤비를 이루어 일하는 히데오는 물론이고 수셰프 아사코나 인사부에도 알리지 않았다. 그것은 사회인으로서 불성실한 대응이었을까.

'저 자식은 정상이 아니야.'

다쓰야는 예전 동료의 말이 되살아나서 입을 꾹 다물었다. 그러나 히데오는 여느 때처럼 평온한 눈빛을 하고 있었다.

"실은 내가 젊었을 때 고전 과자를 연구한 적이 있는데……."

설마. 다쓰야는 히데오의 말에 놀랐다.

"빈 고전 과자."

자기도 모르게 중얼거리자 히데오의 표정이 굳었다.

"으아아!"

히데오가 한 박자 늦게 엄청나게 큰 소리를 질러서 다쓰야가 기겁을 했다.

"아스카이 군, 어떻게 알고 있지?"

"아뇨, 우연히 편집숍에서 책을 발견해서요."

"그런……. 한참 전에 절판됐을 텐데……."

히데오는 비틀거리며 뒷걸음질해서 거기 있는 의자에 털썩 주저앉았다.

"설마 샀나?"

주저하며 물어보는 모습에 왠지 미안해졌다.

"샀습니다."

"읽었나?"

히데오의 목소리가 뒤집혔다.

"이, 읽었는데요."

순식간에 히데오의 귀가 끝까지 시뻘게졌다.

"저기, 스도 씨."

"미안하네. 진정할 때까지 시간 좀 줘."

히데오는 그로부터 10분 정도 테이블에 푹 엎드려 있었다.

두 사람만 있는 사무실의 벽에 걸린 시계의 초침 소리만 째깍째깍 울렸다.

슬슬 돌아가는 게 나을까.

"저기."

다쓰야가 주저하며 말을 건 순간, 히데오가 고개를 불쑥 들었다.

"아스카이 군."

"아, 네."

히데오는 뭔가 말하려고 하다가 곧 깊은 한숨을 내쉬었다.

"정말 난처하군······."

다시 침묵에 잠겼다가 이윽고 각오한 듯 입을 열었다.

"읽어봤으면 알겠지만, 당시에 나는 하나를 보면 열을 알 수 있는 그런 상태였어. 간사이에서 한 번 내 가게를 말아먹었고."

"아."

다쓰야는 히데오가 예전에 제과점의 오너 셰프였던 사실을 처음으로 알고 말문이 막혔다.

"당시는 이미 누벨 퀴진 붐이었지만 우리 가게에서는 그에 정면으로 도전하듯이 묵직한 고전 과자를 진열했지."

누벨 퀴진. 그것은 1970년대부터 시작된 프랑스 요리의 혁신이다. 진하고 기름진 소스를 듬뿍 사용하는 전통적인 프랑스 요리에서 벗어나 재료 자체의 맛을 살린 단순한 조리법을 추구했고 그 흐름은 디저트류에까지 미쳤다. 일본의 프렌치 업계에서도 1980년대에는 누벨 퀴진이 대유행했다.

"그래도 버블 시기에는 아직 괜찮았어."

히데오는 원래 프렌치 셰프였지만 유럽에서 현장을 돌아다니며 경험을 쌓는 동안 고전 과자의 매력에 눈떠서 파티시에가 되었다. 히데오가 일본에 가지고 돌아온 전통적인 고전 과자는 누벨 퀴진 대유행의 안티테제°로 종종 화제가 되기도

° 헤겔의 변증법 3단계에 나오는 개념이며 일반적인 의미로는 무언가의 반대를 말한다.

277

했다고 한다.

"맛이 진한 고전 과자는 술에도 어울리니까요."

롯폰기의 회원제 바에서 버블 시대의 속물적인 남자들이 아름다운 드레스 차림의 여성을 데리고 와서 자허토르테나 아펠슈트루델을 먹는 모습을 다쓰야도 그려보았다.

그러나 버블 붕괴 시대가 닥치자 시장은 완전히 달라졌다. 설탕과 버터를 듬뿍 사용하는 고전 과자는 건강 붐에도 밀려서 사람들이 꺼리게 되었다.

"그 책을 쓴 건 딱 그런 시기였다네."

히데오는 시류를 거스르듯 필사적으로 썼다. 심하게 공격적인 내용이 된 것은 자신의 마음속 초조함이 드러나서 그렇다며 히데오는 희끗희끗한 눈썹을 찌푸렸다.

"옆에서 조언을 해주는 사람들도 있었는데, 난 아무 말에도 귀를 기울이지 않았고……."

어느덧 빚만 늘어나서 가게를 접을 수밖에 없었다.

"고전 과자에 문제가 있었던 게 아니야. 지금도 고전 과자를 파는 오래된 제과점은 많으니까. 다만 난 내가 장인이라는 사실에 너무 집착했지."

"장인……."

다쓰야가 그 말을 되풀이했다.

"아니, 그것도 아닌가."

고개를 갸웃하는 히데오의 입가에 자조적인 웃음이 번졌다.

"나는 말일세, 솔직히 말하면 싫었어. 케이크 뷔페니 디저트 뷔페니 하는 것과 뭣보다 거기에 모여드는 여자들이."

남녀고용기회균등법이 개정되자 1980년대 후반부터 1990년대에 걸쳐 모든 직장에 여성이 진출했다. 버블 경제가 붕괴된 후, '시험하는 기간'을 극복하려고 결사적으로 일하는 여성들의 파워가 불경기에 신음하는 많은 기업을 떠받쳤다고 해도 지나치지 않다.

30대인 다쓰야 자신은 그런 세태에 별 관심이 없었지만, 곧 70대를 바라보는 히데오 세대에는 그야말로 청천벽력 같은 사건이었을지도 모른다.

"여성 시대라고들 했지. 웃기지 말라고 생각했어."

히데오가 다쓰야의 생각을 그대로 옮기듯 쓴웃음을 지었다.

"갑자기 중산층 여성을 타깃으로 한 제품이 여기저기에서 생겨났고."

다쓰야도 히데오의 말에 책이나 잡지에서 읽은 1990년대를 떠올려봤다. 당시 자신은 아직 어린아이였지만, 확실히 그 시대에 아로마, 힐링 등 일하는 여성을 타깃으로 하여 그 이전에는 없던 주제의 제품이 차례차례 탄생한 것으로 보인다. 티라미수와 판나코타를 비롯한 헤이세이 시대의 디저트 혁명을 이끌어간 사람도 사회에 진출한 젊은 여성들이 압도적으로 많았다.

"그렇지만 난 그게 너무나 싫었다네. 지금 생각하면 이런 표현은 잔혹하지만……."

히데오는 제 것인 양 남성 사회에 들어온 건방진 여자들에게 자신의 과자를 먹이고 싶지 않았다고 말을 흐리며 이야기했다.

어차피 여자들은 폭신함과 촉촉함밖에 요구하지 않는다.

"프랑스에서 과자는 '간식'이 아니라 어디까지나 디저트이고 요리의 연장선에 있지. 빈의 카페 콘디토라이에서도 자허 도르테와 아인슈페너를 즐기는 사람은 점심 식사를 마친 사업가뿐이었어."

자신이 만드는 과자는 좀 더 가치를 아는 사람이 먹어주었으면 좋겠다. 정장을 입은 남성 경영자들이 고급스러운 술과 함께 담론을 나누며 즐겼으면 한다. 젊은 여자를 위해 과자를 만드는 것은 사내대장부가 할 일이 아니다. 자신은 전통적인 서양과자를 만드는 장인이다.

그런데 갑자기 연약해 보이는 남자들이 '파티시에'라는 이름을 내걸고 쏟아져 나와서 여성 취향의 가볍고 폭신폭신한 과자를 대량으로 만들기 시작했다. 용서할 수 없다. 저런 건 진짜 서양과자가 아니다. 게다가 떼지어 모여 다니는, 과자의 가치를 모르는 여자들도. 그런 여자애들에게 알랑거리는 경박

한 '파티시에'도.

"부끄러운 얘기지만 당시에는 진심으로 그렇게 생각했지."

히데오는 멋쩍은 듯 백발이 섞인 머리를 만졌다.

전통적인 고전 과자는 여자들을 위한 것이 아니다.

다쓰야는 히데오가 쓴 『빈 고전 과자』를 읽으며 느낀 자신의 감상이 틀리지는 않았다고 느꼈다.

"하지만 지금의 스도 씨는 전혀 그렇게 보이지 않습니다."

다쓰야는 말 중간에 끼어들었다.

"그야 이것저것 잃었으니까."

히데오가 쓸쓸해 보이는 웃음을 지었다.

"원래 그런 식으로 생각했으니 아내한테도 심하게 굴었지. 집에 들어가면 물 한 잔도 내 손으로 뜨지 않았어. 음식이 입에 안 맞으면 바깥으로 휙 나가버렸고. 줄곧 내조를 받으면서도 깨닫지 못했던 거지."

히데오가 가게를 접고 도망치듯 도쿄로 나올 때도 그의 아내는 어린 딸의 손을 끌고 묵묵히 뒤따라왔다고 한다. 그 후 히데오는 고용 셰프로 돌아가서 도내의 프렌치나 양식 주방을 전전하다가 최종적으로 오잔호텔 연회동의 레스토랑에 겨우 도달했다. 부인도 아르바이트를 하며 빚을 갚는 데 힘을 보탰다고 한다.

"겨우 빚을 다 갚고 딸도 성인이 되었고 정년도 다가왔네.

이제부터가 부부의 시간이라고 내 맘대로 생각했지만…….”

빚을 다 갚자 아내는 이혼 서류를 내밀었다. 딸은 완전히 아내 편이었다. 엄마와 딸 사이에서는 이미 결론이 나 있었다고 한다.

“두 사람이 그런 얘기를 나누고 있었다니 전혀 눈치채지 못했어.”

‘이걸로 당신도 이제 됐죠? 나도 아르바이트를 계속할 거고 딸아이 취직자리도 정해졌으니까 앞으로는 서로 자유롭게 살아요.’

아내는 담담히 그렇게 말하고 모녀가 짐을 꾸려서 순식간에 떠나버렸다. 히데오는 망연자실해서 두 사람의 뒷모습을 지켜볼 수밖에 없었다고 한다.

히데오는 이제껏 자신이야말로 집안의 기둥이라고 굳게 믿었다. 자신이 고생하고 있는데 가족이 고생하는 건 당연하다고 여기며 아내와 딸을 자신의 부속품처럼 생각했다.

혼자가 되고 나서야 처음으로 자신이 얼마나 두 사람의 도움을 받았는지 절절히 깨달았다.

“매일 신는 양말이 어디 있는지도 모르고 세탁기 사용법도 몰랐어.”

정돈된 방, 청결한 옷, 쾌적한 침구. 당연하게 여긴 일상을 유지하느라 아내가 얼마나 애썼는지를 그제야 깨달았다.

"내가 케이크 뷔페에 오는 여성들을 싫어했던 건 집안일을 우습게 봤기 때문이야. 남편은 땀 흘려 일하는데 아주 팔자 좋구나, 하고 어이없게 여기는 마음이 있었던 거지."

스스로 일상사를 챙기게 된 뒤로 주부 혼자 떠맡았던 집안일이 얼마나 번잡하고 중한 노동인지 뼈저리게 느꼈다.

"술집에서 잔뜩 취해서 소란을 피우는 남자한테는 관대하면서 주부가 한숨 돌리는 것은 용납되지 않았어. 잘 생각해 보면 똑같은데 말이야."

히데오는 끝까지 자조적이었지만, 다쓰야는 그 사실을 깨달은 것만으로도 대단하다고 느꼈다. 히데오 세대의 남자들 대부분은 깨닫지 못한다. 다쓰야 자신의 아버지도 포함해서.

"사실은 정년 후에 아내와 함께 다시 한번 작은 제과점이나 레스토랑을 열고 싶었다네."

그러나 아내는 오랫동안 이사한 아파트의 주소도 알려주지 않았다고 한다.

"어지간히 정나미가 떨어졌던 게지."

히데오의 말끝에 한숨이 섞였다.

"솔직히 말하면 시니어 직원으로 이 라운지에 왔을 때는 무기력한 상태였다네."

디저트에 곁들이는 샌드위치. 애프터눈 티의 세이버리란 그런 걸로밖에 생각되지 않았다.

"하지만 집에는 아무도 없고 따로 할 일도 없어서."

혼자 남겨진 히데오는 라운지 주방에서 조용히 '곁들이' 세이버리를 계속 만들 수밖에 없었다.

"그러셨나요."

다쓰야는 다시 끼어들었다.

"스도 씨의 세이버리는 충분히 궁리하고 공을 들였다고 생각합니다."

사실 히데오의 세이버리 때문에 애프터눈 티를 점심 식사 대신 먹으러 오는 손님도 많았다.

"뭐, 일단은 조리사를 오래 했으니까. 어중간한 요리는 만들 수 없을 뿐이야."

히데오가 백발을 긁적였다.

'장인'을 자인하는 만큼, 뿌리가 성실한 히데오는 결국 정통파 프렌치의 흐름을 잇는 키슈나 카나페를 신중하게 만들었으리라.

"그래도 애프터눈 티라니 처음에는 역시 맥이 빠지더군."

'차랑 3단 접시에 담기만 한 과자에 큰돈을 쓰는 인간이 도쿄에는 그렇게 많은 거냐?'

'기왕이면 더 좋은 걸 대접하라고.'

'쓰키지의 초밥이나 아사쿠사의 소고기 전골이나 긴자의 튀김이나…….'

다쓰야는 수화기 너머에서 불평하던 아버지 목소리를 떠올리고 입술을 다물었다. 아버지 또한 애프터눈 티는 사내대장부가 먹는 음식이라고 생각하지 않을 것이다.

"어쩌면 과자에 편견을 가진 건 나 자신이었는지도 몰라."

히데오가 다쓰야의 마음을 읽은 것처럼 말을 계속했다.

"고전 과자의 매력에 사로잡힌 건 사실이지만 마음속으로는 차별화하고 싶었던 게 아닐까. '간식'이 아니라 '고전 과자'다, '과자 만드는 사람'이 아니라 '장인'이다 하면서. 어렸을 때부터 '과자 만드는 사람'은 으레 여자아이의 꿈이라고 치부하기 마련이었으니까."

성차에 집착하는 것은 아버지나 히데오 세대라면 어쩔 수 없는 일이었다. 아주 오랫동안 그런 가치관을 당연하게 여겼으니까.

남자 따위 대체로 '우유부단한' 놈인데……. 다쓰야는 마음속으로 자조했다.

"하지만 이 라운지에 오는 손님들을 보면서 점점 생각이 변했지."

히데오가 다쓰야의 생각은 아랑곳하지 않고 미소 지었다.

"그 책에도 썼지만, 나는 '단것이 사람을 행복하게 한다'는 애매한 판타지를 좋아하지 않아. 그보다는 전통 과자의 뒤에 있는 문화나 풍토나 역사를 생각해 달라며 그것만 생각했어.

그건 요리사의 이기심에 지나지 않았겠지만."

그렇게 말하는 입가에 부드러운 웃음이 떠올랐다.

"여기서 편안히 쉬는 손님을 보면서, 애프터눈 티라는 건 시간이구나 하고 절실히 느끼게 됐지."

초로의 부부. 어머니와 딸. 오랜만에 만나는 친구들. 차와 과자를 즐기며 소중한 사람과 이야기하는 시간. 느긋하게 보내며 자기 자신을 해방하는 시간.

"난 그런 시간을 아내에게도 딸에게도 한 번도 선사한 적이 없었어."

어느새 히데오의 말투가 허물없는 투로 바뀌었다.

단것이 사람을 행복하게 하는 것이 아니라 그것을 맛보는 시간과 여유가 사람을 행복하게 하는 것이 아닐까.

"그렇게 생각하기 시작했더니 나한테도 마음에 와닿는 기억이 있었어."

히데오가 젊었던 시절에는 유럽의 주방에서 일본인이 일하기가 쉽지 않았다. 언어의 장벽도 있었고 대놓고 차별도 받았다. 그렇기에 더더욱 '이것쯤이야' 하는 마음으로 버텼고 그 벽을 뛰어넘었다는 긍지도 있었다.

"요즘 들어 제일 생각나는 건 남프랑스에서 보낸 느긋한 시간이야."

위도가 높은 유럽에서는 서머타임도 있어서 여름에는 좀처럼 해가 지지 않는다. 자두나무 밑동에 누워 뒹굴며 밤 10시가 다 되어서야 겨우 붉게 물드는 하늘을 끝없이 바라보았다. 뺨을 스치는 바람, 댐슨 자두의 새콤달콤한 향기, 전원에 저무는 석양. 그런 풍경이 지금도 뇌리에 선명하게 새겨져 있다.

"아스카이 군."

히데오가 다쓰야를 똑바로 보았다.

"현지에 가면 반드시 보이는 게 있어."

다쓰야는 말없이 시선을 내리깔았다. 눈앞에 프로방스의 드넓은 과수원이 펼쳐진 느낌이 들었다.

"다행히 우리 호텔에는 연수를 위한 휴직 제도도 있네. 게다가 만일 장래에 자기 가게를 낼 생각이 있다면 현지 연수 경력은 무기가 되지."

내 가게. 히데오의 말이 다쓰야의 가슴속 깊은 곳에 툭 떨어졌다. 지금까지 그런 것에 대해 진지하게 생각해 본 적은 없었다. 그러나 이제껏 마음 어디선가 어렴풋이 느낀 딜레마 같은 구멍이 메워지면 거기에서 새로운 미래가 떠오르진 않을까.

"뭐라는 건지."

히데오가 멋쩍은 듯이 쓴웃음을 지었다.

"실컷 유럽에서 배워놓고 자기 가게를 말아먹은 내가 말해봤자 전혀 설득력이 없겠지."

알자스의 전통 과자를 만드는 주방. 빈의 카페 콘디토라이.

젊은 날의 히데오가 거기에 있었다.

"전처랑 아무렇지도 않게 얘기를 나누게 된 것도 실은 극히 최근이야. 딸이 중간에서 많이 도와줬지……."

"스도 씨."

다쓰야는 고개를 들었다.

"사모님과 따님의 애프터눈 티만 자허토르테를 같이 만드실래요?"

히데오가 작은 눈을 휘둥그레 떴다.

자허토르테는 빈 고전 과자의 대표다. 이번에는 유자잼으로 새롭게 변형하게 될 테지만.

"기꺼이."

히데오는 잠시 곤혹스러워하다가 고개를 깊이 끄덕였다.

다음 주, 히데오의 전처와 딸이 라운지를 찾았다.

히데오의 전 부인은 안나 마리아를 조금 닮은, 살결이 희고 포동한 다정해 보이는 여성이다. 다쓰야와 비슷한 세대로 보이는 딸은 남성복 같은 바지 정장을 차려입은 커리어 우먼 타입이었다.

창밖에서는 바람이 불 때마다 단풍이 날려서 떨어졌다. 어머니와 딸은 그 아름다운 광경을 보며 행복해 보이는 웃음을 지었다.

다쓰야는 메뉴 소개를 히데오에게 맡기고 팬트리에서 라운
지를 지켜보았다. 히데오는 처음에는 좀 어색해했지만 이윽고
오랜만에 재회하는 듯한 두 사람과 온화하게 이야기를 나누
기 시작했다.

근처 테이블에서는 솔로 애프터눈 티의 달인과 스즈네가
뭔가 이야기에 몰두해 있었다.

아직 시간이 일러서 라운지는 비교적 한산했고 겨울의 부
드러운 햇살이 커다란 창을 통해 라운지 가득 내리쬐었다.

"수고하십니다아."

다쓰야는 쟁반을 들고 돌아온 루리에게 호기심이 생겨서
물어보았다.

"달인, 오늘은 뭘 마시고 있어?"

"첫 잔은 누와라엘리야예요."

수수하다. 그러나 스리랑카 고지에서 나는, 깊은 향기가 특
징인 누와라엘리야는 브누아 고랭의 유자 콩피튀르를 듬뿍
넣은 마카롱에 딱 맞는다. 물론 특제 자허토르테에도.

"정말인가요?"

스즈네가 작은 소리로 말하며 기쁜 듯이 뺨을 붉혔다.

대체 무슨 이야기를 하는 거지. 자기도 모르게 두 사람의 모
습을 주시했다.

다쓰야는 솔로 애프터눈 티의 달인이 윗주머니에서 꺼낸

것을 보고 놀라서 숨죽였다. 달인이 스즈네에게 건넨 것은 제비꽃 실크플라워였다.

그 순간 사무실에서 루리가 보여준 인스타그램의 사진이 머릿속에 되살아났다. 역시 그 인스타그램 계정의 주인은 솔로 애프터눈 티의 달인이었다. 그것을 알아차린 순간, 다쓰야는 눈앞이 확 트이는 느낌이 들었다.

생각해 보면 그렇지 않은가. 제과에 매료되는 남자가 있듯이 그것이 직업이든 아니든 실크플라워나 레이스 소품을 만드는 것에서 기쁨을 발견하고 애프터눈 티를 각별하게 사랑하는 남자도 있으리라. 거기에서 성별을 따지는 사람이 이상하다.

이 세상에는 사내대장부도 우유부단한 여자애도 없다. 자신들은 모두 각각의 일에 종사하고 각자의 나날 속에서 소소한 기쁨을 찾으려는 인간이다.

태신락, 국경사, 백타조, 홍타조……. 이제 막 피기 시작한 동백꽃을 하나하나 사랑스럽게 바라보고 다쓰야가 정성을 다해 만든 앙트르메를 아름답게 늘어놓은 것은 남자의 시선도 여자의 시선도 아니고 '크리스타'라는 계정명을 가진 그 사람의 시선이다. 그것은 사물의 아름다운 면을 보도록 마음 쓰고 싶다고 말한 스즈네의 생각하고도 어딘지 닮아 있다.

그때 문득 신비한 일이 벌어졌다. 담소를 나누는 두 사람의 모습이 오려낸 것처럼 눈앞에 선히 떠올랐다.

그곳은 호텔 라운지가 아니다. 제과점에 딸린 작은 카페. 그곳에서 스즈네가 홍차를 서빙하며 애프터눈 티의 달인과 니시무라 교코와 즐거운 듯이 이야기를 나누고 있다. 다쓰야는 그 모습을 주방에서 바라본다. 진열장에는 소박한 구움과자에서부터 현대적인 앙트르메까지 보석처럼 아름답게 진열되어 있다. 분명 그곳은.

'만일 장래에 자기 가게를 낼 생각이 있다면……'

히데오의 말이 귓속에서 메아리쳤다.

"엄청 사이좋아 보이지 않나요?"

다쓰야는 옆에 있는 루리의 목소리에 퍼뜩 정신이 들었다.

그 순간 기시감은 입에 넣은 설탕과자처럼 사르르 사라져갔다.

"왜 헤어지셨을까요."

루리가 이상하다는 듯이 고개를 갸웃거렸다.

루리가 말하는 쪽을 보니, 히데오 가족이 즐겁게 대화를 나누고 있었다.

"최단 루트도 좋지만."

나쓰야는 오늘도 완벽하게 단장한 루리에게 말을 건넸다.

"돌아가는 길에도 의미는 있다는 거지."

그 순간, 루리가 속눈썹을 연장해서 또렷해진 눈을 휘둥그레 떴다.

다쓰야는 그런 루리를 팬트리에 남겨두고 주방으로 발길을 돌렸다.

가까운 시일 내에 나도 부모님을 라운지에 모시자. 이것이 자신이 일생을 걸고 매달리기로 한 일임을 아버지에게 보여주고 싶다.

커다란 창 바깥에서 단풍이 하늘하늘 춤춘다. 이윽고 모든 잎이 떨어지고 정원은 겨울 풍경으로 변해가겠지. 밀리는 것처럼 보여도 계절은 확실하게 순환한다. 모든 것은 변해가고 어제와 똑같은 것은 하나도 없다. 단 하나 확실한 것은 거대 운석이 떨어지지 않아도, 흉악한 우주인이 대거 밀어닥치지 않아도 우리는 모두 결국 '자신'이라는 세계에서 아무것도 지니지 않은 채 사라진다는 사실이다. 그 마지막 순간은 언젠가 누구에게든 느닷없이 찾아온다.

'자기한테 쑥스러워할 틈 같은 건 아무 데도 없다는 거죠.'

'다쓰야 아스카이. 난 자네를 기억하고 있어.'

'편견을 가진 건 나 자신이었는지도 몰라.'

루리와 고랭과 히데오의 말이 뒤섞여서 다쓰야의 가슴에 흘러들었다.

앞으로 어떻게 할지는 아직 모른다. 다만 앞으로 나아가기 위해서는 계속 피해왔던 것과 제대로 한번 마주해야 한다. 그래. 언제까지나 주눅 들어 있어서는 안 된다.

"야마사키 씨."

다쓰야는 주방에 들어가자마자 수셰프 아사코에게 말을 걸었다.

"작업이 어느 정도 마무리되면 조리반을 모아줄 수 있을까?"

"네."

다쓰야는 이상하다는 듯이 자신을 보는 아사코에게 천천히 알려주었다.

"모두에게 할 말이 있어."

제5화
우리들의 애프터눈 티

멀리서 새가 지저귀는 소리가 들린다.

어제는 쌀쌀했지만 오늘은 햇살이 화창하고 따스하다.

다시 이 계절이 돌아왔다.

살짝 안개가 낀 하늘 아래, 왕벚나무 100여 그루가 흐드러지게 피어 있다. 조금 높은 언덕 위에 있는 라운지에서는 엷은 홍색 구름이 몇 겹이나 소용돌이치는 것처럼 보였다.

리셉션 데스크에서 손님 맞을 준비를 하던 스즈네는 한동안 손을 멈추고 창밖을 바라보았다.

커다란 유리창 너머에 가득 펼쳐지는 꽃구름. 금줄을 두른 신목의 우듬지에 싹튼 부드러운 초록. 언덕 자락에 보이는 조그만 주홍색 기둥문.

기대와 긴장으로 가슴이 부풀어서 첫 크리스마스 애프터눈 티 프레젠테이션에 임한 날의 일이 어제처럼 선명하게 되살아났다.

줄곧 동경했던 애프터눈 티 기획개발.

'꽤 두꺼운 기획서를 만들어 왔는데 이거 전부 설명할 생각인가?'

참신한 기획을 제안하려고 분발하여 필요 이상으로 두꺼운 기획서를 만드는 바람에 셰프 파티시에 다쓰야가 어이없어했다.

'이런 두툼한 기획서, 읽어봤자 전혀 머리에 들어오지 않아.'

다쓰야는 쌀쌀맞게 자기 할 말만 하고 기획서를 탁자에 놔둔 채 회의실에서 나가버렸다.

'하다못해 끝까지 읽어보기라도 하든가.'

그날 밤 스즈네는 완전히 풀이 죽어 있었다. 다쓰야의 말에 답이라도 하듯 화를 냈다.

'딱히 그런 식으로 말하지 않아도 되잖아.'

스즈네의 입술에 살짝 웃음이 떠올랐다.

그로부터 1년이란 시간이 지났다.

봄은 시작의 계절. 겨울에 메말랐던 나무의 싹이 서서히 부풀고, 추운 하늘 아래에 연갈색 납매°와 홍백 매화가 얌전하고도 아리따운 꽃을 피운다. 이윽고 왕벚나무가 일제히 만개하면 사람들은 정말 새로운 계절이 왔음을 실감한다.

그리고…….

스즈네의 입가에 떠올랐던 웃음에 조금 쓸쓸한 빛깔이 번졌다.

봄은 헤어짐의 계절이기도 하다.

스즈네는 멈췄던 손을 움직이며 연한 붉은색으로 피는 벚나무 가지를 리셉션 데스크 위의 화기에 꽂았다.

오늘은 특별한 날이다.

라운지는 기본적으로 연중무휴지만 이날은 정오부터 저녁까지 애프터눈 티 제공 시간을 통째로 빌렸다.

페어웰 애프터눈 티.

오잔호텔 명물인 벚꽃 애프터눈 티에 뭔가 특색 있는 메뉴를 하나 더 추가할 수 없을까?

조리반의 다쓰야와 히데오가 그렇게 의견을 내서 스즈네가 기획한 메뉴가 '페어웰'을 이미지로 한 애프터눈 티였다.

입학이나 입사를 비롯하여 시작의 계절인 4월부터 새로운 세계로 가는 사람도 많으리라.°° 그런 사람들에게 작은 응원이 되도록 '행운을 부르는 과자'를 애프터눈 티에 넣자고 제

°   음력 섣달에 꽃이 피는 매화.

°°   일본에서는 4월에 새 학년이 시작되므로 입학이나 입사를 대부분 4월에 한다.

안했다.

그러나 자신이 기획한 애프터눈 티가 설마 이런 형태로 라운지에 처음 등장하리라고는 그때는 생각도 못 했다.

이번 달 말로 셰프 파티시에 아스카이 다쓰야가 오잔호텔을 떠나기로 결정되었다.

라운지를 통째로 빌려서 여는 페어웰 애프터눈 티의 주최자는 다쓰야 본인이다.

연말연시 기획 이벤트로 일본을 방문한 브누아 고랭이 남프랑스에서 경영하고 있는 과수원 딸린 제과점에 다쓰야를 초청했다.

스즈네는 큰 키에 부드러운 눈빛의 프랑스계 미국인 브누아 고랭의 모습을 떠올렸다. 연말 애프터눈 티의 한 품목으로 고랭이 만든 유자 콩피튀르를 듬뿍 넣은 마카롱은 상큼한 단맛에 유자 껍질의 쌉쌀함이 포인트가 되어서 자연스러우면서도 화려한 맛이 났다.

한 번도 해외에 간 적 없는 스즈네는 이것이 프랑스에 연고를 둔 셰프가 만드는 본고장의 프랑스 과자인가, 하고 눈이 번쩍 뜨이는 심정으로 맛보았다.

고랭은 일본 방문 기간 중 거의 연회동에서 스페셜 뷔페를 진두지휘해서 호텔동 라운지에는 모습을 별로 보이지 않았지만, 짬을 내서 다쓰야에게 자기 제과점으로 오라고 조용히 권

유했던 것 같다. 사실 고랭은 그렇게 부드럽고 온화해 보여도 의외로 빈틈없는 사업가였다.

오잔호텔에는 연수를 위한 휴직 제도도 있다. 그러나 다쓰야는 결국 일신상의 사정으로 퇴직하는 길을 선택했다. 오잔호텔 측에서 보면 셰프 파티시에를 빼앗긴 셈이 되었지만, 다쓰야의 퇴직은 원만했다.

다쓰야는 5년 동안 라운지에서 성실하게 파티시에로 일했다. 온 지 2년 후에는 셰프 파티시에가 되어 새로운 앙트르메뉴를 다수 고안했고 자신의 기술을 아낌없이 선보였다.

본인은 별로 자각하지 못한 것 같지만, 후임으로 셰프 파티시에가 되는 야마사키 아사코가 전체 회의에서 그 사실을 대신 밝혔다. 다쓰야 밑에서 많은 것을 배웠고 기술이 향상되었다고. 또 아사코는 그때까지 여러 주방에서 파티시에르에 대한 차별을 수없이 경험했으나 다쓰야는 단 한 번도 차별한 적이 없었다고.

당사자인 다쓰야는 아사코가 이야기하는 내내 그 자리가 몹시 불편해 보였다.

스즈네는 아사코의 말이 사실이었을 거라고 생각한다.

다쓰야는 좀처럼 곁을 주지 않는 면이 있지만, 바꿔 말하면 누구에게도 태도가 다르지 않았다. 남성이든 여성이든 직원 모두에게 똑같이 대했고, 신입 직원이 실수를 해도 결코 남 앞

301

에서 호되게 나무라지 않았다. 당초에 이상론이 시나쳤던 스즈네에게 심하게 대한 것도 조리반 직원들의 입장을 생각했기 때문이었다. 무엇보다 스즈네 자신이 혼자 주방에 남아서 앙트르메를 시험 삼아 열심히 만들어보는 다쓰야의 모습을 몇 번이나 보았다. 무뚝뚝한 데다 붙임성은 없지만 성실하고 사실은 친절하다.

함께 일하는 아사코를 비롯한 조리반 직원들은 그런 다쓰야의 좋은 점을 틀림없이 제대로 받아들였을 것이다. 그러기에 작년 말, 다쓰야가 자신에게 로마자 철자 난독증이 있다는 사실을 밝혔을 때도 주방에 큰 혼란은 없었다.

우스이린은 차별은 있다고 말했다. 눈치채지 못하는 사람은 '아무에게도 차별받은 적이 없는 놀라우리만큼 마음이 건강한 사람'뿐이라고.

사실 그럴 것이다.

다쓰야는 예전에 난독증 때문에 상처받은 과거가 있었던 것 같다. 스즈네가 무심코 지적하자 평소에는 냉정했던 다쓰야가 심하게 감정적으로 나와서 놀랐었다. 그 후로 되도록 건드리지 않으려고 한 사실을 다쓰야 자신이 숨김없이 털어놓을 때까지는 상당한 갈등이 있었을 것이다.

그러나 다쓰야는 모든 것을 밝힌 뒤로 표정이 부드러워졌다. 긴장이 누그러지고 라운지에서도 회의실에서도 이전보다 여유 있어 보였다.

그 여유가 다쓰야에게 남프랑스행을 선택하게 한 것일까.

창밖에서 벚꽃을 쪼던 물까치가 푸드덕 날아올랐다. 스즈네는 물까치가 연푸른색 날개를 펴고 안개 낀 하늘로 날아가는 모습을 가만히 바라보았다.

"스즈네 씨."

뒤에서 쾌활한 목소리가 울려왔다.

돌아보니, 루리가 다른 라운지 직원들과 함께 유리컵에 꽂은 벚꽃을 서빙 카트에 실어서 나르는 참이었다. 오늘은 라운지의 각 테이블을 지금 한창 피는 왕벚꽃으로 장식한다.

"무척 예쁘네. 정말 좋은 계절이야."

스즈네는 얼굴에 웃음을 띠었다.

"꽃가루가 장난 아니지만요."

아직 손님이 도착하기 전이라서 루리가 거침없는 어조로 대답했다.

최근 들어 루리도 태도가 약간 달라졌다. 변함없이 열심히 꾸미고 다니지만, 주말에 밤새워 노는 것은 자제하는지 회의 중에 생각에 잠긴 척하며 깊이 잠드는 일이 없어졌다.

파티족은 졸업이냐고 물었더니, "아뇨, 딱히 그런 건 아닌데요" 하고 쑥스러운 듯 웃었다.

소개팅 앱에서 만난 사람이랑 파티에서 불타는 것은 지름

길 같아 보이지만 실은 멀리 돌아가는 게 아닐까 하고 깨달았다고 한다.

"원래 소개팅 앱에 '취미는 요리와 과자 만들기'처럼 완전 거짓말로 쓰거든요."

어차피 돌아서 가야 한다면 좀 더 정직하고 싶다는 것이 루리의 변이다. 뜻은 잘 모르겠지만 뭔가 심경의 변화가 있었던 것 같다.

루리는 이전에는 휴식 시간에도 사무실에서 죽은 듯 테이블에 엎드려 있을 때가 많았지만 요즘은 열심히 스포츠 신문을 읽는다.

잘은 모르지만, 그 '엄청 예쁜 영국인 기수' 클레어 보일이 난칸 경마에서 단기면허취득 외국인 기수의 최다승 기록을 경신했다고 한다. 그 이야기를 들었을 때, 스즈네의 뇌리에도 긴 금발을 어깨에 늘어뜨린 붉은 장미 같은 클레어의 모습이 떠올랐다.

그렇게 날씬하고 아름다운 여성이 남성 기수들에 섞여서 커다란 말을 달리고 있다니 지금도 믿어지지 않는다.

하지만 압도적인 소수파이면서 그렇게 확실하게 기록을 경신해 가는 여성이 있다는 사실은 경마를 전혀 모르는 스즈네에게도 큰 용기를 주었다.

루리는 파티족을 졸업했다고 해도 매일을 있는 힘을 다해 즐기는 건 그만둘 생각이 없다며 "일본의 여성 기수도 지면 안 되니까요. 고, 고, 아시하라 미즈호와 피시 아이즈"라고 콧노래를 부르면서 '마주'에 빨간 펜으로 표시하며 프랑스 인형 속에 숨은 아저씨의 얼굴을 슬쩍 내보였다.

자, 그러면······.

스즈네는 테이블 세팅을 루리와 직원들에게 맡기고 손님 목록을 확인한다.

이날 라운지에 모이는 사람은 다쓰야의 고향 부모님을 비롯하여 특별한 손님뿐이다.

지난 연말에도 연말 애프터눈 티를 먹으러 왔던 히데오의 전 부인과 따님, 버블 세대라는 루리의 부모님, 다쓰야의 전문학교 시절 은사. 스즈네는 할아버지와 어머니를 처음으로 라운지에 초대했다.

아버지와 오빠에게도 일단 말은 해봤지만, "차와 과자에는 관심 없어"라는 대답이 돌아왔다. 스즈네는 그 또한 애프터눈 티에 대한 솔직한 의견의 하나로 받아들였다.

이제 곧 육아휴가가 끝나는 가오리도 오랜만에 라운지에 올 예정이었으나, 오늘 아침 일찍 취소 연락이 왔다. 갓 한 살이 된 하루키가 갑자기 열이 났다고 한다.

"정말 기대하고 있었는데 아무튼 병원에 가야 해서."

전화 너머로 알려주는 가오리의 목소리는 무척 다급했다.

빨리 나으면 좋으련만…….

육아휴가는 약 1년으로 끝이지만 1년 만에 육아가 편해질 리 없겠지.

스즈네는 지금도 독박 육아 중인 듯한 가오리의 처지를 생각하고 작게 한숨을 쉬었다.

마음을 다잡고 다시 목록을 들여다보았다.

호텔 관계자 이외의 손님은 시즌마다 라운지를 찾아준 단골손님이다.

"도야마 씨."

스즈네는 귀에 익은 목소리에 고개를 들고 놀라서 눈이 휘둥그레졌다.

바로 그 단골손님 중 한 사람.

이날 스즈네가 특히 재회를 기다린 손님이 커다란 꽃다발을 안고 라운지 입구에 서 있었다.

도수 높은 검정 테 안경에 수수한 베이지색 정장.

거의 1년 만에 만나는 니시무라 교코는 변함없이 태도가 소극적이고 어딘지 침착하지 못한 분위기를 띠었다.

"니시무라 씨!"

스즈네는 목록을 데스크에 놓고 교코에게 다가갔다.

"너무 빨리 와버렸네요."

"아니에요, 이쪽으로 오세요."

스즈네는 조금 쑥스러운 듯이 눈살을 찌푸리는 교코에게 입구에 놓인 소파를 권했다.

'여긴 두 번 다시 오지 않을 거예요. 죄송해요.'

스즈네는 깊숙이 고개 숙여 인사하고 떠났던 교코가 다시 라운지를 찾아주어서 가슴이 짜릿하게 뜨거워졌다.

니시무라 교코는 스즈네의 첫 히트작이 된 투 트랙 크리스마스 애프터눈 티에 힌트를 준 사람이다.

"이거 셰프에게."

교코가 꽃다발을 내민다.

분홍빛 장미에 귀여운 프리지아와 스위트피를 섞은 봄 느낌 물씬한 꽃다발이었다.

"이렇게 일부러 신경 써주셔서 정말 감사합니다."

스즈네는 꽃다발을 받아들고 교코와 함께 소파에 앉았다.

"니시무라 씨, 오늘은 기다리고 있었어요."

스즈네의 진심 어린 환영에 교코의 도수 높은 안경 속 눈가가 발개졌다.

"사실은 더 빨리 오고 싶었어요."

스즈네는 교코가 잘 지내지 못하던 그전 직장을 그만두고 연말부터 이직 활동에 힘썼다는 이야기를 솔로 애프터눈 티의 달인에게 들었다.

달인이 취미로 애프터눈 티와 직접 만든 액세서리 사진을 올리는 인스타그램에 어느 날 교코가 다이렉트 메시지를 보냈다고 한다.

실례지만 전에 마인드풀니스 이야기로 저를 감싸주셨던 분 아니신가요, 하고.

교코는 라운지에 오지 않은 동안, 달인이 인스타그램에 올리는 글을 한결같이 기대하며 본 모양이다.

"오늘은 같은 테이블로 안내할게요."

스즈네는 유니폼의 숨김 주머니에서 달인에게 받은 제비꽃 실크플라워를 꺼내서 보여주었다.

"반갑네요."

교코가 이제야 겨우 긴장이 풀린 얼굴로 웃음 짓는다.

이번 페어웰 애프터눈 티는 라운지가 거의 만석이 되기 때문에 뷔페 형식으로 하자는 안도 나왔지만, 주최자인 다쓰야가 모든 테이블에 3단 트레이로 내놓기를 고집했다.

지금쯤 주방에서는 다쓰야와 히데오를 중심으로 조리반 직원들이 하나가 되어 온 힘을 다하고 있을 것이다. 조금 있다가 스즈네도 팬트리로 지원을 나갈 생각이다.

이 사랑스러운 꽃다발은 다쓰야에게 건네주기 전에 팬트리의 꽃병에 꽂아두자.

"도야마 씨."

스즈네가 속으로 그런 궁리를 하고 있는데, 교코가 격식을 차리듯 앉은 자세를 바로잡았다.

"저 이제야 새 직장이 정해졌어요."

"축하드립니다!"

교코는 스즈네의 솔직한 환성에 고개를 흔든다.

"아뇨. 새 직장이라고 해도 결국 파트타임 같은 거예요. 전의 파견처에 비하면 급료는 훨씬 낮아졌고 사무실도 좁아요, 젊은 사원이 하나도 없어서 간단한 엑셀 표만 만들어도 다들 눈이 휘둥그레져요. 이 회사 정말 괜찮나 싶어서 걱정된다니까요."

교코는 쓴웃음을 지은 뒤, 차분한 표정을 지었다.

"그렇지만 지금 직장에는 자격증 공부를 하는 저를 우습게 보는 사람은 없어요. 휴식 시간에 참고서를 보고 있어도 정시에 퇴근해도 뒷담화를 하는 사람은 한 명도 없답니다."

참으로 맛있게 애프터눈 티를 먹은 후, 언제나 제한 시간이 다 되도록 홍차를 마시며 번역검정시험 공부를 하던 교코의 모습이 스즈네의 뇌리를 스쳤다.

"도야마 씨, 이전에 이야기해 주셨죠. 과자는 상이라고, 그러니까 애프터눈 티는 최고의 상이 아니냐고요."

"네."

작년 봄, 호텔 정원 벤치에서 둘이서 밤 벚꽃을 쳐다보며 그런 이야기를 나눈 것을 스즈네도 회상했다.

"할아버지가 하신 말씀을 제 생각처럼 옮긴 거지만요."

"멋진 할아버님이세요."

"고맙습니다."

스즈네는 교코의 칭찬에 고개를 숙였다.

히로시마에 신형 폭탄이 떨어지기 두 달 전. 히로시마에 위문 공연을 하러 가는 극단의 인기 여배우에게 받은 팥떡 두 개가 우에노의 지하도에서 지내던 할아버지의 인생을 바꿨다. 그 후로 할아버지는 지금까지 달콤한 과자를 먹는 '간식 시간'을 누구보다도 소중히 여기며 살아왔다.

과자는 상. 단정하지 못한 마음으로 먹으면 안 된다.

스즈네는 어렸을 때부터 할아버지에게 그런 말을 들으며 자랐다.

부엌에 둔 도기 과자함에 가득 담겨 있던 과자는 신형 폭탄에 의해 돌아오지 못할 사람이 된 은인에 대한 할아버지의 마음과 다짐이기도 했으리라.

"사실은 그때 창피했어요."

교코가 중얼거리듯 한 말에 스즈네는 정신이 번쩍 들었다.

"창피했다고요?"

저도 모르게 반문하자, 교코는 고개를 살짝 끄덕였다.

"상은 열심히 한 사람이 받는 거잖아요. 전 그때 도망치기만 했으니까요."

310

그러고 보니 스즈네가 그 이야기를 한 직후에 교코의 표정이 어두워졌던 것이 생각났다.

"동료들이 패밀리레스토랑이나 카페 체인점에서 불만을 토하거나 남 얘기를 하는 사이에 혼자서 호텔의 우아한 라운지에 있다는 사실에만 취해 있었어요."

자신을 우습게 보거나 소외시키는 사람들에게는 비밀로 호화로운 애프터눈 티를 즐긴다. 그것이야말로 최고의 사치였다.

직장 동료들에게 심한 야유를 받고 도망치듯 라운지를 빠져나간 교코를 쫓아갔을 때, 교코의 입에서 이런 말이 나왔다.

'하지만 이제 다 들통나 버렸어⋯⋯.'

울음을 터뜨릴 듯한 얼굴의 교코를 떠올리면 지금도 가슴이 아프다.

"니시무라 씨⋯⋯."

"저 지금은 꽤 노력하고 있어요."

교코가 후련한 말투로 말을 이어갔다.

"올해부터 겨우 진지하게 마음먹고 번역학교 야간 코스에도 다니기 시작했어요. 아직 초급 단계지만."

"멋져요!"

스즈네는 감탄하여 목소리를 높였다.

스즈네 자신도 티 인스트럭터 자격을 가까운 시일에 따고 싶다는 생각은 있지만, 바쁜 나날 속에 여유가 없어서 시작하지 못하고 있다.

새로운 환경에 발 들이기 무섭다고 했던 교코가 점점 앞으로 나아가려 하는 모습이 솔직히 눈부셨다.

"지금 직장은 집중해서 일하면 비교적 정시에 퇴근할 수 있거든요."

교코가 수줍은 웃음을 띠었다.

"다만 급료는 줄었고 학비도 드니까 전처럼 자주 라운지에 오지는 못할 거예요. 그래도……."

교코는 밝은 눈빛으로 스즈네를 보았다.

"가끔 상 받으러 올게요."

그 말을 들은 순간, 꽃다발을 안은 스즈네의 가슴에 또 하나의 장미 꽃봉오리가 활짝 벌어진다.

마음속에 핀 사랑스러운 장미는 눈앞에 있는 교코의 웃는 얼굴과 겹쳤다.

"기다리고 있겠습니다."

깨닫고 보니 진심으로 그렇게 말하고 있었다.

그러기 위해 앞으로도 최고의 애프터눈 티를 계속 추구하고 싶다.

새로운 결의가 스즈네의 몸속 깊은 곳에서 솟아난다.

"니시무라 씨가 제안해 주신 크리스마스의 투 트랙, 평이 무척 좋았어요."

속마음을 말하자면 교코에게도 맛보이고 싶었다.

단골손님에게 돌린 설문을 바탕으로 구성한 클래시컬 애프터눈 티.

"무척 오고 싶었지만 이직 문제 때문에 정신이 없었어요……. 아, 하지만 오늘의 스페셜리티도 흥미진진해요."

교코의 말에 스즈네의 입가에 회심의 미소가 떠올랐다.

실은 페어웰 애프터눈 티의 스페셜리티로 고른 과자에도 교코에게 받은 힌트가 살아 있다.

이번에 스즈네가 '페어웰'을 주제로 고른 스페셜리티는 스페인 안달루시아 지방의 전통 과자 폴보론이다.

폴보론은 안달루시아 지방의 수도원 주방에서 탄생했다고 하며 '행운을 부르는 과자'라고도 한다. 폴보론이란 스페인어로 '사르르 허물어진다'는 뜻이다.

볶은 밀가루와 아몬드 가루를 사용하는 이 과자는 찰기의 바탕이 되는 글루텐이 적어서, 입에 넣은 순간 부드럽게 풀어진다.

식감이 실로 독특하다.

스즈네도 다쓰야가 시험 삼아 만든 폴보론을 먹었을 때 깜짝 놀랐다. 구움과자이기도 한 폴보론은 표면이 결코 부드럽지는 않지만, 입에 넣는 순간 사르르 허물어져서 고급스러운 단맛을 남기고 혀에 흡수되듯 사라진다.

씹을 필요가 없을 만큼 부드럽고 섬세한 식감도 매력적이지만, 폴보론에는 또 다른 즐기는 법이 있다.

소원을 빌면서 폴보론을 입에 넣고, 다 녹기 전에 "폴보론, 폴보론, 폴보론" 하고 세 번 부르는 데 성공하면 소원이 이루어진다는 이야기가 전해진다.

안달루시아 지방에서는 크리스마스나 생일 등 축하하는 날에 폴보론을 먹고 장래 희망이 이루어질지 점친다고 한다.

스즈네는 그 주술처럼 외는 말과 앞날을 점치는 점괘 같은 요소가 '페어웰'에 안성맞춤이라고 생각했다.

앞으로 뭔가 고르거나 소원을 비는 등 손님도 능동적으로 참가하는 애프터눈 티를 다양하게 기획해 볼 계획이다.

앞으로 오잔호텔은 다쓰야가 가는 브누아 고랭의 남프랑스 제과점과 전속계약을 맺게 되는 듯하다. 이 계약도 다쓰야가 원만하게 퇴사하는 한 가지 원인이 되었다고 들었다.

그렇다면 되도록 많은 종류의 콩피튀르를 구비하여 스콘에 곁들이고, 손님에게 자유롭게 고르도록 하면 어떨까.

"멋져요!"

스즈네가 구상을 이야기하자, 교코는 두꺼운 렌즈 속에서 눈동자를 반짝거렸다.

"팔레트처럼 접시에 콩피튀르를 조금씩 담아서 맛을 보며 고르게 하거나……."

말을 맺기도 전에 교코가 "그거 좋네요!" 하고 엄지손가락을 치켜들었다.

스즈네는 투 트랙 구상을 함께 이야기할 때도 교코가 똑같은 동작을 한 것이 생각나서 웃음을 터뜨렸다. 깨닫고 보니, 두 사람 다 어깨가 흔들릴 정도로 크게 웃고 있었다.

최고의 애프터눈 티. 그것은 분명 손님과 직원이 함께 만들어가는 것이다.

그 사실을 처음으로 가르쳐준 사람이 교코였다.

교코와 이야기를 나누는 사이에 어느덧 테이블 세팅도 끝나고 손님이 삼삼오오 라운지에 모이기 시작했다.

스즈네는 교코가 테이블에 도착하는 것을 끝까지 지켜본 후, 꽃다발을 안고 팬트리로 향했다. 꽃다발을 재빨리 꽃병에 꽂아두고 홍차를 준비하기 시작했다.

봄에 수확한 다즐링에 오시마벚나무의 꽃과 잎을 블렌딩한 벚꽃 티. 아삼 찻잎에 위스키와 카카오 열매를 블렌딩한 아이리시 위스키 크림. 루이보스와 캐모마일을 블렌딩한 무카페인 티도 준비했다.

스즈네가 업소용 주전자에 물을 대량으로 끓이고 있는데, 루리가 직원 몇 명과 함께 팬트리에 들어왔다.

"와, 예쁘네요."

루리가 들어오자마자 꽃병의 꽃에 눈길을 보냈다.

"단골손님이 아스카이 셰프에게 주셨어."

"안경 양, 부활했군요."

스즈네의 말에 루리도 기쁜 표정을 지었다.

"스즈네 씨, 여기는 제가 맡을 테니까 리셉션을 부탁드려요. 이제 다들 슬슬 올 거예요."

"그럼 여긴 맡겨둘게."

스즈네는 루리와 다른 직원에게 티 포트를 꺼내놓는 작업을 맡기고 다시 라운지로 향했다.

라운지에 발을 들여놓은 순간, 커다란 창 너머에 한창 흐드러지게 피어 있는 왕벚나무가 눈앞으로 다가왔다. 실내에 있는데도 벚꽃으로 뒤덮인 산속에 있는 느낌이 들었다. 외국계 호텔의 고층 라운지에서 바라보는 대도시의 경관도 버리기 어렵지만, 도심에서 이만큼 자연으로 넘쳐나는 경관을 만날 수 있는 것도 귀중하다. 도착한 손님들도 창밖의 멋진 광경에 한결같이 감탄사를 터뜨렸다.

오늘은 리셉션 데스크에서 접수를 할 때 손님에게 찻잎 세 종류 중에서 하나를 고르게 했다. 역시 압도적으로 인기 있는 차는 이 시기에만 등장하는 벚꽃 티다.

"스즈네."

이윽고 스즈네의 할아버지가 어머니와 함께 라운지로 들어왔다.

"할아버지!"

스즈네가 들뜬 목소리로 대답했다. 트위드 재킷을 입은 시게루는 평소보다 훨씬 멋쟁이로 보였다.

"정말 아름다운 곳이구나."

스즈네는 눈부신 듯 주위를 둘러보는 할아버지를 테이블까지 안내했다. 할아버지는 웃으면서 벚꽃으로 장식된 테이블석에 앉았다.

스즈네는 각 테이블에서 화기애애하게 이야기를 나누는 손님들의 모습을 천천히 둘러봤다.

할아버지와 어머니의 테이블 옆에서는 솔로 애프터눈 티의 달인과 교코가 뭔가를 열심히 이야기하고 있었다.

시게루는 그 두 사람이 이전에 스즈네가 말한 '달인'과 '맛있게 먹어주는 회사원'이라는 것을 눈치챘는지 친근감 넘치는 눈길을 옆 테이블에 보냈다. 어머니는 보는 사람이 부끄러워질 정도로 들뜬 모습이다.

맞은편 테이블에서 즐겁게 이야기하고 있는 두 여성은 연말 애프터눈 티에도 왔던 히데오의 전 부인과 따님이다. 조금 전 접수한 다카하시 나오하루 씨는 틀림없이 다쓰야의 전문학교 시절 은사님일 테고, 같은 테이블에 있는 사람은 다쓰야의 부모님이다.

스즈네는 오늘 아침 이바라키에서 올라왔다는 다쓰야의 부모님을 살짝 훔쳐보았다. 다쓰야의 아버지는 줄곧 자리가 어색해 보였지만, 나오하루가 웃으며 이야기를 건네자 그제야 긴장이 풀렸는지 활짝 웃었다. 그 옆에서 창밖을 홀린 듯 바라보는 중년 여성의 눈매는 다쓰야와 조금 겹쳐 보인다. 아무래도 다쓰야는 어머니를 닮았나 보다.

"여러분, 오래 기다리셨습니다."

루리를 비롯한 직원들이 티 포트를 실은 서빙 카트를 밀고 왔다. 그 순간 벚꽃으로 장식한 라운지에 향긋한 홍차 향이 감돌았다.

스즈네는 각 테이블에 티 포트를 나르는 것을 보며 리셉션 데스크로 돌아갔다.

"량잉."

누락된 주문이 없는지 확인하는데 곧은 목소리가 날아왔다.

"환잉광린.
    어서 오세요

스즈네도 고개를 들고 그에 지지 않게 목소리를 높였다.

"나까지 초대해도 괜찮은 거야?"

검은 바지 정장을 입은 우스이린이 리셉션 데스크 앞에 조금 멋쩍은 얼굴로 서 있었다.

"당랑 커이."

물론이지

스즈네가 테이블로 안내하려고 하자, 스이린은 입구에 선 채 라운지 안을 둘러보았다.

"뭔가 그립네."

감개에 젖은 목소리가 흘러나왔다.

'계속 오잔호텔 정사원이 되고 싶었어.'

스즈네는 스이린이 그렇게 털어놓았을 때의 일을 떠올렸다. 스이린이 오잔호텔 라운지를 떠난 지 반년이 지났다.

"오늘 샨치(가오리)는?"

스이린은 같은 테이블에 앉을 예정이었던 가오리의 모습이 보이지 않는다는 것을 알고 고개를 갸웃거렸다.

"가오리 선배는 못 오게 됐어. 하루키가 갑자기 열이 났다면서."

"아, 그거."

스이린은 몇 번이나 고개를 끄덕였다.

"그런 일이 앞으로 근무 중에도 여러 번 일어날 거야. 어린 애들은 툭하면 열이 나거든. 감염증에도 놀랄 만큼 금세 걸리고. 우리 딸도 초등학교 들어갈 때까지 진짜 힘들었어."

육아는 역시 1년 정도의 육아휴직으로는 편해지지 않는 듯하다. 그도 그렇겠지. 하루키는 아직 한 살밖에 안 됐으니까.

스이린은 한바탕 고개를 끄덕인 후, "그래서" 하고 조금 도발적인 눈초리로 스즈네를 보았다.

"우리 착한 량잉은 그래도 앞으로 샨치의 빈자리를 메우면서 사이좋게 라운지 업무를 해나갈 생각이야?"

"스더."

그래

스즈네가 담담하게 고개를 끄덕이자, 눈꼬리가 길게 트인 스이린의 눈에 흥이 깨진 듯한 기색이 떠올랐다.

"라오하오렌……."

무골호인

"부두이."

아니야

스즈네는 스이린의 말을 곧바로 가로막고, 의외라는 표정을 짓는 스이린을 똑바로 쳐다보았다.

"내가 앞으로도 가오리 선배와 함께 일을 하는 건 내가 사람이 좋아서도, 착해서도, 가오리 선배를 위해서도 아니야. 전부 장래의 나 자신을 위해서지."

"장래의 나 자신?"

"그래."

스즈네는 입꼬리를 힘주어 올렸다.

"난 사람이 좋은 게 아니라 욕심쟁이거든. 가오리 선배한테 더 많이 배우고 싶고, 게다가 육아로 힘든 가오리 선배를 돕는 건 장래 나의 가능성을 좁히고 싶지 않기 때문이야."

'량잉은 엄청 열심히 애프터눈 티를 개발하고 있는데 내년에 샨치가 돌아오면 그 자리를 간단하게 넘겨줄 생각이야?'

작년에 스이린이 그렇게 물었을 때는 대답하지 못했다. 그러나 지금 스즈네는 자신의 마음을 잘 알고 있다.

다쓰야가 로마자 난독증이라는 핸디캡을 무릅쓰고 해외 연수에 도전하려는 것처럼 스즈네 또한 동경했던 이 라운지에서 최대한 자신의 능력을 시험해 보고 싶다.

언젠가 자신이 결혼을 할지 아이를 낳을지 그건 아직 모르지만, 설사 30대를 정신없이 달린 자신이 40대에 엄마가 되더라도 다시 이 라운지에 돌아올 수 있기를 바란다.

"난 욕심쟁이야."

스즈네는 다시 한번 말했다.

실제로 할 수 있는 일은 한정되어 있을지도 모르지만. 최고의 애프터눈 티도, 사랑도, 결혼도, 출산도, 모든 가능성을 그리 간단히 버리고 싶지는 않다.

차별은 있다. 의자 뺏기 게임은 있다. 정규직과 비정규직의 격차는 쉽게 메워지지 않는다. 고령출산의 벽도 있다. 그래도.

"하나도 포기하고 싶지 않아."

스즈네는 딱 잘라 말했다.

스이린은 한동안 말이 없다가 이윽고 깊은 한숨을 쉬었다.

"워 렌슈 라."

내가 졌네

"응?"

스이린은 중국어를 알아듣지 못하는 스즈네 앞에서 어깨를
움츠렸다.

"하오렌에게는 못 당하겠어."

"그러니까 난 무골호인이 아니라고……."

"이제 무골호인이라고 안 해."

스이린이 손가락으로 가리켰다.

"하오렌(좋은 사람)이라고 했어."

스이린은 멈칫거리는 스즈네에게 다그치듯 말했다.

"크리스마스 애프터눈 티도 결국 량잉의 승리야. 불을 붙
여서 먹는 크리스마스 푸딩 그거, 예쁘지만 별로 맛이 없었나
봐. 입소문 평판이 엉망이더라고."

'그거 보기만큼 맛있지 않아.'

스즈네는 사무실에서 다쓰야가 한 말이 생각나서 웃음이
터질 뻔했다.

"웃지 마. 기분 별로니까. 량잉은 좋은 사람이잖아."

스이린은 자기 할 말만 하고 성큼성큼 걸어서 라운지로 들어갔다.

"홍차는 벚꽃 티로 주문할게. 아스카이 셰프의 디저트는 맛있으니까 특별히 기대하고 있어."

스즈네는 안내할 필요도 없이 자기 테이블을 척척 찾아가는 스이린의 뒷모습을 웃음을 깨물며 바라보았다.

스이린, 애프터눈 티에는 승리도 패배도 없다고 봐……. 쓸데없는 승패는 모든 걸 시시하게 만들지. 그런 말을 하면 총명한 스이린에게 또다시 거세게 질책당할 것 같지만. 게다가 난 욕심이 많을 뿐이지 딱히 '좋은 사람'도 아니고 '좋은 사람'이 되고 싶지도 않아.

'좋은 사람'이란 실은 상당히 성가시다. 까딱 잘못하면 '자기 좋을 대로 생각하는 사람'이 되기도 하고 '아무래도 좋은 사람'이 되기도 하니까.

내가 되고 싶은 건 좀 더…….

스즈네는 물까치가 날아간 꽃구름 위의 푸른 하늘을 올려다보았다.

"스즈네 씨, 모든 테이블에 홍차 서빙 끝냈어요."

루리가 말을 건네서 퍼뜩 현실로 되돌아왔다.

스즈네도 손님이 모두 도착한 것을 확인하고 루리와 다른 직원들과 함께 빈 서빙 카트를 밀고 팬트리로 향했다.

"와, 맛있겠다⋯⋯!"

먼저 팬트리에 들어간 루리가 한숨 섞인 목소리를 냈다.

팬트리에서는 수셰프 아사코를 필두로 조리반 직원들이 은제 3단 트레이에 프티 푸르 접시를 얹고 마지막 마무리를 하고 있었다.

딸기를 장식한 벚꽃 풍미 무스, 피스타치오 크럼블로 악센트를 준 체리 타르트, 벚꽃 줄레가 향기로운 판나코타. 슈거 파우더로 단장한 동그랗고 귀여운 폴보론.

예상을 웃도는 페어웰 애프터눈 티의 아름다운 만듦새에 스즈네의 가슴도 고동쳤다.

오늘은 직원들도 각자 가족 테이블에서 함께 애프터눈 티를 먹기로 되어 있다. 스즈네와 직원들은 수많은 3단 트레이를 조심조심 서빙 카트에 실었다.

"도야마 씨, 루리 씨, 고생했어."

히데오가 앞치마를 벗으며 주방에서 나왔다.

"스도 셰프, 부인이랑 따님 오셨어요."

루리가 살짝 고개를 갸웃하는 모습이 잔망스러울 정도로 귀엽다.

"엑스와이프인데."

히데오는 쑥스러운 듯이 머리를 긁적였다.

히데오가 고안한 새우와 가리비 키슈도 페어웰 애프터눈 티의 중심 메뉴 중 하나다. 캉파뉴 빵 위에 콘비프와 크레송을 얹은 오픈 샌드위치도 든든하고 맛있어 보였다.

"아스카이 셰프는요?"

"아직 주방에 있어. 이번에 스페셜리티인 폴보론은 거의 아스카이 군 혼자 만들었으니까. 지금은 잠깐 쉬고 있지 않을까?"

"그럼 스즈네 씨가 불러오세요."

스즈네는 루리가 갑자기 등을 떠밀어서 당황했다.

"아⋯⋯."

"이쪽은 우리가 할 테니까요."

뒤쪽의 애프터눈 티 트레이를 쳐다보자, 아사코까지 그렇게 재촉했다.

"주인공이 없으면 안 되잖아요. 잠시 이야기를 나누고 있을 테니까 천천히, 그렇지만 꼭 데려오세요."

루리가 의미심장하게 눈짓했다.

"그래. 누가 불러오는 게 좋겠어. 아스카이 군은 '이 애프터눈 티를 먹으면 내 마음이 전해질 거야' 그렇게 말할 것 같은 타입이니까."

"그죠?"

"그렇지."

히데오와 루리가 미리 짠 듯이 열을 올렸다.

"그런 이유로 스즈네 씨, 부탁드려요!"

루리가 거침없이 등을 툭 쳐서 스즈네는 팬트리에서 밀려나고 말았다.

"느긋하게 이야기 나누세요!"

루리는 손을 살랑살랑 흔들며 주방과 팬트리 사이의 문을 닫아버렸다.

'정말이지……. 마음 써준 건 알겠지만 난감하네.'

스즈네는 숨을 한 번 쉬고 인기척 없는 주방에 발을 들여놓았다.

넓은 주방은 잘 정돈되어 있었고 그토록 많은 디저트와 세이버리를 만들었는데도 더러워진 접시 한 장 남아 있지 않았다. 스즈네는 오잔호텔 조리반 직원들이 얼마나 우수한지 새삼 실감했다.

길고 좁은 통로를 걸어가자, 오븐 앞에서 둥근 의자에 앉아 있는 다쓰야의 모습이 보였다.

"아스카이 셰프."

고개를 들어 스즈네의 모습을 본 다쓰야는 놀라서 눈이 살짝 휘둥그레졌다. 그 모습에 푸른 하늘을 날아오르는 물까치의 날갯짓이 겹쳐 보였다.

이제 곧 가겠지.

스즈네의 가슴에 쓸쓸함이 싹텄다.

"잠시 이야기를 나눈다고 했는데 셰프도 이제 슬슬 인사하러 와주세요."

"뭐, 인사……?"

순간 다쓰야가 내키지 않는 표정을 지었다.

"라운지에는 나중에 얼굴을 내밀 생각이지만 인사 같은 건 됐잖아."

"왜요. 아스카이 셰프, 이번 페어웰 애프터눈 티의 호스트잖아요."

"아니, 그러니까."

스즈네가 다그치자, 다쓰야는 애매하게 말을 흐렸다.

"이 애프터눈 티가 내 마음이니까 그 이상은 필요 없……."

다쓰야가 히데오가 추측한 그대로 말하는 바람에 스즈네는 참지 못하고 웃음을 터뜨렸다. 웃음이 터지자 좀처럼 멈출 수가 없었다.

"뭐가 그렇게 우습지?"

스즈네가 너무 웃으니까 다쓰야는 뾰로통한 표정을 지었다.

"그렇지만 아스카이 셰프. 스도 셰프랑 루리 씨한테 완전히 사고 패턴을 읽혔다고요."

웃으면서 알려주니 조그맣게 혀를 차는 소리가 울렸다.

스즈네는 아이처럼 토라져서 고개를 돌리는 다쓰야의 옆얼굴을 가슴에 새겨 넣었다.

사실은 더 오래도록 보고 싶다. 다양한 표정. 사실은 더 오
래도록 듣고 싶다. 여러 목소리, 이런저런 말들. 사실은 더 많
이 알고 싶다. 당신을. 더.

너무 웃어서 눈꼬리에 눈물이 스며 나왔다.

"……연락하지."

다쓰야가 불쑥 그렇게 말했다.

"네?"

스즈네는 웃음을 멈추고 다쓰야를 쳐다보았다. 한순간 서로
의 시선이 뜨겁게 얽힌 느낌이 들었다.

"자리 잡으면 놀러 와."

다쓰야가 진지한 얼굴로 말하고 나서 "다 같이" 하고 얼버
무리듯 말을 이었다.

"네."

그래서 스즈네도 가볍게 고개를 끄덕였다.

약속은 하지 않는다. 하게 하면 안 된다.

한번 상처 입었던 날개를 펴고 다시 넓은 세계로 날아가려
는 새. 지금은 높은 하늘만을 보며 힘차게 날아오르렴. 나도
여기에서 열심히 할 테니.

스즈네는 옆을 향하고 눈꼬리에 배어 나온 눈물을 살짝 닦
았다.

"아 참."

다쓰야가 생각났다는 듯이 오븐을 열었다. 철판 위에는 갓 구운 폴보론이 똑바로 줄지어 있었다.

다쓰야는 폴보론을 재빨리 접시에 담아서 슈거 파우더를 뿌리고 스즈네 앞에 내밀었다.

"이거 남았거든."

"받아도 돼요?"

"특별히 주는 거야."

스즈네는 닿기만 해도 바스러질 듯한 섬세한 폴보론을 손 끝으로 조심스럽게 집어 올렸다.

"무슨 소원을 빌 거야?"

다쓰야가 들여다보듯 스즈네를 봤다.

"비밀이에요."

딱 잘라 말하자, 다쓰야는 진짜 상처 입었다는 듯이 미간을 찌푸렸다.

이런 표정도 짓는구나.

스즈네의 가슴에 새로운 감동이 솟아올랐다.

지금은 아직 이 마음을 전할 수 없다. 서로의 꿈은 이제 막 시작되었다. 어쩌면 이 앞에는 뜻밖의 고생이나 커다란 슬픔 이나 실패가 기다리고 있을지도 모른다. 자신의 미흡하고 한 심한 모습에 상처받을 때도 있겠지.

20대인 후배는 열심히 하면 배신당할 가능성이 더 크다고 했다. 이국에서 온 친구는 어떤 일을 하려고 결심한 순간, 부당하게 차별당하거나 틀려진 경험을 수없이 겪었다고 말했다. 동경하는 선배도 일을 잃으면 고령출산자밖에 되지 않는다고 중얼거렸다.

'인생은 고생스러운 법이란다. 그러기에 더더욱 단것이 필요하지.'

아, 할아버지 말씀이 맞았어요.

설탕은 11세기부터 13세기에 걸친 십자군 원정을 계기로 유럽에 퍼졌다. 그로부터 오랜 시간이 지나 단것이 일반적으로 사람들 입에 들어가게 된 시기는 불과 200년쯤 전부터다. 과자는 그 짧은 기간에 동서양을 막론하고 이렇게도 다종다양하게 발전했다.

사람이 살아가는 데 과자는 결코 필요불가결한 존재는 아니다. 그렇기에 더더욱 즐겁고 아름답다. 앞으로도 향기로운 차와 보석 같은 과자를 즐기는 애프터눈 티의 시간은 힘겨운 현대를 살아가는 사람들의 생활에 색채를 더해줄 것이 틀림없다. 그러나 겉모양이 예쁜 가토나 귀여운 프티 푸르의 단맛을 돋보이게 하려면 짜디짠 소금 약간이나 쌉쌀한 술이 소량 필요하다니, 세상은 이 얼마나 만만치 않단 말인가.

스즈네는 조금 토라진 듯한 눈초리로 이쪽을 보고 있는 다쓰야를 가만히 바라보았다.

무뚝뚝하고 노력가인 데다 실은 다정한, 나는 그런 당신을 좋아한답니다. 언젠가 이 마음을 제대로 전할 수 있기를. 당신이 당신의 진짜 무대에 올랐을 때 그 눈길 끝에 당당히 설 수 있는 나이기를.

스즈네는 겉으로 드러낼 수 없는 소원을 가슴에 감추고 사랑스러운 과자를 살짝 입에 넣었다.

폴보론, 폴보론, 폴보론…….

스즈네가 세 번을 되뇌자, 중세 수도원에서 탄생한 '행운을 부르는 과자'가 사르르 무너져 내렸다. 희미한 애절함을 남기고 달콤하게, 덧없이 녹아갔다.

옮긴이 남궁가윤

이화여자대학교와 한국방송통신대학교에서 전산학과 일본학을 공부하고 일본어 출판번역가로 13년째 일하고 있다. 현재 출판번역에이전시 글로하나에서 일서 검토와 번역에 힘쓰며 좋은 일서를 국내에 소개하기 위해 활발히 활동하는 중이다. 옮긴 책으로는 『인형은 거짓말을 하지 않아!』 『문학상을 읽는다』 『지상』 『독서광의 모험은 끝나지 않아!』 『검은 수첩』 『간병 살인』 『정의의 교실』(출간 예정) 등 다수가 있다.

오후 3시, 오잔호텔로 오세요

초판 1쇄 인쇄 2022년 5월 2일
초판 1쇄 발행 2022년 5월 11일

지은이 후루우치 가즈에
옮긴이 남궁가윤
펴낸이 김선식

경영총괄 김은영
책임편집 박하빈 **디자인** 이은혜 **책임마케터** 이미진
콘텐츠사업2팀장 김보람 **콘텐츠사업2팀** 이은혜, 박하빈, 이상화, 채윤지
편집관리팀 조세현, 백설희 **저작권팀** 한승빈, 김재원, 이슬
마케팅본부장 권장규 **마케팅3팀** 이미진, 배한진
미디어홍보본부장 정명찬 **홍보팀** 안지혜, 김은지, 박재연, 이소영, 김민정, 오수미
뉴미디어팀 허지호, 박지수, 임유나, 송혜진, 홍수경
재무관리팀 하미선, 윤이경, 김재경, 오지영, 안혜선
인사총무팀 이우철, 김혜진, 황호준
제작관리팀 박상민, 최완규, 이지우, 김소영, 김진경
물류관리팀 김형기, 김선진, 한유현, 민주홍, 전태환, 전태연, 양문현

펴낸곳 다산북스 **출판등록** 2005년 12월 23일 제313-2005-00277호
주소 경기도 파주시 회동길 490
대표전화 02-704-1724 **팩스** 02-703-2219 **이메일** dasanbooks@dasanbooks.com
홈페이지 www.dasanbooks.com **블로그** blog.naver.com/dasan_books
종이 한솔피엔에스 **인쇄·제본** 갑우문화사 **후가공** 평창피엔지
ISBN 979-11-306-9058-2 (03830)